vrbs.
Ostium anydri

CIUDADES FANTÁSTICAS

Y DÓNDE ENCONTRARLAS

Redbook

CIUDADES FANTÁSTICAS

Y DÓNDE ENCONTRARLAS

LOOK

Look es una colección creada y dirigida por Dalia Ediciones S.L. (MMA)

Diseño de cubierta: Bárbara Martínez y Daniel Domínguez

Diseño de interior: Eva García

ISBN: 978-84-948268-1-8

Depósito legal: B-54-2018

Impreso por Sagrafic, Plaza Urquinaona 14, 7º-3ª 08010 Barcelona

Impreso en España - *Printed in Spain*

Para Mireia, vamos a hacer las maletas.

ÍNDICE

ASIA

OTROS MUNDOS

La cryptozoología es una pseudociencia que se encarga del estudio y búsqueda de animales cuya existencia no ha sido probada: criaturas fantásticas como el Monstruo del Lago Ness, el Chupacabras, el Yeti o Bigfoot. Y aunque también investigan sobre posibles animales alejados del mito y el folclore, lo cierto es que lo excitante de la cryptozoología es que convierte en ciencia e investigación una mera fantasía proveniente de la mente humana. ¿Por qué no existe una ciencia que se encargue del estudio y catalogación de mundos imaginarios? Geografía es el término que utilizamos actualmente para describir y representar la Tierra. Aunque es específico de nuestro planeta, los literatos suelen emplearla para referirse a otros mundos en el terreno de la ficción y la fantasía; aunque también existen las palabras selenografía, estudio de la Luna, y areografía, estudio de Marte, proveniente de Ares, dios de la guerra heleno. El Mythos griego se refiere a un acto de hablar ritualizado, a un relato, a algo inventado. Si existe la cryptozoología, yo propongo la palabra mitogeografía para el estudio de los lugares imaginarios: Montañas perdidas, lagos mágicos, océanos repletos de criaturas marinas gigantescas, islas ignotas llenas de peligros, castillos y casas encantadas… y ciudades, por supuesto. Lugares que solo aparecen en los mapas de los mejores libros que hayas podido leer y que están cartografiados en las páginas de la imaginación.

Desde que leí *El hobbit* de J. R. R. Tolkien de pequeño, con aquel pequeño mapa de Erebor, la Montaña Solitaria y la Desolación de Smaug, el yermo terreno que se encontraba a sus pies, he sentido fascinación por la mitogeografía. Lugares que no existían nada más que en la cabeza de los autores y cuyo conocimiento se iba transmitiendo de lector en lector como si se tratase de un viejo mapa de una ignota isla del tesoro. Ese tesoro era el libro que estabas leyendo, por supuesto. De ese pequeño gráfico de *El hobbit* crecimos hasta el elaborado mapa de la Tierra Media de la trilogía de *El Señor de los Anillos*. Desde entonces siempre he gustado perder el tiempo estudiando los mapas e imaginándome como sería vivir en las obras de Robert E. Howard, H. P. Lovecraft, C. S. Lewis, Ursula K. LeGuin, Lloyd Alexander, Terry Brooks, Clark Ashton Smith o Roger Zelazny. Pero también contemporáneos como George R. R. Martin, Joe Ambercrombie, Brandon Sanderson o China Miéville.

En esos mapas había ciudades, lugares maravillosos donde vivían los protagonistas de los libros que adoro. Grandes pueblos que estaban descritos a la perfección o moradas que imaginabas perfectamente con cuatro simple pinceladas de su autor. Soy de aquellas personas a los que gusta ir a ciudades antiguas, con historia, perderme en sus calles e imaginar como era la vida en la edad media, cuando se construyó aquella iglesia o se quemó aquel viejo hospital. Siempre me intereso por conocer la historia de las ciudades que visito y encontrar el monumento o la arquitectura que conecte ese lugar con otro tiempo. En el fondo, hago lo mismo con los libros que leo: imaginar otro lugar diferente y sumergirme en él.

Ciudades Fantásticas es algo más que una simple lista de ciudades que nunca han sido cartografiadas en nuestro plano físico. Me gustaría introducir al lector en una verdadera guía de viajes, transformando la mitogeografía en geografía real. Las calles de Minas Tirith son tan reales como cuando Aragorn reinó como Rey de Arnor y Gondor; podrás pasear por Hogsmeade en un día nevado antes de ir a Hogwarts; pasar miedo en el encantador pueblo de Castle Rock; tomar una Duff con Homer en Springfield; bailar el jazz de Angelo Badalamenti en la Logia Negra de Twin Peaks; estudiar artes marciales en K'un-Lun; descubrir Opar al lado del Rey de los Monos; o aburrirse de tedio en Vetusta. Pero también quiero que vayáis más allá, y que este libro sea una guía y una invitación para que el lector comience un verdadero viaje literario y cinematográfico, descubriendo otras ciudades fantásticas y otros nuevos mundos. Las maletas ya están hechas, llegamos tarde al aeropuerto, el taxi espera en la puerta. Comencemos el viaje.

NORTEAMÉRICA

Arkham

El hogar de la Universidad de Miskatonic

Considerada actualmente por muchos turistas como un museo viviente del estilo de vida norteamericano anterior a la Gran Guerra, esta pintoresca ciudad del Estado de Massachusetts (Estados Unidos), cercana a los pueblos de Innsmouth, Kingsport o Dunwich ha cambiado muy poco desde principios del siglo XX. Atravesada por el poco saludable río Miskatonic (siempre fangoso), el centro de Arkham está repleto de edificios de dos o tres plantas de ladrillos ocres y rojos y tejados franceses con buhardilla (como los que se pueden admirar en muchas calles de París), ubicados en calles de trazado recto y plano alrededor de la gran construcción orgullo de sus habitantes, la prestigiosa Universidad de Miskatonic, cuyos grandes jardines y campus permiten una gozosa caminata por un paraje idílico justo en medio de la ciudad (aunque se recomienda no adentrarse en los jardines cuando el sol se ha puesto).

Su principal calle es la conocida y concurrida Church Street, llamada así por albergar las tres grandes iglesias de la ciudad (la Iglesia del Este, del Oeste y la de Cristo), la cual atraviesa la famosa universidad y desemboca en la conocida Colina del Ahorcado, donde podemos encontrar Wooden Graveyard. Aunque es recomendable la visita a la Colina del Francés, coronada por la oscura torre de Bayfriar's Church, donde se encuentran las casas más antiguas de Arkham, ocupadas por los hijos de los primeros inmigrantes irlandeses.

Fundada a mediados del siglo XVII, la historia de Arkham está plagada de cruentos y fantasmagóricos sucesos, pero recomendamos al viajero que no se deje atormentar por los mitos y leyendas porque la Arkham actual no tiene nada que ver con aquella oscura ciudad. Para informarte de cualquier actividad cultural en la ciudad os recomendamos hacerse con el diario local, el Arkham Advertiser, una institución periodística centenaria.

QUÉ VISITAR EN ARKHAM

UNIVERSIDAD DE MISKATONIC

Fundada en 1690, en la biblioteca de la joya de la corona de la sociedad de Arkham se pueden encontrar copias únicas de libros ocultistas tan famosos como el *Necronomicon*, escrito por el árabe loco Abdul Alhazred. De obligada visita es su pequeño museo donde se muestra arte y objetos de diversas culturas de alrededor del mundo traídas en las grandes expediciones de finales del siglo XIX financiadas por la universidad. Detrás de los principales edificios del campus podemos encontrar el Hospital de St. Mary, donde se cursan las prácticas de la facultad de medicina. Su lema es "Ex ignorantia ad sapientiam, Ex luce ad tenebras" (De la ignorancia a la sabiduría, de la luz a la oscuridad).

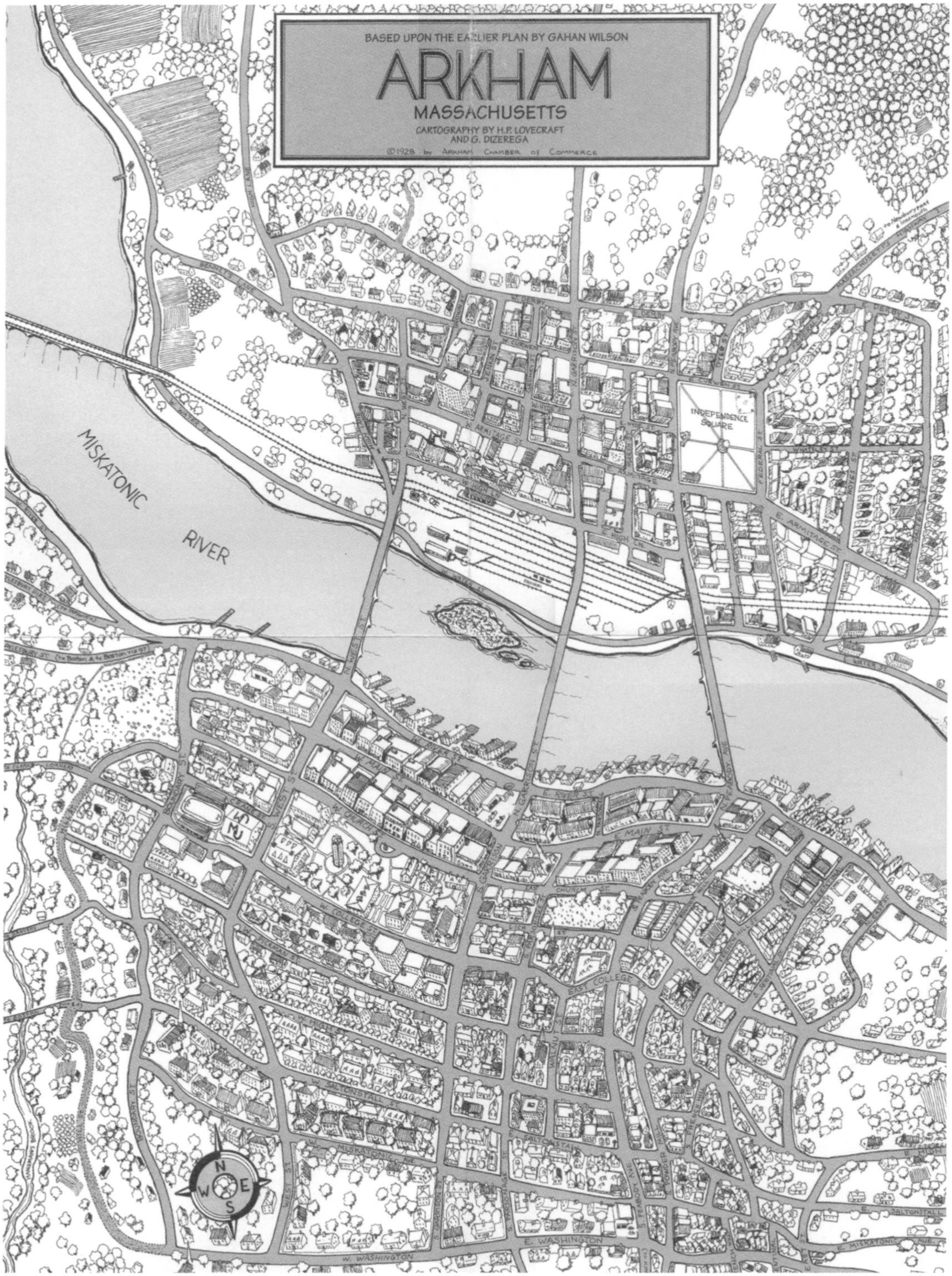
BASED UPON THE EARLIER PLAN BY GAHAN WILSON
ARKHAM
MASSACHUSETTS
CARTOGRAPHY BY H.P. LOVECRAFT
AND G. DIZEREGA
©1928 by Arkham Chamber of Commerce
INDEPENDENCE SQUARE
MISKATONIC
RIVER
W. ARMITAGE ST.
E. ARMITAGE ST.
E. MAIN ST.
CHURCH ST.
W. COLLEGE ST.
SALTONSTALL ST.
E. WASHINGTON
W. WASHINGTON
N
W
E
S

LA CASA DE LA BRUJA

Todavía podemos encontrar las ruinas de la vetusta casa donde vivió la vieja hechicera Keziah Mason (donde acabó tras huir de los temibles tribunales de Salem de 1692) que tanto atormentó los sueños de los jóvenes y poco prevenidos estudiantes que alquilaban algunas de sus habitaciones mientras cursaban sus estudios en Miskatonic. Se prevé una demolición en breve para albergar un moderno Hotel Ibis. Forma parte de la Guía de Sitios Lúgubres de Arkham, junto al famoso erial maldito donde se estrelló un meteorito a finales del siglo XIX.

DE LA FICCIÓN A LA REALIDAD

Arkham es una de las ciudades recurrentes donde transcurren muchas de las historias de horror del escritor norteamericano Howard Philipps Lovecraft (1890-1937), uno de los maestros de la literatura fantástica americana. Arkham forma parte de ese triángulo funesto de ciudades lovecraftianas de Massachusetts junto a Dunwich e Innsmouth (también presente en este libro), y puedes rastrear parte de su geografía maldita en cuentos como *Herbert West Reanimator* (1922), *Lo Innombrable* (1923), *El color que cayó del cielo* (1927) o *Los sueños en la Casa de la Bruja* (1932).

Astro City

La capital de todos los grandes héroes

La joya de la Costa Atlántica de los Estados Unidos, la ciudad de los grandes héroes, la ciudad de las maravillas, Astro City tiene muchos nombres y casi ninguno le hace justicia. La moderna urbe que podemos visitar hoy en día no tiene nada que ver con la oscura villa pesquera fluvial del siglo XVIII. Encajonada entre el río Wildenberg, el río Gaines, y el imponente monte Kirby, Astro City solo ha podido crecer hacia arriba, sobre todo en el centro de la ciudad, donde destaca la imponente torre dorada del AstroBank, coronada con la baliza de Astro City, que avisa a la Guardia de Honor (el gran grupo de defensores de la libertad fundado en 1953 comandado por los queridos Samaritano, Cleopatra y Victoria Alada) cuando algún gran peligro amenaza la ciudad.

Alrededor del Centro, más allá de la Carretera de los Museos, encontramos el imponente Dedication Park, donde los astrolienses suelen pasar los fines de semana haciendo deporte en sus lomas de mullido césped verde (si el tiempo lo permite, claro). Al sur del centro está el Old Town de Astro City donde domina el skyline la imponente catedral gótica Grandinetti y sus edificios de ladrillos de cien años de antigüedad. Si seguimos caminando hacia el sur, por la Calle Kamen, acabaremos en el barrio de Bakerville y los Muelles del Gaines, enfrente de la Isla Torres (en ruinas tras una explosión en 1983) y la isla prisión Biro, donde están encerrados las mayoría de villanos que asolan Astro City. Evidentemente, recomendamos este paseo siempre con la cámara a punto y la mirada fija en los cielos, por si alguno de los muchos habitantes con superpoderes que viven en esta imponente ciudad pasan volando, algo muy normal en Astro City, con grupos de Instagram dedicados exclusivamente a capturas fotográficas de superhéroes.

Si no eres de los que se asusta fácilmente y eres fan de las emociones fuertes, te recomendamos que te desplaces al norte, más allá de Derbyfield y el Memorial Park, al sombrío barrio de Shadow Hill, protegido por el fantasmagórico Hombre Ahorcado, quien vela por la seguridad de sus habitantes desde 1748. Recomendamos perderse por sus calles llenas de comercios, olores y sabores de todos los rincones de Europa del Este.

QUÉ VISITAR EN ASTRO CITY

EL CUARTEL DE LA PRIMERA FAMILIA

Aunque se trate de una propiedad privada, es normal encontrarse con abultados grupos de fans de la Primera Familia de superhéroes de Norteamérica en las puertas del Cuartel de los Furst. El cuartel está dividido en varias futuristas cúpulas plateadas y doradas, donde se encuentran los laboratorios de ciencia imposible del Dr. Augustus Furst y su hermano Julius, y las diversas residencias donde viven parte de este multicultural grupo de aventureros y superhéroes, como la joven Astra, Natalia, Nikolai o el famoso Rex y su forma de dinosaurio naranja tan querido por los fabricantes de peluches. Además, siempre es un placer perderse por los senderos del monte Kirby, un sitio privilegiado para admirar toda la península de Astro City y la desembocadura de los ríos Wildenberg y Gaines.

CATEDRAL GRANDINETTI

Aunque en Astro City se puede disfrutar de libertad de culto y podemos encontrar recintos sagrados de cientos de religiones por toda la ciudad, la religión católica dejó un poso muy profundo en la ciudad durante las grandes inmigraciones de suroeste de Europa de mediados del siglo XIX. Construida a mayor gloria de Dios, en contraposición al ambiente más pagano y supersticioso de Shadow Hill, la Catedral Grandinetti es contemporánea de la Catedral de San Patricio de Nueva York, también de estilo neogótico y similar a ésta en sus dos imponentes torres de la fachada principal recargadas de detalles arquitectónicos imposibles. Se rumorea que la Catedral es el cuartel del famoso héroe cristiano El Confesor y su joven pupilo El Monaguillo, pero nunca se ha podido demostrar.

DE LA FICCIÓN A LA REALIDAD

Nacida en la serie del mismo título creada en 1995 por el guionista Kurt Busiek (Boston, 1960) y los dibujantes Brent Anderson (San Jose, 1955) y Alex Ross (Portland, 1970), *Astro City* intentaba recuperar todo la maravilla de los primeros cómics de superhéroes de la década de los cincuenta y sesenta con una reinvención de patrones clásicos (Los 4 Fantásticos son la Primera Familia, Superman es el Samaritano, Batman se convierte en el oscuro El Confesor). Como homenaje al Nueva York de Lee y Kirby, Gotham City o Metrópolis, Busiek dio nombres de grandes autores del cómic a barrios y accidentes geográficos como el monte Kirby (por Jack "El Rey" Kirby), la Catedral Grandinetti (por Jerry Grandinetti), Barkerville (por Matt Barker) o Kanewood (por Bob Kane, el creador de Batman). La serie *Astro City* se sigue publicando en Vertigo Comics.

Basin City

La ciudad del pecado

Seamos francos, si decides pasar tus vacaciones en una ciudad como Basin es que no tramas nada bueno, ni sueles ser de los que programan visitas culturales durante tu tiempo de ocio. Conocida también como Sin City (la Ciudad del Pecado, algo que los bromistas recuerdan constantemente borrando el "Ba" de muchos carteles), esta caótica urbe es conocida por tratarse de una de la ciudades con más delincuencia del oeste americano donde se suelen encontrar una gran multitud de bares, locales de stripers y casas de alterne. En Basin City suele acabar la gente que considera *mainstream* Las Vegas. El clima suele ser cálido y árido la mayoría del año, menos en época de lluvias, cuya virulencia suele taponar todas las alcantarillas de la ciudad (que tampoco suele librarse de una gran nevada cada invierno). Se puede llegar a ella en coche o en tren desde Phoenix. Si eliges esta segunda opción, lo primero que conocerás de Basin City será su Estación Central, cercana a los Muelles y una de las zonas más seguras de toda la Ciudad del Pecado.

Rodeada principalmente de desierto y tierras de labranza, Basin City se construyó alrededor de la montañosa zona verde de Sacred Oaks, donde se concentra el barrio de la gente más adinerada de Basin, con grandes palacetes con lo último en altas medidas de seguridad (aunque hay que estar muy loco para intentar robar a algunos de los "ilustres" vecinos de este exclusivo barrio). El origen de tanta delincuencia y prostitución de la ciudad tiene su origen durante el siglo XIX con

la gran fiebre del oro de California, cuando la familia Roark (una de las más influyentes de Basin) "importó" un gran número de mujeres de vida fácil para mantener contentos a los mineros que estaban haciendo prospera a la ciudad extrayendo toneladas del preciado metal dorado. El nivel de delincuencia es tan grande que la policía suele llevar armamento pesado y vestirse con grandes armaduras y protectores especiales para evitar ser heridos en servicio.

Si buscas lo prohibido, todos los grandes negocios, clubs y casas de alterne se concentran en el Casco Antiguo, el Distrito Rojo, dominado por las propias prostitutas y donde la policía no puede entrar. Si te portas bien, no deberías tener ningún problema. Pero si tus intenciones son otras, las chicas de Goldie y Gail tendrán una conversación muy seria contigo, en la que seguramente perderás alguna parte de tu cuerpo. Pero si hay una zona que no te recomendamos visitar en Basin City es Los Proyectos, el distrito más pobre y degradado de la ciudad, donde la ley no existe, y donde la mayoría de edificios y calles son una mezcla entre el salvaje oeste y un futuro post-apocalíptico.

QUÉ VISITAR EN BASIN CITY

SACRED OAKS

Existen dos ciudades en la Ciudad del Pecado, la degradada y oscura Basin y el suburbio de Sacred Oaks, en la zona montañosa y verde del condado. En los Robles suelen vivir las clases más pudientes de la ciudad y podemos encontrar una universidad, un pequeño aeropuerto y una estación de ferrocarril conectada con la Estación Central de Basin. Pero lo sorprendente de Sacred Oaks son sus vistas privilegiadas al resto de la degradada ciudad (algo que muchos residentes quieren obviar) y sus grandes casa señoriales de diversos estilos que crecen alrededor de sus serpenteantes calles: algunas parecen castillos inexpugnables y otras son modernas construcciones de acero y vidrio al estilo de la famosa Casa Farnsworth de Mies van der Rohe.

LOS POZOS DE ALQUITRÁN DE SANTA YOLANDA

Como en el famoso Rancho la Brea de Los Angeles, Basin City también tiene una zona a las afueras del casco urbano donde se encuentran varios pozos de alquitrán, en lenta pero constante ebullición, con su olor penetrante y ocre, mezcla de sulfuro de hidrógeno y metano. Para no copiar a La Brea y sus estatuas de mamuts y dientes de sable, el Ayuntamiento de Basin creó el parque de diversión de los Pozos de Alquitrán de Santa Yolanda con grandes estatuas de diversas especies de dinosaurios inspirándose en el éxito de taquilla de la película de Steven Spielberg *Jurassic Park*. Actualmente clausurado, Santa Yolanda es un paraíso para los amantes de la exploración urbana de lugares abandonados, aunque muchos delincuentes también suelen utilizar sus pozos de alquitrán para deshacerse de paquetes incomodos.

DE LA FICCIÓN A LA REALIDAD

Sin City **es la serie de cómics de temática noir que el autor Frank Miller (Olney, 1957) creó en 1991 y que comenzó con la famosa miniserie *El duro adiós* para la editorial Dark Horse. Entre 1991 y 1999, Miller dibujó varias historias negras que transcurrían en la oscura ciudad de Basin, como *Ese bastardo amarillo*, *Valores familiares*, *Sexo y violencia* o *Ida y vuelta al infierno*. Animado por los directores Quentin Tarantino y Robert Rodríguez, Frank Miller codirigiría una película inspirada en *Sin City* (2005) junto al director de *El mariachi*. En 2014 se estrenó la secuela Sin City: A *dame to kill for*, también dirigida por Robert Rodríguez, que no obtuvo tanto éxito comercial como la primera.**

Beaulieu

La ciudad utópica tras la Gran Guerra

Antes de iniciar su estancia en la ciudad amurallada de Beaulieu debería saber que las condiciones de entrada y salida son muy severas y restrictivas. Antes de pedir asilo o residencia tendría que estar muy seguro de saber si su intención de vivir en una comunidad anti-tecnológica es firme y respetuosa con sus vecinos. Al entrar en Beaulieu será sometido a un minucioso examen de sus pertenencias. En la ciudad se considera un lujo inútil todo lo relacionado con la industrialización y la tecnología: desde un mísero teléfono móvil hasta el vetusto telégrafo.

Beaulieu está amurallada para evitar el embrutecimiento de su buen funcionamiento con la contaminación de otras ciudades y culturas. Tras el examen de aduanas, atraviesa un largo túnel sombrío para llegar a la calle principal de la ciudad, que destaca por su ordenada composición arquitectónica de estilo medieval. Todo lo que necesites en la ciudad lo podrás encontrar en La Bolsa o en el Mercado Central, situados en la Plaza Mayor; aunque te recomendamos que lo primero que deberías hacer es formar parte de una de las casas gremiales, donde podrás elegir tu área de trabajo para ser útil a la comunidad.

Pero no todo es trabajo en Beaulieu. Si quieres divertirte, te recomendamos la visita al Jardín de Recreo (cercano al Mercado Central), uno de los centros neurálgicos de la ciudad de Beaulieu, donde podemos encontrar varios teatros, salas de conciertos, la posada central, varias cafeterías y los baños públicos. Se llega a ella cogiendo una calle tras el mercado central. En Beaulieu se vela por el ocio de sus habitantes, pero no encontrarás ni cines (prohibido como cualquier manifestación tecnológica en la ciudad) ni museos, pues se considera que el arte no tiene que estar encerrado entre cuatro paredes, sino expuesto en cualquier lugar de la ciudad.

QUÉ VISITAR EN BEAULIEU

LA BOLSA

Situada en la plaza cercana a la puerta principal, en la Bolsa los habitantes de Beaulieu intercambian los excedentes (vestidos, artesanía, grano, productos de la granja) que no sirven para su consumo propio con otras materias que no tienen la suerte de producir. Es uno de los edificios más importantes de la ciudad, escrupulosamente regulado para que la avaricia y la usura no envilezcan el buen funcionamiento comunal de Beaulieu.

UNIVERSIDAD DE BEAULIEU

Uno de los edificios más bellos de la ciudad, junto a su corte de justicia (donde se aplica la justicia, no esas leyes absurdas donde priman las irregularidades técnicas). La educación en Beaulieu no es obligatoria (aunque los progenitores deben velar porque su prole sepa leer, escribir y calcular) y está fomentada en el desarrollo de la personalidad fuertemente arralada a un sentimiento religioso (no existe la educación laica en la ciudad). Por eso el edificio de la universidad es de un estilo gótico tardío similar a la estética catedralicia del St. John's College de Cambridge y el New College de Oxford, un auténtico templo de la sabiduría de aire medieval.

DE LA FICCIÓN A LA REALIDAD

Beaulieu es el ejemplo de ciudad utópica propuesta por el arquitecto norteamericano Ralph Adams Cram (1863-1942) descrita en su libro *Walled Towns* (1919). Creador de la Catedral de San Juan el Divino de Nueva York, la Capilla de la Universidad de Princeton o la Iglesia de San Pablo de Detroit, Cram fue uno de los arquitectos más influyentes del llamado estilo neogótico americano. *Walled Towns* fue su respuesta utópica a la Gran Guerra (1914-1918), donde defendía un retorno al medievalismo con ciudades amuralladas, antitecnológicas y comunitarias, similar al espíritu ecologista de escritores contemporáneos fantásticos como J.R.R. Tolkien.

Castle Rock

El secreto mejor guardado de Maine

Castle Rock forma parte junto a Derry, Chester's Mill o Ludlow de una larga lista de pueblos rurales con encanto del Estado de Maine. Situada en el condado de Oxford (al oeste de Maine, haciendo frontera con Franklin, Cumberland, York y Androscoggin), Castle Rock formó parte a finales del siglo XVIII de muchas de las grande plantaciones de heno de Maine. Como en la vecina Oxford, la actividad en Castle Rock es principalmente agraria y podemos encontrar molinos, granjas, aserraderos y tierras de labranza alrededor del pueblo.

Recomendamos acceder a la ciudad por su antiguo puente de madera cubierto, parecidos a los del condado de Madison, pero no tan famosos como los que salen en la película de Clint Eastwood. Aunque la arquitectura ha ido variando con el tiempo, se nota cierto aire de población clásica norteamericana de los años cincuenta, sobre todo en edificios como la librería pública o su escuela secundaria. Aunque la joya arquitectónica de Castle Rock sea su imponente Iglesia Congregacional, rematada con un campanario blanco central de puntiagudos pináculos de pizarra gris.

Castle Rock es una población ideal para hacer turismo rural, dejarse mimar por sus gigantescos pasteles de arándanos (su concurso veraniego de comida es centenario y acuden vecinos de todos Oxford) y dejarse cautivar por las historias de los lugareños, como la del asesino Frank Dodd (hijo del ayudante de sheriff Billy Dodd) o la del extraño caso de un San Bernardo rabioso que atacó a una familia.

QUÉ VISITAR EN CASTLE ROCK

COSAS NECESARIAS

Regentada por un anciano encantador llamado Leland Gaunt, Cosas Necesarias es la tienda más famosa de Castle Rock y todo el condado de Oxford. Los precios son sorprendentemente bajos y en esta encantadora tiendecita se pueden encontrar algunos de los objetos más maravillosos del mundo, desde un trozo de madera del Arca de Noé, un colgante que alivia el dolor de artrosis o un juguete que predice el resultado de las carreras de caballos. Gaunt es muy bromista, y si no tienes dinero para pagar, no temas, siempre podrás hacer un favor a este querido vecino de Castle Rock.

PENITENCIARIA SHAWSHANK

Actualmente cerrado, la centenaria Penitenciaria de Shawshank se encuentra a una hora en coche de Castle Rock. Construido a finales del siglo XIX, llama la atención su perfil de castillo germánico inexpugnable de muros grises, torretas y troneras de estilo gótico victoriano. Su interior es un laberinto de pasillos y pequeños cubículos donde los presos eran recluidos. Seguramente recordaran la espectacular fuga de Andy Dufresne, quien estuvo 19 años excavando un túnel con un pequeño martillo.

DE LA FICCIÓN A LA REALIDAD

Castle Rock forma parte de muchas de las ciudades ficticias del estado de Maine creadas por el escritor norteamericano Stephen King (Portland, 1947). Podemos rastrear su funesta geografía en novelas y cuentos como *La zona muerta*, *Cujo*, *Las cuatro estaciones*, *Skeleton Crew*, *La mitad oscura*, *Las cuatro después de la medianoche* o *La tienda de los deseos malignos*. Hemos podido verla en las adaptaciones cinematográficas de *La tienda* (1993), *La zona muerta* (1983) o *Cuenta conmigo* (1986).

Central City

La ciudad más rápida de América

La gran ciudad del Estado de Missouri (con permiso de Jefferson y Kansas) es llamada la ciudad más rápida de América porque en ella vive el héroe más rápido del mundo: Flash. Atravesada por el Gran Río de Missouri y vecina de Keystone City, la joven Central City creció en el siglo XIX como una de las capitales del ganado de Estados Unidos. Pero el gran alud de emigrantes comenzó con la construcción del ferrocarril transcontinental que añadió una parada en esta especial ciudad de Missouri.

Con una población superior al millón de habitantes, Central City tiene varios barrios residenciales para la clase media alrededor de Old Town, el barrio central donde se encuentra la mayoría de edificios célebres de la ciudad, como el Museo de Flash, el imponente edificio de la policía central o la sede del periódico Central City Citizen (que antiguamente llevaba el nombre de Central City Picture-News). Algunos de esos barrios son Brookfield Heighst, Chubbuck (donde se encuentra el Central City Hospital, uno de los hospitales más modernos y avanzados de Missouri), Mounds View (donde podemos encontrar el Aeropuerto Hardwell Fields y algunos yacimientos arqueológicos de nativos americanos de la zona), New Brighton (el barrio de la estación de tren de la ciudad) o el exclusivo Windsor Heights.

Aparte del casco antiguo, donde se encuentran varios teatros con algunas de las mejores programaciones teatrales solo superado por los carteles de la inmortal Broadway, recomendamos la visita a Leawood, el barrio donde encontramos el Central City Stadium, donde juegan los Stars y los Diamonds, los dos equipos locales de béisbol (aunque si eres fan del fútbol americano te recomendamos los Cougars; o los Miners, si lo tuyo es la NBA) o el boscoso Englewood, cercano al impresionante Parque Nacional de Granite Peak. Y no te preocupes si de golpe se levanta un viento huracanado y una mancha roja aparece de repente y desaparece en un macrosegundo.

QUÉ VISITAR EN CENTRAL CITY

MUSEO DE FLASH

Uno de los museos más visitados de Norteamérica y uno de los lugares sagrados para todos aquellos fans de los superhéroes. Creado a mayor gloria de todos los héroes que han llevado el nombre de Flash, el museo de los supervelocistas contiene objetos curiosos que el héroe escarlata ha recogido de todo el mundo y algún que otro universo paralelo (también hay una réplica de su famosa cinta cósmica, que le permite viajar entre realidades alternativas), como armas o trajes de los villanos de Central City como el Capitán Frío, Ola de Calor, el Amo de los Espejos, Flautista o el Mago del Clima.

S.T.A.R. LABS

Aunque actualmente podamos encontrar sedes de los Laboratorios de Investigación Avanzada de Ciencia y Tecnología en casi cualquier ciudad de Norteamérica, Europa, Australia o Japón, el segundo edificio de esta prestigiosa agencia de investigación fundada por el científico Garrison Gate se construyó en Central City (tras el más famoso de Metrópolis). Tienen programadas visitas todos los días laborables si quieres saberlo todo sobre nuevas tecnologías y sus aplicaciones, o sobre la contención de supervillanos, una de las ramas más conocidas de los S.T.A.R. Labs.

DE LA FICCIÓN A LA REALIDAD

Si Superman vivía en la moderna Metrópolis (el Nueva York más grandioso y luminoso) y Batman residía en la oscura Gotham City (el Nueva York de la delincuencia, la oscuridad y los suburbios), el hombre más rápido del mundo viviría en una moderna ciudad del centro de los Estados Unidos, como Kansas City. Central City fue creada en el *Showcase* #4 por el guionista Robert Kanigher (1915-2002) y el dibujante Carmine Infantino (1925-2013) para las modernas aventuras en el cómic del Flash Barry Allen, tebeo que daría el pistoletazo de salida a la Edad de Plata de los superhéroes americanos.

Cíbola

Las siete ciudades de oro

Cuando los árabes invadieron las Península Ibérica y Don Rodrigo quedó sin corona, siete obispos portugueses que odiaban la religión del Profeta decidieron buscar otras tierras donde no llegara la influencia del Corán. Embarcaron rumbo al Atlántico y lo cruzaron hasta encontrar tierras fértiles, donde fundaron siete ciudades míticas con el oro que se llevaron de Portugal. Según la leyenda, esas siete ciudades vecinas respondían al nombre de Aira, Anhuib, Ansalli, Ansesseli, Ansodi, Ansolli y Con, o como se conoce a la más grande de ellas, Cíbola o Quivira. Durante muchos siglos, los españoles y portugueses creían que los obispos se habían instalado en una de las islas míticas del reino de la Atlántida que todavía quedaban por descubrir más allá de las Azores, pero el descubrimiento de una nueva tierra por Cristóbal Colón permitió fijar las ciudades más allá de las islas del Caribe, en el interior de México.

El monje franciscano Fray Marcos de Niza descubrió en 1539 las perdidas ciudades de Cíbola acompañado por otro fraile, el esclavo negro Esteban y un nutrido grupo de indios autóctonos.

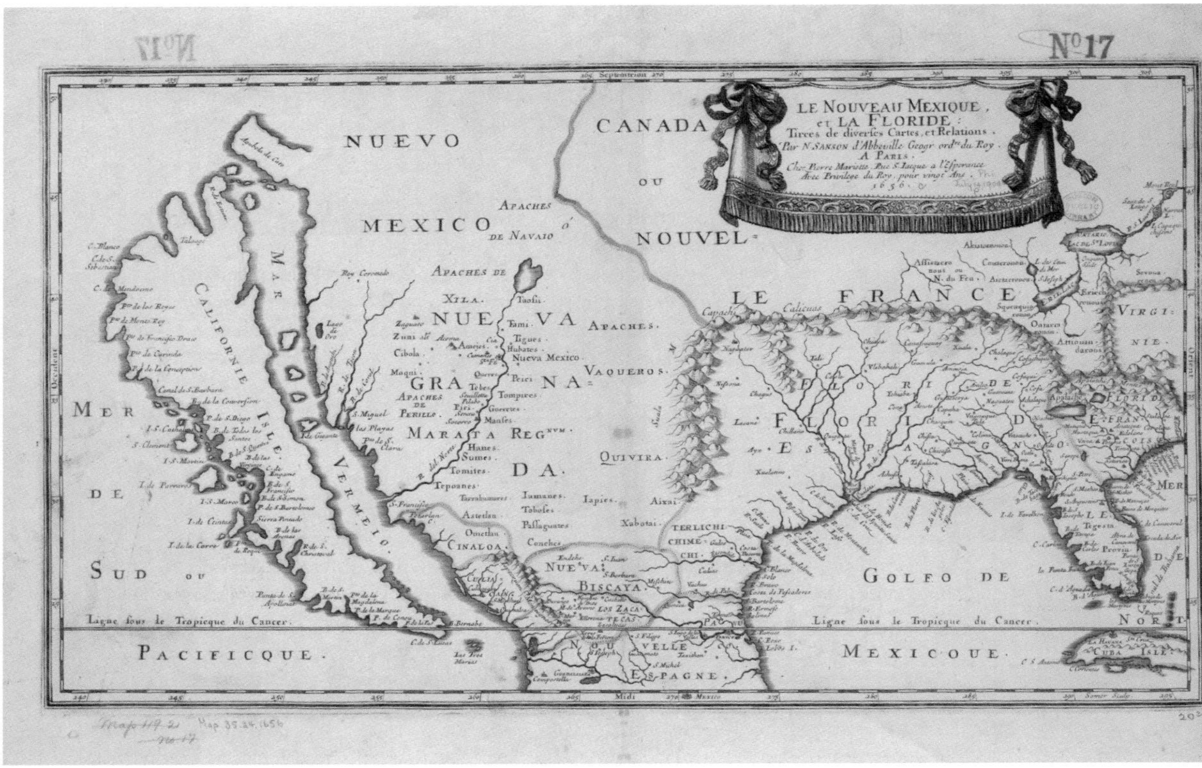

Aunque el señor de Cíbola no les dejó entrar y su pueblo asesinó a Esteban, Fray Marcos vio Cíbola con sus propios ojos desde un cerro cercano, con sus calles brillantes adornadas con ribetes de oro, sus magníficas casas de varios pisos y sus templos piramidales chapados del dorado y preciado metal. Según Fray Marcos, los nativos de Cíbola usan vajillas de plata y oro, decoran sus casas con turquesas y usan perlas gigantescas, esmeraldas y más joyas. Lo que Fray Marcos descubrió fue una de las ciudades más grandes construidas hasta entonces en el Nuevo Mundo. Al haber sido fundada por obispos católicos de la vieja Europa, Cíbola es una sociedad a medio camino entre el arte azteca y las construcciones visigodas. La mayoría de la población es cristiana y pagana a la vez, y en sus estadios pavimentados con oro se juega al Tlachtli, el conocido juego de pelota mesoamericano. El virrey Antonio de Mendoza mandó una expedición a Cíbola en 1540 comandada por el conquistador Francisco Vázquez de Coronado, quien nunca pudo encontrar la ciudad descrita por Fray Marcos de Niza.

QUÉ VISITAR EN CÍBOLA

IGLESIA DE ORO

En Cíbola existen varios templos cristianos de los antiguos obispos portugueses, pero uno de los más bonitos es la pequeña iglesia visigoda de oro de tres naves levantada sobre arcos románicos de media punta. Su interior es sombrío, como corresponde a una iglesia cristiana, pero está bellamente decorado con escenas de la Biblia dibujadas con papel de oro al estilo azteca. Su Jesucristo tiene el tocado clásico indio de plumas.

EL GRAN CAÑÓN DEL COLORADO

Si eres como Francisco Vázquez de Coronado y tienes la mala suerte de no poder encontrar ninguna de las ciudades de Cíbola y Quivira, siempre puedes seguir su ruta por el norte de México y acabar en Arizona visitando el Gran Cañón del Colorado, una de las maravillas geográficas del planeta Tierra y Patrimonio de la Humanidad desde 1979. Navegar por los rápidos del río Colorado es un deporte no apto para cobardes.

DE LA FICCIÓN A LA REALIDAD

Muchas de las expediciones españolas del siglo XVI perseguían los mitos de El Dorado o las siete ciudades de oro de Cíbola. El gran viaje de descubrimiento de Coronado se hizo por esa razón. Sí Cíbola es la materia de la que está hecha los sueños, ha alimentado muchas obras de ficción como *El quinto real* (1966) del escritor americano Scott O'Dell (1898-1989), *Seven Cities of Gold* (2010) del californiano David Moles o la serie de dibujos animados japonesa-francesa de 1982 *Las misteriosas ciudades del oro*.

Cicely

En lo más profundo de los bosques de Alaska

Situada a varias horas en autobús de Anchorage, entre dos y tres horas en coche desde Sleetmute y trescientas millas en línea recta desde Ninilchik, Cicely es uno de los pueblos de Alaska más remotos que podremos encontrar y visitar. A orillas del lago Nipnuk (que da nombre a la comunidad de indios americanos nativos de la zona) y regada por un afluente del río Elkhorn, rico en salmones, Cicely es una comunidad con cerca de ochocientas almas entre nativos americanos y emigrantes de todas partes de Estados Unidos.

Para tratarse de una población remota de la siempre peligrosa y recóndita Alaska, Cicely dispone de varios elementos que la hacen parecer un oasis de urbanidad en medio de las montañas: como un servicio de aerotransporte, uno de los bares más bien surtidos de toda la península, un pequeño hospital (con el único médico titulado en 500 millas a la redonda, el Doctor Joel Fleischman), un bed & breakfast muy coqueto (propiedad de la pareja Ron y Erick), un periódico local (el Cicely News & World Telegram), una emisora propia (la KBHR57 AM), una iglesia y uno de los equipos deportivos de pesca con mosca más exitoso de Alaska: la Marmotas de Cicely.

Según el astronauta, terrateniente y hombre más rico de Cicely, Maurice Minnifield, esta población se fundó en 1893 por la pareja de lesbianas Cicely y Roslyn, quienes querían encontrar un ambiente saludable para mejorar la salud de la enferma Cicely y crear una prospera comunidad bohemia alejada de la recalcitrante moral de la época. La pareja fundó un salón de estilo parisino donde llegaría a alojarse hasta el mismísimo Franz Kafka. Tras la muerte de Cicely a manos de un pistolero, se le dio el nombre de la ciudad en su honor. El destino final de Roslyn es desconocido, pero hay rumores que la sitúan en la Guerra Civil Española, luchando con las Brigadas Internacionales contra los fascistas.

Cicely está compuesta principalmente por una Calle Mayor donde podemos encontrar el hospital, la tienda de ultramarinos de Ruth Anne o la posada The Brick, pero lo mejor del pueblo son sus impresionantes paisajes y montañas, casi siempre nevadas, donde poder conectar con la naturaleza como los indios Nipnuk.

QUÉ VISITAR EN CICELY

THE BRICK

El alma de Cicely, donde te puedes encontrar con la mayoría de los parroquianos de este bello pueblo de Alaska. Antiguamente se llamaba The Beared Nail y estaba regentado por Abe y Sally, pero fue adquirido por el alcalde Holling Vincoeur, trampero profesional, natural del Yukon canadiense y descendiente del mismísimo Luis XIV de Francia, y su joven esposa Shelly Tambo, la Reina de Belleza de la Escuela de Saskatoon. Si quieres alcohol para calentarte, comida grasienta para aguantar todo un invierno de Alaska y miles de historias sobre ataques de osos, The Brick es tu nuevo local favorito.

LAS ESCULTURAS DE CHRIS STEVENS

El DJ radiofónico de la KBHR57 AM (la K-Bear) es uno de los hombres más cultivados de toda Cicely, y en su programa de radio podemos escuchar trozos de obras de Thoreau, Carl Jung, Walt Whitman, Sendak, Stephen Hawking, Joseph Campbell y muchos más. Además, es un artista cinético que crea impresionantes esculturas móviles como las de Lyman Whitaker, Alexander Calder o David Ascalon. En el jardín de su caravana Airstream a orillas del Lago Nipnuk se encuentran algunas de ellas, como la sorprendente "Aurora Borealis".

DE LA FICCIÓN A LA REALIDAD

Doctor en Alaska (*Northern Exposure* en el original) fue una de las series norteamericanas "diferentes" más exitosas surgidas tras el éxito de *Twin Peaks*. Tuvo seis temporadas compuesta por 110 episodios entre 1992 y 1995, aunque las dos primeras fueron las más aplaudidas por la crítica, siendo nominada a varios Emmy y Globos de Oro. Creada por los showrunners Joshua Brand y John Falsey (creadores de otras series como *St. Elsewhere* o *The Americans*) *Doctor en Alaska* estaba protagonizada por Rob Morrow, Janine Turner, Barry Corbin o John Corbett, y casi todo el mundo reconoce la soleada sintonía creada por David Schwartz para la serie.

Ember

La polis subterránea

Tras un apocalipsis nuclear que aconteció hace 241 años, unos arquitectos e ingenieros desconocidos llamados Los Constructores crearon la Ciudad de Ember, una pequeña población subterránea cuya sostenibilidad estaría asegurada durante doscientos años, el tiempo razonable para que la humanidad pudiera ascender a una superficie menos contaminada. Esta información fue guardada dentro de una caja donde también se contaría la manera de poder ascender al aire libre. Esta caja y conocimiento se transmitiría entre los diferentes alcaldes de Ember, pero se perdió como lágrimas en la lluvia y, actualmente, la ciudad tiene cortes de suministros y escasez de alimentos porque lleva más de cuarenta años subsistiendo por encima de sus posibilidades.

Nada más entrar en Ember te sorprenderá la cantidad de bombillas que iluminan calles y edificios de esta pequeña ciudad enterrada bajo tierra. Electricidad que es suministrada por la Central Hidroeléctrica que lleva experimentando problemas desde hace décadas. Todo el alumbrado público permanece apagado entre las 21 h y las 6 de la mañana, horas en que la oscuridad es total en Ember. Los niños de esta ciudad subterránea se gradúan a la edad de 12 años, fecha en la que entran

a trabajar como aprendices de alguna de las necesarias tareas que mantienen la ciudad con vida (agricultura, suministros, ingeniería, administración, correo).

La escuela se encuentra justo enfrente de la Plaza Harken, donde encontramos la Torre del Reloj, el edificio de la autoridad como el ayuntamiento, la sala de reuniones del consejo o la prisión. Al suroeste de la ciudad se encuentra las Casas Verdes, donde se planta y se recolecta la comida que sustenta a la población, cerca de los importantísimos panales de abejas, tan necesarias para la polinización de los vegetales. También es importante el Mercado de Verduras, donde las 400 almas de esta ciudad pueden adquirir su alimento. Hace tiempo que la Ciudad de Ember dejó atrás su moderno aspecto y actualmente se va apagando su brillo en una continua lucha por no desaparecer en la oscuridad de la tierra entre apagón y apagón eléctrico.

QUÉ VISITAR EN EMBER

LA CENTRAL HIDROELÉCTRICA

Aunque la mayoría de la magia de este prodigio de la ingeniería se encuentre bajo tierra, el gigante generador que da la vida a la Ciudad está perdiendo potencia cada año que pasa y ya casi no hay suministros para reparar tanto parche añadido por incansables ingenieros de Ember durante décadas. Alimentado por un río subterráneo siempre en movimiento, se sospecha que la central también pueda ser el camino de salida hacia la superficie.

LA TORRE DEL RELOJ

El centro neurálgico de Ember, el lugar donde se concentra el poder del alcalde y el edificio más alto de de la ciudad, cuya altitud se pierde entre la oscuridad creciente de la gran gruta subterránea que da cobijo a Ember. Situada en la central Calle Greystone (que atraviesa la ciudad de norte a sur), el reloj de la torre está conectado a la Central Hidroeléctrica, apagando la iluminación de la ciudad en horas programadas para no gastar la preciada energía de la ciudad.

DE LA FICCIÓN A LA REALIDAD

Inspirada en la ciudad subterránea de Nueva Alberfoyle del libro de Jules Verne *Las Indias Negras* (1877), *La Ciudad de Ember* es un libro de la autora Jeanne DuPrau (San Francisco, 1944) que ha tenido gran éxito en el mercado anglosajón, pero no entre los lectores españoles. En este país solo se ha traducido *La Ciudad de Ember* (2003) y *La gente de Spark* (2004), pero falta por traducir *The Prophet of Yonwood* (2006) y *The Diamond of Darkhold* (2008). El libro tuvo una adaptación cinematográfica en 2008 dirigida por Gil Kenan y protagonizada por Bill Murray, Saoirse Roman, Martin Landau y Tim Robbins, entre otros, pero su poco impacto en la taquilla le ha negado una continuidad.

Gotham City

La casa del murciélago

Aunque la historia reciente de Gotham esté repleta de crisis y cataclismos (desde el terremoto que asoló gran parte de la ciudad que impulsó la ley marcial conocida como Tierra de Nadie, pasando por ataques masivos de delincuentes organizados o los cruentos meses de secuestro de El Acertijo de hace años), los gothamitas están orgullosos de su gran ciudad y, sobre todo, del héroe que vela por su bienestar: Batman. Aunque las diversas islas que albergan la ciudad de Gotham en la desembocadura del río del mismo nombre ya estaban pobladas hace más de seis mil años por las tribus nativas de los Miagani (se han descubierto varias cuevas con dibujos rupestres), el origen de Gotham tenemos que rastrearlo a mediados del siglo XVII, cuando los exploradores noruegos e ingleses comenzaron a crear comunidades portuarias en las islas propiedad de los Miagani. El gran empuje de la ciudad y su característico skyline gótico es obra de la planificación urbana de 1840 del juez Solomon Wayne y el arquitecto Cyrus Pinkney. Juntos, crearon el Gotham Style, a medio camino entre el neogótico y el art déco, imitado en muchas otras ciudades de Norteamérica.

Como moderna ciudad americana, Gotham es una megalópolis con varios barrios residenciales rodeando la zona de negocio llamada Distrito Diamante, donde podemos encontrar la Torre Wayne, la sede de Robbins Enterprises, el edificio del Gotham Gazette o el prestigioso club nocturno Iceberg Lounge, donde va a divertirse la alta sociedad de la ciudad. Como en San Francisco, Gotham tiene uno de los Barrios Chinos más pintorescos de Norteamérica, al que se puede acceder por la gran puerta dorada de Gate Street. Pero si quieres respirar el aire clásico gótico de Gotham te recomendamos perderte por Old Gotham, donde podrás disfrutar de la Catedral, joya de la arquitectura neogótica extrema de Cyrus Pinkney, la famosa Torre del Reloj de Gotham o la sede de la Sociedad de la Justicia Americana, casa de héroes clásicos como Doctor Fate, Hawkman, Red Tornado o Power Girl. Como en cualquier guía de viaje te recomendamos a continuación los sitios que deberías visitar en Gotham City, pero también hay que tener en cuenta la lista de lugares peligrosos que bajo ningún concepto debes pisas siendo turista en Ciudad Gótica: en esta larga lista destacamos todo el East End, y la zona de Crime Alley, en particular.

Como Nueva York o Metrópolis, lo mejor de Gotham es su imponente skyline de rascacielos modernos y góticos. Por eso os recomendamos un viajecito a las afueras, a los bosques de Bristol, donde está la famosa Wayne Manor donde vive el famoso multimillonario Bruce Wayne, para contemplar la ciudad de Gotham en todo su esplendor.

QUÉ VISITAR EN GOTHAM CITY

TORRE WAYNE

Sede de Wayne Enterprises, un conglomerado de empresas verdes propiedad de la familia Wayne desde el siglo XVII, la imponente Torre Wayne fue construida en 1888 por Alan Wayne para dar la bienvenida a todos los emigrantes que viajaban a Gotham para labrarse un futuro mejor. El edificio, construido a medio camino entre el neogótico y el art déco propio del Gotham Sytle, está coronado con 13 gárgolas o guardianes que vigilan los trece puntos de entrada a las islas de la Ciudad: cinco a las puertas originales de Gotham (tres puente y dos túneles) y siete que miran a las siete líneas

Liberty
WAYNE MANOR
North River
GRANT
NORTH POINT
THE PALISADES
WEST VILLAGE
Queens River
UPTOWN
BAY SIDE
SOUTH POINT
East River
SOUTH PT
SOUTH CHANNEL ISLAND
RANDALL
South Channel
COLUMBIA PT
WEST SIDE
MIDTOWN
COLGATE HEIGHTS
Gotham River
RED HOOK
FORT CLINTON
Queens River
East River
WEST CHELSEA HILL
NARROWS
UPPER WEST HILL
COBBLE HILL
DOWNTOWN
EAST PARK SIDE
CENTRAL HEIGHTS
CHINA BASIN
SANDY HOOK

de tren que convergen en Union Station, la estación debajo de la base de la torre. En 1930, Henry Wayne añadió un decimotercero guardián con su vista fijada en el Aeropuerto Internacional Archie Goodwin.

ROBINSON PARK

El pulmón de Gotham City, rodeado por el Distrito Diamante, el Upper West Side, el Upper East Side y Coventry. Atravesado por el Finger (afluente del río Gotham que desaparece bajo la ciudad) y coronado por un embalse gigante donde los gothamitas navegan en verano, el Robinson Park es una de las joyas del paisajismo y la jardinería de Gotham. Entre sus caminos podemos admirar estatuas de diferentes personalidades políticas y artísticas de Gotham, pero recomendamos la visita al anfiteatro donde en verano se suelen celebrar conciertos y obras de Shakespeare. El parque fue destruido durante los fatídicos eventos de Tierra de Nadie (en la que fue sede de la villana Hiedra Venenosa), pero el ayuntamiento ha realizado una excelente restauración.

DE LA FICCIÓN A LA REALIDAD

"En un principio, iba a llamarla Civic City. Después pensé en Capital City o Coast City. Después ojeé la guía telefónica y vi Gotham Jewelers; y me dije 'Eso es, Gotham City'. No la llamamos Nueva York porque queríamos que cualquier lector se sintiera identificado con la ciudad". El que habla es Bill Finger (1914-1974), co-creador de Batman, Robin y el Joker junto al dibujante Bob Kane (1915-1998), contando el origen de Gotham City como el lugar donde se desarrollaría las aventuras del Hombre Murciélago (creado en 1939). Actualmente, la ciudad es tan importante como los héroes y villanos que la albergan y aparte de salir en cómics y películas de DC Comics, la cadena Fox está emitiendo una serie sobre el origen de Batman con el título de *Gotham* que ya lleva cuatro temporadas en antena.

iDEATH

La ciudad del azúcar de sandía

Esta comunidad rural del sur de los Estados Unidos es un enclave único entre bosques y colinas donde reside una sociedad comunal autónoma donde casi todo se hace con el azúcar de colores que se extrae de la sandía. Es por eso que iDEATH es un lugar que siempre huele al penetrante olor dulzón del azúcar de este fruto gigante. La comuna está compuesta de varias casas comunitarias alrededor de un edificio llamado yoMUERTE, que le da nombre al pueblo y funciona como centro de toda la actividad de la comuna. Los residentes de iDEATH son muy pacíficos y buscan el olvido más que nada en esta vida. Para ello, abandonan todas sus pertenencias y ego en la gran Olvidería, que se encuentra a las afueras del pueblo y donde no está permitido acercarse.

En iDEATH se produce un curioso accidente meteorológico: cada día tiene un color diferente, cosa que influye en la plantación y recolección de las sandías, de donde se saca el preciado azúcar. La variedad de sandía negra es ideal para fabricar objetos sin sonido, como los preciados y fantásticos relojes silenciosos. Todo, casi absolutamente todo, en yoMUERTE está hecho con azúcar de sandía: cabaña, ropas, las esculturas desperdigadas por toda la población que representan cosas que impresionaron a sus habitantes (sobre todo con forma de vegetales imposibles) o el combustible que se utiliza para alumbrar y que está hecho de una secreta mezcla de azúcar y aceite de trucha. Para fabricar el azúcar existen ingenios específicos donde se cuece las sandías. Cuando el fruto se queda reducido a azúcar, ésta se tiende a secar al Sol. Por todo el pueblo se puede ver cintas repletas de azúcar de sandía de diversos colores, convirtiendo la visita a iDEATH en algo único y bello.

Para llegar a este estado de gracia y utopía, los habitantes de iDEATH tuvieron que luchar contra unos tigres, que sabían hablar, cantar y calcular, y que se estaba comiendo a la población de esta bella comunidad.

QUÉ VISITAR EN IDEATH

LA OLVIDERÍA

En esta comuna uno de los bienes más preciados es el olvido (hay residentes que no recuerdan ni su nombre) y para entrar en iDEATH mucha gente se deshace de sus recuerdos y objetos. Todos se guardan en la Olvidería, un almacén de cosas olvidadas que garantiza la felicidad de los miembros de la comuna. Aunque la mayoría de residentes de yoMUERTE no osaría ni acercarse por este almacén, algunos rebeldes del lugar viajan allí de noche a explorar las cosas olvidadas, y a fabricar y beber whisky.

EL CRIADERO DE TRUCHAS

Aunque casi todo lo que se construye en iDEATH se hace con azúcar de sandía, los miembros de la comuna también utilizan madera de pino (muy común en la zona), piedras y aceite de trucha. Este preciado combustible se saca del bello criadero de truchas construido en un vivero de río al sur de la comuna. Todo el criadero está hecho, por supuesto, de azúcar de sandía y piedras de la colina cercana. Su suelo es muy hermoso, construido con baldosas de colores tan armoniosos que parece que de ellas surja una música que hacen crecer felices a las truchas de río. En el vivero de truchas se suele ir a bailar las noches de funerales en iDEATH.

DE LA FICCIÓN A LA REALIDAD

Tras el éxito de las dos novelas de Richard Brautigan (1935-1984), *Un general confederado de Big Sur* (1964) y *La pesca de la trucha en América* (1967), el escritor de Tacoma escribiría su libro más metafórico y extraño en plena época del amor libre, drogas, protestas por la Guerra de Vietnam y chalecos con flores. *En azúcar de sandía* (1968) trata de una comuna llamada yoMUERTE que vive del azúcar de sandía y que sufrió el ataque de unos tigres metafóricos.
La obra se ha interpretado de varias maneras, como una alegoría al cielo y el Edén o como una irónica visión de las comunas hippies de la época. Una cosa está clara, *En azúcar de sandía* no deja indiferente a nadie.

Innsmouth

El puerto del Padre Dagón

La ciudad costera de Innsmouth se encuentra en el Condado de Essex de Massachussets, al sur de la Isla Plum y al norte de Cabo Ann, en el camino entre Ipswich, Arkham y Rowley. Fundada en 1643 como astillero, pronto se convirtió en un prospero centro de actividad industrial y marítima que casi desaparece en 1812 durante la Guerra Civil Americana. En 1840 el pueblo comenzaría a reflotar gracias al culto que el mercante Obed Marsh trajo de la Polinesia fundando la Orden Esotérica de Dagón. Desde entonces, la pesca en Innsmouth es bastante abundante (importando comida a toda la zona) y se puso en marcha la refinería de oro de Marsh, donde se convertía en lingotes las piezas antiguas que comenzaron a encontrarse en las costas de la ciudad. Muchas de las piezas más extrañas las podemos encontrar en la Universidad de Miskatonic de Arkham y en el Salón de Exhibiciones de la Sociedad de Estudios Históricos de Newburyport.

Actualmente, Innsmouth es una ciudad casi abandonada por la que ya no pasa ni el ferrocarril que lo unía antiguamente con Rowley. Para llegar a ella se debe coger en la Plaza del Mercado de Newburyport el viejo autobús conducido por Joe Sargent. Separado del resto de la comarca por marismas y riachuelos, en el Condado de Essex nunca han tenido muy buena opinión sobre los habitantes de Innsmouth: pero eso es debido al racismo imperante de la zona. Sus colonos suelen tener la cabeza estrecha, nariz chata, unos ojos fijos que parece que no parpadean nunca y una piel costrosa y arrugada por el cuello, algo que parece molestar a los parroquianos del resto de pueblos vecinos.

Innsmouth se construyó alrededor de la desembocadura del río Manuxet y consiste en un núcleo urbano muy extenso de casas apretadas de estilo georgiano sin apenas signos de vida. Este abandono y ruina se hacen más evidentes en el barrio marinero, junto a los muelles, donde se alza la blanca torre de un edificio de ladrillos llamada New Church Green. En la Calle Federal, donde se halla el puente principal que cruza el Manuxet, nos encontramos con la Plaza del Pueblo, donde está emplazado todo el centro neurálgico de Innsmouth, como el Hotel Gilman, un restaurante, el mercado, una farmacia, el mayorista de pescado o la oficina de la refinería Marsh.

Yendo hacia el mar por la Calle State, paralela al Manuxet, nos encontraremos con la Calle Water y el puente sobre la desembocadura del río. Calle que atraviesa los muelles de Innsmouth de norte a sur y desde donde podemos admirar mar adentro los malditos Arrecifes del Diablo, una delgada línea negra donde continuamente rompen la olas y cuyas vistas producen una atracción singular y maligna. En algunas noches se pueden otear misteriosas luces lejanas en la línea del arrecife.

QUÉ VISITAR EN INNSMOUTH

NEW CHURCH GREEN

Edificio de ladrillos sombrío coronado con una gran torre blanca, antigua sede de la logia masónica de Innsmouth y actual sede de la Orden Esotérica de Dagón, una religión pagana de origen oriental importada por Obed Marsh durante la gran sequía pesquera de mediados del siglo XIX. En la Orden se adora a los Profundos (antiguos habitantes de las profundidades marinas) y a los dioses de su panteón (Padre Dagón, Madre Hidra o el Gran Cthulhu). El juramento de la Orden costa de tres partes: un juramento de silencio, un juramento de lealtad y una confirmación para casarse con un profundo y tener descendencia con ellos.

CALLE WASHINGTON

Seguramente la calle más famosa de Innsmouth, situada tras la Calle Federal, al norte de la desembocadura del Manuxet. Es famosa porque en ella se concentra las mansiones de las cuatro familias más antiguas y ricas de Innsmouth: los Marsh, los Waite, los Gilman y los Eliot. Gente retraída que viven en caserones inmensos. Se rumorea que tras las ventanas siempre tapadas por gruesos cortinajes oscuros de estas mansiones se esconden familiares que han nacido con horribles deformaciones.

DE LA FICCIÓN A LA REALIDAD

Innsmouth forma parte de ese triángulo funesto de ciudades lovecraftianas de Massachusetts junto a Dunwich y Arkham (también presente en este libro), y aunque sale nombrada en varios cuentos cortos del autor H. P. Lovecraft, es sobre todo conocida por ser la protagonista de la novela *La sombra sobre Innsmouth* (1931), una de la historias más celebres del autor de *Providence* y la única historia en vida del autor que se publicó en formato novela en 1936. El resto de cuentos publicados en revistas sobre los mitos de Cthulhu y otras novelas cortas de Lovecraft no comenzarían a imprimirse hasta años después de su muerte.

Mega-City One

Cuidado con la Justicia

Cuando la crisis de población de los Estados Unidos parecía tocar techo, el gobierno creó a principios del siglo XXI Mega-City One, una conurbación de ciudades del este del país que se extendía desde Boston hasta Washington DC. Tras la guerra nuclear del 2070, muchas áreas de la Tierra quedaron estériles, convirtiéndose en tierra maldita. Solo tres grandes megalópolis de los Estados Unidos sobrevivieron: Mega-City One, que va desde el Quebec hasta las costas de Florida y ocupa toda la Costa Este Norteamericana; Mega-City Two (toda la Costa Oeste desde Seattle hasta San Diego); y Tejas City (que ocupa todo el antiguo estado de la estrella solitaria).

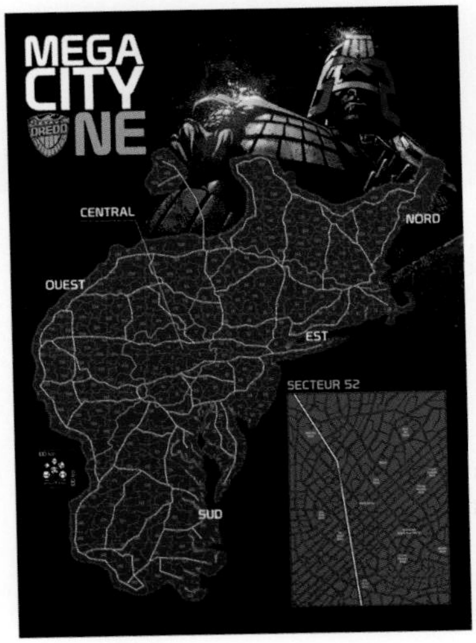

Aunque siga viviendo mucha gente en el interior amurallado de Mega-City One, muchos habitantes perdieron la vida durante la guerra nuclear y la invasión soviética de 2104. La mayoría de habitantes de la ciudad viven en enormes megabloques de apartamentos donde se suelen hacinar más de cincuenta mil personas y que son un pueblo en sí mismas. Dentro de los megabloques hay un hospital, un gimnasio, una escuela y un distrito comercial. Muchos de esos habitantes no suelen salir nunca de sus megabloques y se suelen organizar milicias de defensa que suelen atacar otros bloques vecinos. Mega-City One está dividida en 305 sectores agrupados en cuatro demarcaciones: Central, Norte, Sur y Oeste, y se considera a la Ciudad Central (sectores 1-20 a las afueras de la antigua Nueva York) como el centro de la gran megalópolis.

Tras la abolición del gobierno democrático de América en 2070, Mega-City One es una dictadura dirigida por el Departamento de Justicia. El poder reside en el Juez Principal y los cinco jueces superiores, aunque los ciudadanos pueden votar un consejo municipal, sin poder significativo. Si te planteas viajar a Mega-City One ten en cuenta que las leyes son muy duras (el azúcar es ilegal y no se puede fumar nicotina fuera de los smokatoriums con licencia). Incumplir alguna de las miles de leyes es motivo

para que tus huesos acaben en un iso-cubo, una celda minúscula de una de las muchas macro-prisiones de Mega-City One. Los jueces son los encargados de aplicar la estricta ley de la ciudad como policía, juez y jurado, y las penas se ejecutan en el mismo momento de tu detención.

QUÉ VISITAR EN MEGA-CITY ONE

ZOOLÓGICO ALIEN

El Mega-City Alien Zoo es una de las atracciones más visitadas por los ciudadanos de la megalópolis. El gigantesco complejo construido con varias decenas de cúpulas transparentes, con diferentes ambientes extraterrestres en su interior, fue inaugurado en el 2100 y es donde viven miles de es-

pecies de animales recogidas por toda la Vía Láctea. Entre sus habitantes alienígenas más famosos están el temible wurlitz wooflebeast de un solo ojo, parecido a un oso gigante, o el gran dragón mercuriano, que escupe un ardiente fuego ácido.

GRAN SALÓN DE JUSTICIA

Hasta la fecha han habido tres grandes Salones de Justicia, el edificio donde reside el Departamento de Justicia de Mega-City One. Situado en lo que antiguamente era la Isla de Manhattan, está a menos de un kilómetro de la Grand Central Terminal. El Salón de Justicia original fue bombardeado por las fuerzas soviéticas durante la Guerra del Apocalipsis del 2104. El segundo Gran Salón fue destruido en un atentado terrorista el día de su inauguración en el 2105. El Gran Salón actual ha podido resistir hasta un ataque aéreo de una nave espacial secuestrada y permanece inmutable como gran faro de la justicia en Mega-City One.

DE LA FICCIÓN A LA REALIDAD

Cuando el guionista John Wagner (Pennsylvania, 1949) y el dibujante Carlos Ezquerra (Zaragoza, 1947) estaban desarrollando la historia del Juez Dredd para la revista de cómics británica *2000 AD* (1977) iban a basarla en un Nueva York apocalíptico, pero el dibujo tan futurista y rompedor de Ezquerra hizo que el editor Pat Mills se replantease esa opción y creara la megalópolis Mega-City One, donde se desarrollaría todas las aventuras de uno de los personajes más míticos de la historia del cómic británico. Hemos podido ver las calles de Mega-City One en el cine en la mediocre *Judge Dredd* (1995), de Danny Cannon con Sylvester Stallone y Rob Schneider, y en la brillante *Dredd* (2012), de Pete Travis con Karl Urban como el irascible juez. Esta última fue un fracaso de taquilla, pero tiene una legión de seguidores fieles muy activos en las redes que demandan una continuación.

Metrópolis

La ciudad del mañana

Cercana a Nueva York y a Gotham, Metrópolis es la Ciudad del Futuro de Estados Unidos. Esta mítica ciudad, hogar del más grande héroe de la historia, Superman, ya salía en los mapas en 1634, como un asentamiento holandés llamado De Vries Village (donde actualmente se encuentra la Ciudad Vieja del barrio de Queesland Park), pequeño pueblo que fue prosperando y absorbiendo otras poblaciones vecinas mientras tuvo varios nombres: Fort Hunter, Hunterville o Hunter City. En 1905, el inventor y aventurero Waldo Glenmorgan se instaló en la ciudad y comenzó una campaña para que Hunter City se convirtiera en Metrópolis, la ciudad del mañana. Y así es como se conoce al Gran Albaricoque desde entonces.

Como Gotham, Astro City o Nueva York, Metrópolis es una gran ciudad que ha crecido alrededor de una isla en la desembocadura de dos grandes ríos: el Hob y el West River, que van a morir a la Bahía de Metrópolis, abierta al Océano Atlántico. Esa gran isla recibe el nombre de Nueva Troya y se puede acceder a ella desde los otros tres grandes condados de Metrópolis (Park Ridge, Bakerline y Queensland Park) atravesando algunos de sus espectaculares puentes (recomendamos cruzar por el imponente Clinton Bridge que te lleva a la zona más céntrica de la isla, cerca del Ayuntamiento y los edificios más emblemáticos de Metrópolis) o en ferry desde las islas de St. Martin o Hell's Gate. Aunque los distritos de las afueras también tienen su encanto, el visitante suele acudir a Metrópolis por las maravillas que encontrará en Nueva Troya.

El lado sur de la isla está dominado por las imponentes LexCorp Towers, uno de los edificios más altos del mundo, pero también es muy reconocible el edificio del periódico *Daily Planet*, coronado con una maqueta gigantesca del planeta Tierra siempre girando en continuo movimiento (lo puedes encontrar en la Plaza Planet), el Emperor Building y su art déco de la misma escuela del Empire State de Nueva York o el Newstime Building, casa de la conocida publicación *Newstime*.

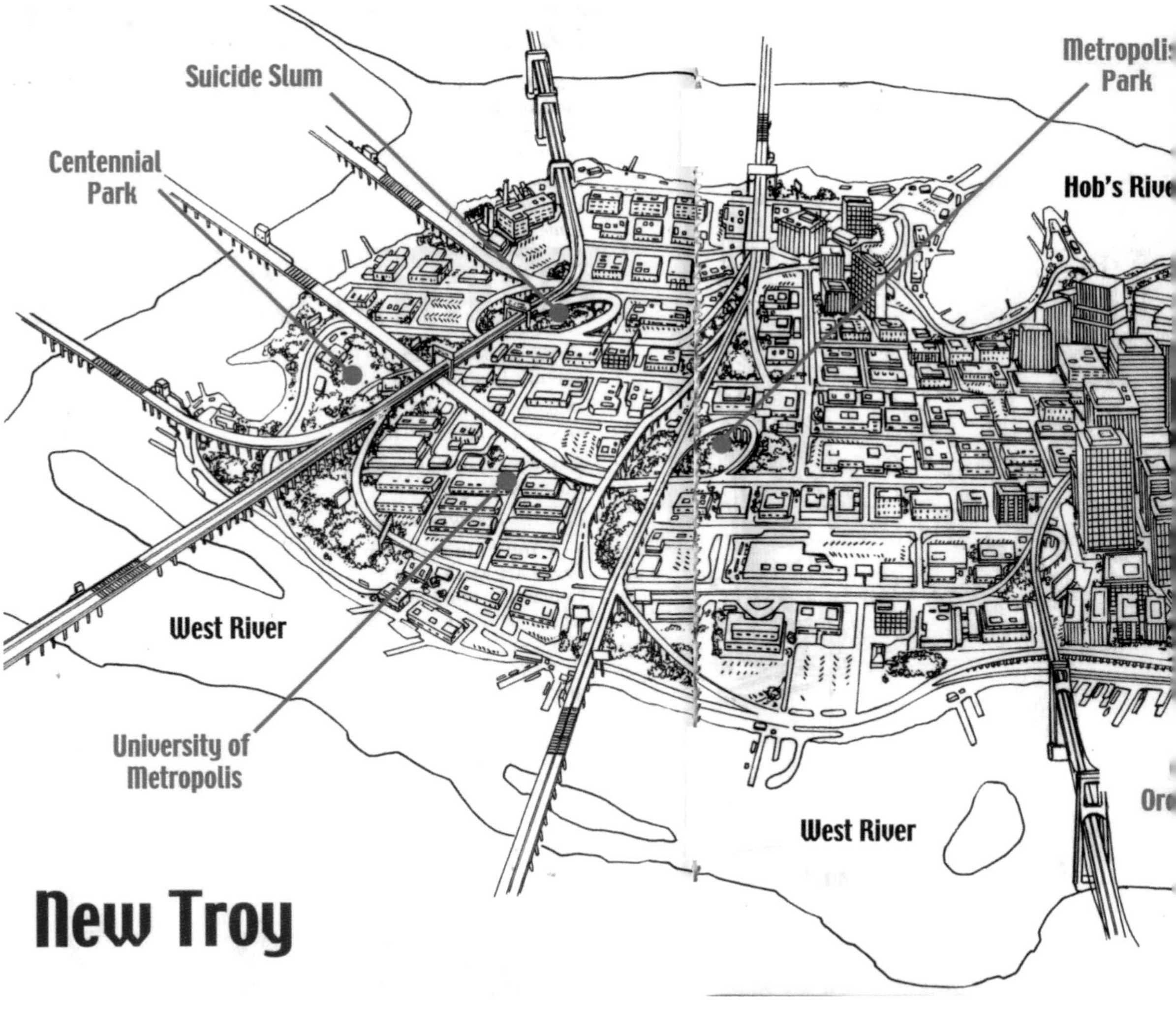

Pero Nueva Troya es mucho más que el Distrito Financiero. Como Nueva York, San Francisco o Gotham, Metrópolis también tiene un Barrio Chino que suele copar muchas instantáneas de Instagram o Pinterest. Pero si lo tuyo es el arte, te recomendamos una visita a Little Bohemia y sus galerías con lo más moderno en pintura y escultura; Bessolo Boulevard con sus teatros y cines; o hacerte un selfie en la famosa Glenmorgan Square, uno de los lugares más reconocibles del mundo junto a Piccadilly Circus, Shibuya, la Plaza Roja o Time Square.

QUÉ VISITAR EN METRÓPOLIS

CENTENNIAL PARK

Situado en la parte oeste de Nueva Troya, alejada del Distrito Financiero y cercana al no muy recomendable barrio de Suicide Slum, encontramos el Centennial Park, uno de los pulmones verdes de una ciudad que se pierde en las alturas con su frío skyline de metal plateado. En Centennial Park

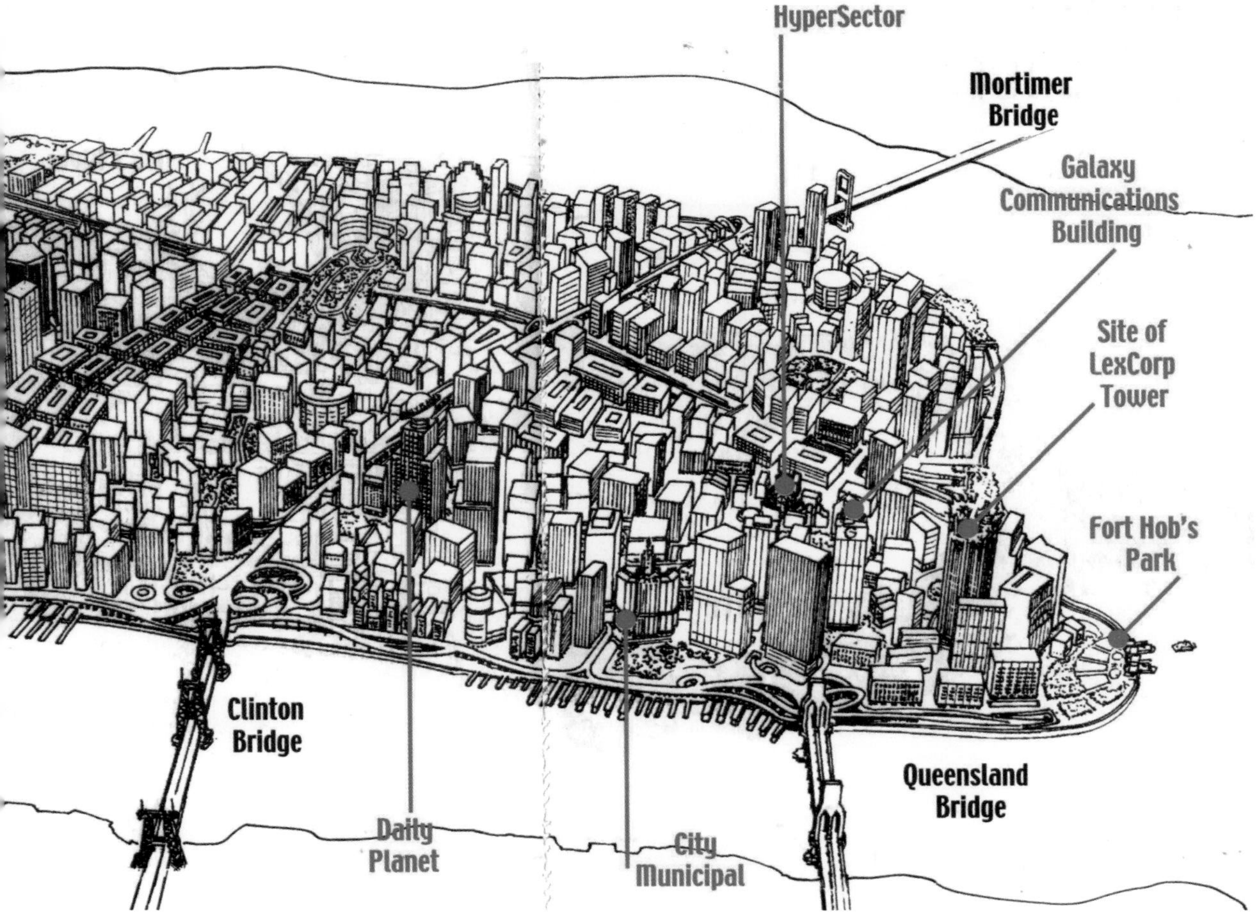

fue donde se construyó un monumento a Superman cuando este falleció por detener al monstruo Doomsday que pretendía destruir Metrópolis. Hace poco se añadió otro monumento conmemorativo, el de joven Superboy, fallecido durante la gran crisis mundial de 2005.

LEXCORP TOWERS

Sede del conglomerado de empresas LexCorp en manos del ex presidente de Estados Unidos Lex Luthor, uno de los más grandes benefactores de Metrópolis y uno de los científicos más reputados de la ciudad junto a Garrison Slate (S.T.A.R. Labs), Simon Stagg (Stagg Enterprise) o Paul Westfield (Proyecto Cadmus). Formado por dos torres en forma de L unidas por su parte inferior, las LexCorp Towers tuvieron el honor se ser uno de los edificios más altos del mundo con sus 500 metros de altura hasta que la Taipei 101 le quitó ese puesto en 2004. Luthor tiene otra sede en la vecina Gotham City, pero mucho más modesta, de solo 200 metros de altura.

> **DE LA FICCIÓN A LA REALIDAD**
>
> **Jerry Siegel (1914-1996) y el dibujante Joe Shuster (1914-1992) iban a basar las aventuras de su nuevo héroe Superman en la ciudad de Cleveland cuando estos dos grandes creadores intentaban venderle la idea a un periódico de esa ciudad del noroeste americano. Menos mal que el negocio no prospero. Ya en National (antigua DC Comics) y publicando en *Action Comics*, Shuster comenzó a dibujar a Metrópolis, la ciudad de Superman, como la ciudad que le vio nacer, Toronto (Canadá). De hecho, en una de las primeras versiones del héroe de la capa roja el periodista Clark Kent trabajaba en el *Daily Star* (como el periódico real *Toronto Star*) y no en el *Daily Planet*.**

Quahog

El bello encanto de Rhode Island

Cerca de Providence y Cranston, regada por la Bahía de Narragansett, encontramos a la idílica población de Quahog, una de las muchas ciudades con encanto de Nueva Inglaterra. La leyenda cuenta que la ciudad fue fundada por un colono de Nueva Ámsterdam (actual Nueva York) llamado Miles "Chatterbox" Musket que viajaba en un mercante para descubrir nuevas tierras. Musket tenía la manía de hablar demasiado hasta que un día sus compañeros de viaje, hartos de tanta palabrería, lo tiraron por la borda. Musket fue salvado de morir ahogado gracias a una almeja de la variedad quahog (muy usuales en la Costa Este de Estados Unidos y Canadá). Al salir a la superficie de la bahía, decidió quedarse en Rhode Island y llamar Quahog al primer asentamiento. Musket y la almeja estuvieron viviendo un tiempo juntos pero la cosa no funcionó. Pero claro, todo esto es leyenda. En realidad, la ciudad fue fundada por

el caballero británico Griffin Peterson, exiliado a las colonias de América por el Rey Stewart III de Inglaterra, celoso por las muestras de amor que su querida Lady Redbush le profesaba. Esta dama de la corte de Londres huyo al Nuevo Mundo en busca de su amado Peterson cuando éste estuvo asentado en América.

Quahog tiene ese encanto de pueblo de Nueva Inglaterra, a medio camino entre la tradición de la vieja Norteamérica y todas las ventajas del nuevo siglo. Un lugar ideal para criar a tus hijos, que pueden estudiar en al prestigioso instituto regional James Woods (llamado así por el actor de *Videodrome* y *Vampiros de John Carpenter*). El edificio más alto de Quahog es la sede de Pewterschmidt Industries, cuyo tejado a cuatro aguas de color verde domina el skyline de este pueblo, haciendo sombra al coqueto ayuntamiento de dos plantas y aires neoclásicos. Los habitantes de Quahog suelen alardear de que no les falta de nada en su pueblo y muchos de ellos no han pisado nunca la bulliciosa Providence, aunque esté situada a pocos kilómetros de sus casas (desde muchas partes del pueblo se puede ver los rascacielos One Financial Center y el Bank of America Tower de Providence). En Quahog podemos encontrar un fantástico palacio de deportes (New Haven Coliseum), la fábrica de cerveza Pawtucket (hogar de la excelente Pawtucket Patriot Ale), un museo de arte, un Instituto Correccional para Adultos (en Quahog nadie le llama cárcel), una moderna sala de conciertos (el Quahog Concert Hall), una sala de ópera, un centro de convenciones, un hospital, un instituto de cirugía estética, una academia militar marítima, dos zoológicos marinos (el Quahog Marine Center y el Quahog Oceanland), un museo de las ciencias, un aeropuerto internacional, una televisión local (el Canal de Noticias 5), un club de comedia (Chuckle Bucket) y hasta un campamento para niños gordos (Putdownadaforka)... eso sí, no te recomendamos bañarte en el Lago Quahog, siempre contaminado por culpa de la refinería de petróleo que está cerca.

QUÉ VISITAR EN QUAHOG

ASILO ANTIGUO DE QUAHOG

A los amantes de la exploración rural y urbana de lugares abandonados les encantará hacer una visita al Antiguo Asilo de Quahog para Lunáticos y Menstruadoras. Es un antiguo hospital de estilo georgiano a las afueras del pueblo que se cerró por la construcción del más moderno Asilo Mental de Brookfield. Si quieres darte una vuelta por la zona, pídele permiso al celador del asilo, un amable anciano ex combatiente de la Guerra de Corea... aunque hay gente que dice que en realidad es el líder del Ku Klux Klan de Quahog y las medallas que lleva las ha robado.

LA ALMEJA BORRACHA

El gran Horacio llevó el pub más famoso y antiguo de Quahog hasta el día de su muerte por culpa de un accidente con una pelota de béisbol. Actualmente el dueño es Jerome, quien intenta darle un toque más sofisticado a La Almeja Borracha con tapas selectas. Su impactante cartel de neón triunfa mucho en las redes sociales y se ha convertido por derecho propio en toda una institución de las noches etílicas de los residentes de Quahog. En la década de los ochenta se llamaba la Almeja de St. Elmo y durante una corta época fue un pub británico regentado por un tal Nigel Pinchley, acusado más tarde de fraude.

DE LA FICCIÓN A LA REALIDAD

Quahog es el lugar ficticio donde transcurre las desventuras de *Padre de Familia* (*Family Guy* en el original), una serie animada de la Fox creada en 1999 por el director y actor Seth MacFarlane (Kent, 1973). Vista por mucha gente como la versión gamberra de *Los Simpson* (en América no está recomendada para menores de 13 años), *Padre de Familia* lleva 15 temporadas en antena (aunque fue momentáneamente cancelada en su tercera temporada) y dan voces a sus protagonistas actores como Mila Kunis, el propio MacFarlane, el humorista Seth Green o el mítico Batman de los sesenta Adam West (1928-2017), que daba la voz al extraño alcalde de Quahog, quien también se llamaba Adam West.

Raccoon City

La ciudad más moderna de Montana

La tercera ciudad en importancia del Estado de las Montañas Brillantes, tras Billings y Helena, no es una población antigua de los Estados Unidos. Creada en los años cincuenta, la Ciudad del Mapache ha experimentado un crecimiento y modernización espectacular desde los años ochenta. Todo gracias al alcalde Michael Warrenson, el ingeniero responsable de la creación del sistema de tranvías, el moderno sistema eléctrico y la modernización de las cloacas de la ciudad. Gran parte de este progreso es gracias a la financiación de la Corporación Umbrella, quien ha invertido en servicio público o asistencia laboral y en la que trabaja casi el cincuenta por ciento de los cien mil habitantes de Raccoon.

Limitada por el bosque frondoso de las Montañas Arclay, y atravesada por el río Circular, el centro neurálgico de Raccoon, y su parte más visitada, es el norte de la ciudad, donde podemos encontrar el Parque Raccoon (cuyo verdor se pierde en las montañas antes de llegar a la planta de eliminación de residuos P-12A), el Hospital Central, la Torre del Reloj de St. Michael, la parada

del tranvía que comunica a Raccoon con el pueblo de Stone Ville y las Montañas Arclay (y también atraviesa toda la ciudad hasta la estación central al lado del ayuntamiento) o el zoológico. En el centro de la ciudad, también llamado Downtown, es donde se concentra casi todos los edificios importantes de la ciudad. Aparte del ayuntamiento, un gran edificio de ladrillos rojos muy bello al estilo del famoso City Hall de Helsingborg, podemos encontrar el Departamento de Policía (con sus techos de pizarra negra casi inexpugnable y fuertemente armado por la creciente criminalidad de la ciudad), las oficinas de los tres diarios locales (Raccoon Week, Raccoon Time y Raccoon Press, siempre discutiendo entre ellos sobre quién hace mejor periodismo) o la oficina de la Corporación Umbrella. Al este de la ciudad se encuentra el college de la Universidad de Raccoon, famosa por el moderno laboratorio de biología avanzada que Umbrella regaló a esta institución.

Si te gusta el senderismo y perderte entre la naturaleza, te recomendamos una de las muchas rutas por las Montañas Arclay, donde puedes recoger las famosas hierbas medicinales de la zona, conocidas en todo el estado.

QUÉ VISITAR EN RACCOON CITY

EL ZOO DE RACCOON

Si de algo están orgullosos los habitantes de Raccoon es de su pequeño pero coqueto zoológico donde los reyes son el león Max y el elefante Óscar. El visitante podrá ver varias especies de animales divididas en varios pabellones y zonas, desde una ártica con pingüinos, la jaula de los lémures, la isla de los gorilas, el lago de los caimanes o los edificios de las arañas o los quirópteros. En el zoo de Raccoon también hay un pequeño jardín botánico y una gran zona verde con escenario donde se suelen organizar conciertos y obras de teatro en verano.

LA TORRE DEL RELOJ DE ST. MICHAEL

Se encuentra al norte de la ciudad, cerca del Hospital General y de la estación del tranvía de Raccoon. La torre del reloj es uno de los edificios más emblemáticos de la ciudad, visitado por turistas durante toda las épocas del año y protagonista de casi todas las postales. Edificio de aires neogóticos de colores marrones y adornada con una gran torre de ladrillos oscuros y un reloj enorme, es llamada así por la gran estatua de San Miguel que decora la fachada de la casa. Propiedad de una de las familias más viejas de Raccoon, en su interior hay una biblioteca, una capilla y una sala de baile. Son famosos sus tres cuadros de las diosas del pasado, presente y futuro adornados con relojes.

DE LA FICCIÓN A LA REALIDAD

Resident Evil (_Biohazard_ en el mercado japonés), el videojuego creado por Shinji Mikami (Iwanuki, 1965) para la compañía Capcom en 1996, fue el primero que inauguró uno de los géneros más exitosos de los juegos modernos: el survival horror, sobrevivir en un ambiente lúgubre y claustrofóbico. El juego se desarrollaba en las Montañas Arklay a las afueras de Raccoon City, donde un peligroso virus se propaga por culpa de la Corporación Umbrella. Tras el éxito de _Resident Evil_ se produjeron varias secuelas, hasta que Raccoon City fue bombardeada en _Resident Evil 3_. Hollywood aprovechó el tirón de los juegos y hemos podido ver la Ciudad del Mapache en las dos primeras películas de la saga protagonizada por Milla Jovovich, _Resident Evil_ (2002) y _Resident Evil 2: Apocalipsis_ (2004).

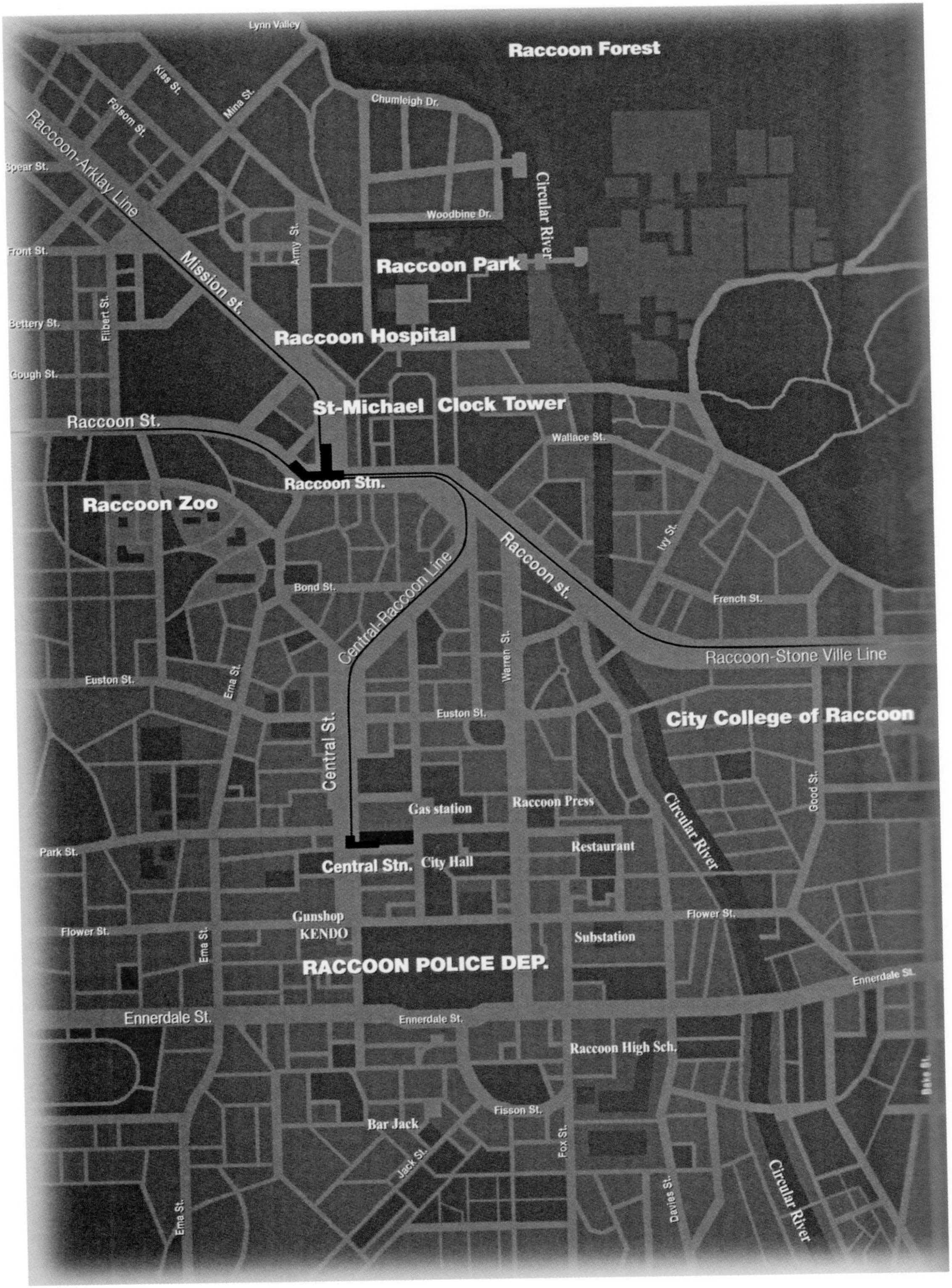
Lynn Valley
Raccoon Forest
Kiss St.
Mina St.
Folsom St.
Chumleigh Dr.
Raccoon-Arklay Line
Spear St.
Circular River
Woodbine Dr.
Army St.
Front St.
Mission st.
Raccoon Park
Filbert St.
Bettery St.
Raccoon Hospital
Gough St.
St-Michael Clock Tower
Raccoon St.
Wallace St.
Raccoon Stn.
Raccoon Zoo
Raccoon st.
Ivy St.
Central-Raccoon Line
Bond St.
French St.
Warren St.
Raccoon-Stone Ville Line
Euston St.
Ema St.
Euston St.
City College of Raccoon
Central St.
Good St.
Gas station
Raccoon Press
Circular River
Park St.
Restaurant
Central Stn.
City Hall
Gunshop
KENDO
Flower St.
Flower St.
Substation
Ema St.
RACCOON POLICE DEP.
Ennerdale St.
Ennerdale St.
Ennerdale St.
Raccoon High Sch.
Bake St.
Fisson St.
Bar Jack
Jack St.
Fox St.
Davies St.
Circular River
Ema St.

Silent Hill

La ruta fantasmal de Nueva Inglaterra

Aunque Silent Hill, construida alrededor de las costas del Lago Toluca, sea una ciudad de Maine donde el turista se reencontrará con todo el encanto de la Nueva Inglaterra, la zona más antigua de los Estados Unidos, lo cierto es que la población tiene un funesto pasado que lo convierte en uno de los lugares más visitados por aficionados al ocultismo o sectas arcanas. Mucho antes de que los exploradores europeos llegaran a las costas del Toluca, los nativos de la región consideraban a Silent Hill como un lugar sagrado. A finales del siglo XVII los conquistadores que vivían en el nuevo asentamiento murieron por una cruel epidemia y se construyo el Hospital Brookhaven para tratarlos. Hospital que fue reconstruido en 1820 y que se considera uno de los edificio más antiguos de Maine. Pero el oscuro pasado de Silent Hill también está marcado por haber sido una colonia penal en 1800 y una prisión de guerra durante la Guerra Civil. Actualmente es una ciudad que destaca por su pesca y sus bosques, bañados casi siempre por la bruma constante que procede del Toluca.

Partido por el lago, Silent Hill se divide en dos barrios: Paleville, al norte del Toluca, y South Vale, al sur. En Paleville se encuentra la zona turística de Silent Hill, pero también existen barrios residenciales de casitas individuales y brillante césped verde como Old Silent Hill, donde se encuentran la Escuela Primaria Midwich o la coqueta Iglesia de los Balcanes, con su estilo sobrio protestante de madera. En Paleville también está Central Silent Hill, donde se concentra el poder y los negocios de la ciudad (ayuntamiento, estación de policía, el centro comercial o el Hospital Alchemilla).

En la zona turística nos encontramos con el faro Toluca, el Parque de Atracciones de Lakeside o el bello Hotel Lakeview, donde podrás disfrutar de los mejores frutos del lago en el Restaurante Lake Shore. Pero si te gusta la naturaleza, te recomendamos un viaje a South Vale, una región de grandes bosques y montañas con ríos y riachuelos. Si te acercas a la Carretera County 73, junto a la ruta de senderismo encontrarás una plataforma de observación que domina todo el Lago Toluca. Al noroeste de la Avenida Nathan está la cabaña de la Sociedad Histórica, un pequeño museo con objetos del pasado de Silent Hill construido sobre la antigua prisión militar de Toluca. La cabaña está cerca del imponente edificio blanco de cuatro pisos del Hospital Mental Brookhaven. Siempre puedes acabar tu visita en Silent Hill tomando unas cerveza y picando algo en la bolera de Pete en el cruce de la Avenida Nathan y la Calle Carroll.

QUÉ VISITAR EN SILENT HILL

IGLESIA DEL SAGRADO CAMINO

Si la Iglesia de los Balcanes parece una iglesia típica de madera de Nueva Inglaterra de una sola planta rectangular y una torre-campanario en su fachada, la Iglesia del Sagrado Camino, en el barrio central, es un bloque monolítico negro de aspecto gótico, más visible en su recargado interior. En la sala principal, iluminado por unos bella vidriera, podemos encontrar un enorme órgano de tubos frente a un símbolo heráldico que parece más pagano que católico. Encima de la puerta principal de la iglesia hay unos grandes altavoces. Suponemos que será su moderno sistema de campanario analógico.

PARQUE DE ATRACCIONES DE LAKESIDE

Lakeside se construyó para convertirse en el centro de recreo de Silent Hill y de todas las poblaciones alrededor del Lago Toluca. La asociación de vecinos suele celebrar en sus anfiteatros conciertos, obras de teatro o desfiles de carnaval. En Lakeside hay una bonita montaña rusa, un antiguo carrusel, una noria y una casa encantada. Las cuatro mascotas del parque son Robbie el Conejo, Kathy la gata, Huey el Caballo y Dawn el Pato.

DE LA FICCIÓN A LA REALIDAD

Tras el éxito de *Resident Evil* (ver Raccoon City), Keiichiro Toyama (Tokyo, 1978) y Konami publicaron *Silent Hill* en 1999. A diferencia del título anterior, más centrado en zombies y bichos mutantes, *Sairento Hiru* (en el original japonés) es un juego de terror psicológico y experiencias paranormales. Su rápido éxito lo convirtió en una franquicia con ocho títulos en el mercado. En 2006 se estreno la película *Silent Hill*, dirigida por Christopher Gans y protagonizada por Radha Mitchell y Sean Bean. En vez de estar en Maine, los productores colocaron su Silent Hill fantasmagórico en Virginia Occidental.

Springfield

La ciudad de los nobles de espíritu

El lema de Springfield es "Un noble espíritu engrandece al hombre más pequeño", palabras que sus habitantes suelen seguir a la perfección debido a los tumultos ciudadanos que suelen concentrarse cada pocos días. En Springfield son muy vecinos de sus vecinos y les une el odio a su ciudad gemela, Shelbyville, desde la fundación de las dos poblaciones. Ubicada al sur de Capital City, al noreste de Ogdenville, al sureste de Cypress Creek y al oeste de Shelbyville, Springfield fue fundada en 1796 por el pionero Jeremías Springfield y sus colonos tras perderse cuando estaban buscando Nueva Sodoma (malinterpretando un pasaje de la Biblia). Su compañero de viaje Shelbyville Manhattan fundó la vecina Shelbyville, una ciudad donde los hombres se pudieran casar con sus primas, algo que Jeremías detestaba. Algunas de las leyendas de Jeremías cuentan cómo domó a un búfalo y mató a un oso (en la Plaza del Ayuntamiento se yergue una estatua de bronce conmemorando este hecho).

Rodeado de bosques, prados, un desfiladero, un glaciar, un desierto, pantanos, puerto y playas, el amante de la naturaleza tendrá horas y horas de caminatas garantizadas en el Parque Nacional de Springfield, las Tierras Baldías, la Garganta de Springfield o el Springfield Monument Park. Pero la ciudad de los nobles fue conocida como la capital del entretenimiento del estado, con una Casa del Opera, un anfiteatro, una vibrante escena de jazz, un distrito gay con clubs nocturnos, un distrito bohemio con obras de teatro underground y un Little Italy donde se sirve la mejor pasta del estado. Si quieres ver el zirconio cúbico más grande del mundo, se exhibe en el Museo de Springfield. Pero no es la única casa de sabiduría de la ciudad, donde también puedes visitar el Springfiled Knowledgeum, el Museo de Historia Natural, el Springsonian Museum, el Museo del Sello y el Museo del Pez Espada.

Si estás pensando en irte a vivir a Springfield, te debemos advertir que aunque su comunidad es muy respetuosa, acogedora y fiel, el aire de la ciudad es bastante

irrespirable por culpa de la Central Nuclear y el almacén de neumáticos siempre en constante combustión. Tiene fama de ser la ciudad más radioactiva de Norteamérica y a los visitantes se les recomienda llevar un contador geiger y un traje anti-radiación… solo por su seguridad, claro.

QUÉ VISITAR EN SPRINGFIELD

DUFF STADIUM

La casa de los Isótopos de Springfield, equipo local de béisbol de una liga menor doble A. El moderno Duff Stadium sustituyo al obsoleto Springfield War Memorial Stadium, que se caía a trozos. Esponsorizado por la cervecería Duff, muchos de los partidos son inaugurados por la mascota de la compañía, el ligón Duffman. Si no te gusta el béisbol, en Springfield tienen un decente equipo de fútbol americano, los Átomos, que juegan en el cubierto Springfield Atoms Stadium.

KRUSTYLAND

En Springfield hay varios parques recreativos, como los Jardines Duff, donde los padres podrán beber cerveza mientras los hijos juegan, el parque acuático de Mt. Splashmore, el divertido Diz-Nee Land, o la Tierra de Itchy & Scratchy, basado en la serie de animación más popular. Pero el más insano de todos ellos es, seguramente, Krustyland, parque temático propiedad del famoso cómico televisivo Krusty el Payaso. En Krustyland hay atracciones como el tobogán de agua sin agua, el paseo del barco del dragón, un estadio parecido a un castillo o un restaurante en lo alto de una torre panorámica sin ascensor.

DE LA FICCIÓN A LA REALIDAD

Creada en 1989 por el dibujante y guionista Matt Groening (Portland, 1954), *Los Simpson* es una famosa serie de animación que lleva 28 temporadas en antena (más de 610 capítulos) emitida por Fox en varios países (en España, Antena 3 vive de las reposiciones de sus primeras temporadas año tras año). Como moderna sátira de la sociedad norteamericana, la familia protagonista, los Simpson, tenían que vivir en una ciudad donde hubiera de todo y pudiera pasar de todo. Springfield fue la ciudad inventada, uno de los nombres más comunes entre las ciudades de Estados unidos (hasta cuarenta y cuatro pueblos llevan el título de Campo de Primavera).

Sunnydale

La ciudad de los cementerios

Situada cerca de la soleada Santa Barbara, California, Sunnydale es una las poblaciones más interesantes del Estado Dorado por sus doce cementerios góticos y sus cuarenta y tres iglesias de diferentes credos relacionados con el cristianismo. En esta ciudad bañada por el Océano Pacífico de apenas cuarenta mil habitantes se concentran muchos edificios importantes para una población tan pequeña: un par de escuelas secundarias, una universidad privada, una sucursal de la Universidad de California, un zoológico, un hospital y un pequeño aeropuerto.

Rodeado de desierto y a dos horas en coche a Los Angeles, la historia de Sunnydale es muy pintoresca. Este valle fértil estuvo dominado por los pueblos nativos Navajo y Chumash, hasta que comenzó a asentarse una misión de frailes franciscanos españoles. Un terremoto en 1812 acabó con esta misión, y se perdió su localización en los libros de historia. No ha sido el único terremoto que ha sufrido la ciudad en cien años de historia. Richard Wilkins llegó a California a finales del siglo XIX en busca de oro. Tras varios nombres, como Happydale o Sunny Acres, Wilkins bautizó como Sunnydale al asentamiento minero, convirtiéndose en su primer alcalde. Su descendiente, Richard Wilkins III, es el actual alcalde de la ciudad. Aunque existe cierto vestigio de Sunnydale antes de la llegada de los Navajo, donde se llamaba a la zona como la Boca del Infierno. Nombre que le dieron los frailes fransciscanos, quienes consideraban maldito al lugar.

Sunnydale se divide en cinco distrito, desde el primero, dedicado al entretenimiento de la ciudad y donde podrás encontrar el famoso club nocturno Bronze, hasta el quinto, una amplia zona suburbana. Pero como ya hemos indicado al principio, la fama de Sunnydale está en sus bonitos cementerios llenos de criptas de inspiración gótica europea, desde el Old Sunnydale Cemetery, pasando por el Restfield, el Eden Memorial o el Parklake situado cerca del lago del Sunnydale Public Park.

QUÉ VISITAR EN SUNNYDALE

MAGIC BOX

Si te gusta la magia y quieres triunfar en garitos de Sunnydale, Los Angeles o Las Vegas, la tienda de objetos mágicos de Rupert Giles en Maple Court es una de las tiendas de magia más respetadas de la Costa Este. Antiguamente se llamaba el Gabinete Mágico del Tío Bob, pero su fama comenzó con el cambio de nombre a la Caja Mágica. Aparte de trucos para encandilar a los espectadores, el Magic Box está especializado en libros arcanos, amuletos, hechizos y mercancía para realizar poderosos conjuros y pócimas.

KINGSMAN'S BLUFF

Situado a las afueras de Sunnydale, desde el acantilado de Kingsman's Bluff se tienen muy buenas vistas del Océano Pacífico y de todo el Valle del Sol. Muchas son las parejas que van con su coche a acabar la noche allí, esperando la salida del sol. Aunque el acantilado también tiene un lado malvado, pues se cree que allí estaba situado el Templo de Proserpexa, un templo satánico tragado por la tierra en el terremoto de 1932 que asoló gran parte de la ciudad.

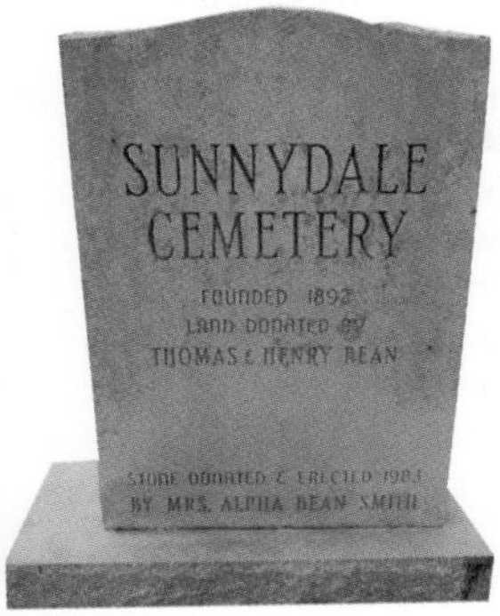

DE LA FICCIÓN A LA REALIDAD

Tras el éxito de la película de acción adolescente de 1992 *Buffy The Vampire Slayer*, dirigida por Fran Rubel Kuzui y protagonizada por Kristy Swanson y Donald Sutherland, el guionista Joss Whedon (Nueva York, 1964) propuso a Warner una serie basada en su personaje protagonista. Con Sarah Michelle Gellar siendo el joven rostro de la cazadora de vampiros y demonios Buffy Summers, la serie tuvo siete exitosas temporadas (emitidas entre 1997 y 2003) convirtiéndose en un fenómeno televisivo en todo el mundo. La mayoría de aventuras de Buffy y sus amigos se desarrollaban en Sunnydale.

The City

El futuro más distópico

Si le preguntas a algún residente de La Ciudad nadie sabrá muy bien decirte dónde empieza y dónde acaba esta gigantesca megalópolis de la costa este americana. Recomendamos al turista guardar su visita a La Ciudad en la memoria, porque mañana parte de ella será derribada y reconstruida para encajar con su propio nuevo momento. La Ciudad está rehaciéndose constantemente y se quedaron sin tierras hace mucho tiempo.

Si tienes dinero, The City se abrirá ante ti como una puta a la que hayas regado de dólares. Si lo que buscas es sexo de cualquier tipo, las putas, los sacerdotes del whisky, los potenciadores de órganos, los perdedores y los borrachos salen y viven cuando la noche llega a los distritos del sexo mientras los clientes y las horas de licencia aguanten. Si tu tarjeta de crédito pesa más que un elefante,

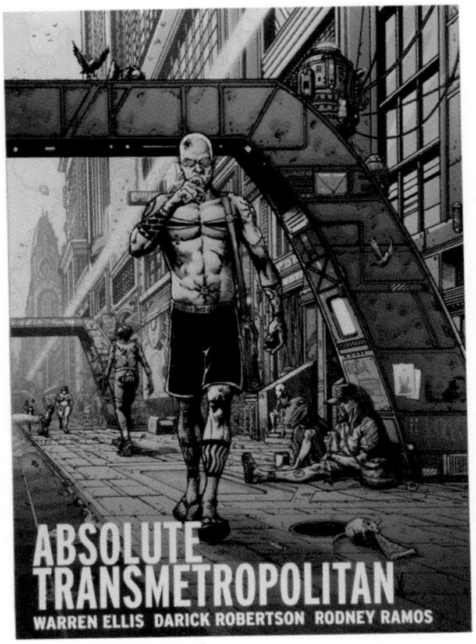

te recomendamos alojarte en el Salón Arkadin, el hotel más caro y excesivo de la ciudad, con sus cúpulas doradas de iglesia rusa ortodoxa y sus obscenas estatuas de héroes del Olimpo. Es el hotel donde suele hospedarse los presidentes o la realeza europea. Aunque también es recomendable el Hotel Gordo, no tan ostentoso, francamente.

En La Ciudad hay varios edificios imponentes, como el Salón Meany, donde se suelen celebrar convenciones o conciertos y suele ser alquilado por los candidatos a la presidencia de los Estados Unidos como centro de campaña; o la Torre Greenbook, imponente mole metálica parecida a un robot maligno de *Doctor Who*. Pero si quieres emociones fuertes, te recomendamos una visita a alguna de las muchas Reservas Culturales Holográficas de La Ciudad, donde puedes viajar al África primigenia, el Japón feudal, la cultura azteca y sus sacrificios humanos o la Comunidad Visionaria, una reserva futurista que protege culturas aún por llegar. Muchos de los ricos de La Ciudad suelen vivir en gigantescas comunidades privadas, como la Arboleda Pupin, que cuenta con su propia seguridad y todos los lujos que te puedas permitir. Llevar armas es normal en La Ciudad y existen casos extremos de violencia como el Ludgate Oeste, barrio en Guerra Civil desde hace un par de años cuya historia ya no le interesa a nadie por ser una noticia pasada. Los diversos bandos llevan turistas a sus zonas para que vivan una experiencia de lucha armada urbana. También venden juguetes y recuerdos hechos con casquillos de balas.

La Calle Principal atraviesa recta y segura el centro de la Ciudad de punta a punta en línea recta. La llamaban Vía Romana y es la primera calle que se construyó en The City. La calle más pequeña es el Callejón de la Zancada, de apenas unos metros. En las últimas semanas se han encontrado cinco cadáveres en ella. Si tienes hambre, no olvides parar en alguno de los muchos puestos de comida rápida de La Ciudad, como el esquimal de Labroke con la Calle 350 y sus exquisitos cubos de ojos de reno, algún puesto de Cergano y su carne humana manipulada genéticamente para todos los paladares, o los encantadores food trucks de La Cima de la Cadena Alimenticia, donde comer excelentes hamburguesas de gato, delfín o franceses.

QUÉ VISITAR EN THE CITY

DISTRITO DE ÁNGELES 8

Uno de los muchos barrios pobres olvidados de la Ciudad y actual sede secesionista de la Colonia Vilnius, una raza de extraterrestres. En él se agolpan los transitorios, humanos que están en transito entre su forma mamífera y el color gris y los grandes ojos verdes saltones de los vilnius. Las autoridades todavía no saben si se trata de una nueva moda fashion eventual (gente que transforma su piel cada mes), una nueva secta religiosa o algo más serio. El portavoz de los transitorios es el antiguo proxeneta Fred Cristo.

DISTRITO PRENSA

Donde se acumulan todas las emisoras, periódicos y noticias de los canales de 24 horas de Amfeed. Cualquier cosa que se pueda grabar con una cámara-gafas o escribir en un teclado se emite sin descanso y sin censura en los miles de canales de la extensa red de noticias de La Ciudad. En Distrito Prensa se encuentra el edificio de La Palabra, el periódico-feed donde el famoso cronista Spider Jerusalem entrega cada semana su columna "Odio todo esto". Se dice que un apagón en Distrito Prensa sumiría a toda la población en una severa cuarentena de noticias.

DE LA FICCIÓN A LA REALIDAD

The City (La Ciudad) es el gran espacio urbano donde el escritor Warren Ellis (Essex, 1968) y el dibujante Darick Robertson (San Mateo) desarrollaron los 63 números de la serie *Transmetropolitan* (Vertigo Comics) entre 1997 y 2002. Creada a semejanza de Mega-City One o The Sprawl (la gran megalópolis de las novelas cyberpunk de William Gibson), muchas de las columnas del periodista Spider Jerusalem tratan sobre las miserias de una sociedad ultracapitalista, decadente, futurista y liberal, mientras intenta derrocar al Presidente de los Estados Unidos, el infame Gary "Sonrisa" Callahan.

Twin Peaks

El norte de América

La verde población de Twin Peaks es una pequeña localidad maderera del Estado de Washington situada a cinco millas del sur de la frontera canadiense y a doce millas al oeste de la línea estatal, a orillas del río Columbia. Se llega a ella desde la ciudad de Spokane atravesando el Bosque Nacional de Ghostwood. Con una población superior a los cincuenta mil habitantes, Twin Peaks debe su nombre al encontrarse entre las montañas White Tail y Blue Pine, los dos picos gemelos de Twin Peaks.

En 1803, el trampero Dominick Renault llegó a la orilla del Lago Negro y abrió un puesto de negocio en la ribera de las Cataratas de White Tail. Aunque no esté confirmado, la famosa expedición de Lewis y Clark habría pasado por Twin Peaks, por lo que se deduce por los diarios de 1805. A finales del siglo XIX se descubrió las famosas Cuevas del Búho, conocidas por las nativos americanos de la zona. En 1888 ya existía una población con el nombre de Twin Peaks, creada por refugiados, tramperos y ladrones. La ciudad alcanzaría su actual poderío económico con la apertura de la Fábrica Maderera de Martell y la Serrería Packard.

Atravesada por la carretera 21 de Spokane, Twin Peaks es una población de barrios residenciales de casas bajas y calles cuadradas. Todos las tiendas, comercios y superficies como los Grandes Almacenes de Horne (dueño del Great Northen Hotel y el Casino canadiense One Eyed Jack), el Calhoun Memorial Hospital, la Oficina del Sheriff o el Instituto de Twin Peaks se encuentran en el centro de la ciudad, al lado del Parque Upper Twin. Lo más importante de la ciudad no está en la urbe, sino en sus imponentes bosques y ríos, donde poder pescar trucha fresca en el sorprendente salto de agua de White Tails o poder admirar la fauna local como osos pardos y negros, lobos del Mackenzie, pumas, águilas calvas o linces canadienses.

QUÉ VISITAR EN TWIN PEAKS

ROADHOUSE

El bar de referencia de la noche de Twin Peaks donde poder consumir deliciosas cervezas locales o de importación. Situada a la entrada del pueblo, detrás de las vías del ferrocarril, las paredes del Roadhouse han visto crecer, madurar y envejecer a muchos aldeanos de Twin Peaks. Para tratarse de un bar de pueblo perdido en las montañas del estado de Washington, en su escenario han tocado grupos como Julee Cruise, Chromatics, The Cactus Blossoms, Au Revoir Simone, Blunted Beatz, The Paris Sisters, Trouble o Nine Inch Nails. Casi nada.

GREAT NORTHEN HOTEL

Situado a orillas del Rio Columbia, el Gran Norte es uno de los establecimientos más prestigiosos de Twin Peaks y toda la zona del Bosque Nacional de Ghostwood. Actualmente tiene spa con masajes variados y piscina climatizada durante todo el año. El Great Northen se fundó en 1950, y desde entonces ha sufrido varias remodelaciones para modernizarse con los nuevos tiempos. Sus ladrillos rojos y su techo de pizarra es reconocible desde la Carretera 21 camino del Canadá.

DE LA FICCIÓN A LA REALIDAD

***Twin Peaks* da nombre a la ficción televisiva creada en 1990 por David Lynch (Missoula, 1946, quien dirigió alguno de sus capítulos) y el productor Mark Frost (Nueva York, 1953), protagonizada por Kyle MacLachlan, Sheryl Lee y Michael Ontkean. Aunque en un principio se trataba de un drama de crímenes, Lynch introdujo muchas de sus fantasías surrealistas que venía desarrollando desde *Cabeza Borradora* (1977). Tras varias discusiones con la productora ABC, Lynch acabó la serie de forma un tanto brusca en la segunda temporada. En 1992 grabaría la precuela cinematográfica *Fire Walk With Me*, donde también aparecerían los músicos David Bowie y Chris Issak. En 2017, Lynch volvería en plena forma con la tercera temporada de *Twin Peaks*, más loca, salvaje, libre y maestra que nunca.**

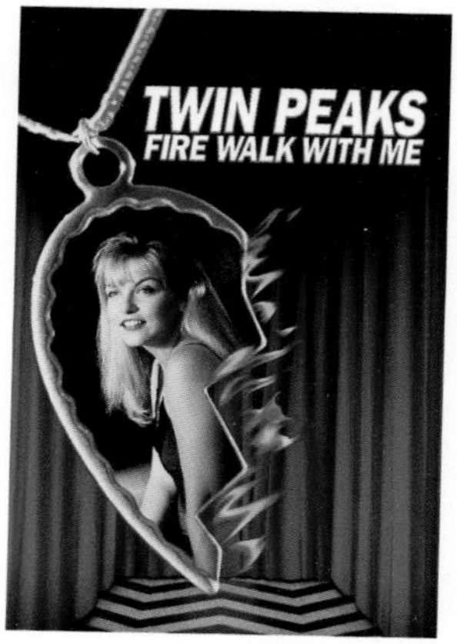

EUROPA

Hogsmeade
Weatherfield
Camelot
Quiquendone
Venusberg
Kitezh
Klow
Doomstadt
Vyonnes
Vetusta
Olimpo
Troya
Atlantida
Temiscira

Atlántida

La capital del continente bajo el mar

El continente de la Atlántida, mayor que Libia y Asia juntas, se hundió en el mar en el 9560 aC. Ocupaba gran parte del conocido Océano Atlántico y su capital del mismo nombre era la ciudad más opulenta y moderna de la antigüedad. Cuando los olímpicos se repartieron la Tierra, la Atlántida fue el continente elegido por Poseidón (Dios del Mar) para gobernar, creando la raza de los atlantes cuando se enamoró de Cleito, la hija de Evenor, con la que tuvo cinco parejas de gemelos varones, los primeros atlantes. Poseidón dividió la isla en diez partes y la repartió entre sus primogénitos (entre los que se encontraba Atlas), que se reprodujeron hasta que su imperio se extendió hasta Egipto y Tirrena. Pero el verdadero poder de la Atlántida era el preciado mineral que se extraía del interior de su tierra, el oricalco.

La capital del continente, Atlántida, ocupaba el centro de la meseta de la isla y estaba formada por una serie de anillos concéntricos formados por terraplenes separados por muros y canales, como si Venecia hubiera sido un gigantesco laberinto circular. El primer anillo, escondido en la parte más alta de la ciudad, estaba protegido por un gran muro de oricalco de 900 metros y un canal de agua donde encontramos el primer puerto interior de Atlántida. Era donde estaba localizado el poder del imperio, con la ciudadela del Palacio Real y el Templo de Poseidón. Saliendo de la fortaleza principal, vamos visitando el resto de círculos, o barrios, donde podíamos encontrar cuarteles, gimnasios, un hipódromo, un gran puerto (tercer anillo) y zona comercial. Todos los canales y puertos se conectaban entres ellos por túneles sumergidos y grandes cuevas artificiales. Parte de estas maravillas todavía se pueden admirar bajo el Atlántico si consigues un pasaje en el submarino *Nautilus* del Capitán Nemo, quien suele visitar sus ruinas con asiduidad.

Pero existe una parte de la Atlántida bajo el mar habitada por atlantes de piel oscura que tienen esclavizados a humanos blancos. Los atlantes supervivientes de la antigua Atlántida ya no veneran a Poseidón, sino a Moloch Baal, con su culto de sacrificios humanos; mientras que los esclavos veneran a Atenea en pequeñas cuevas ocultas. La expedición africana de 1897 de Morthange y Saint-Avit afirman que encontraron otro vestigio de la sociedad atlante en el Desierto del Sáhara, en un oasis gobernado por la soberana Antinea.

QUÉ VISITAR EN LA ATLÁNTIDA

TEMPLO DE POSEIDÓN

La joya de la corona de la antigua Atlántida antes de su hundimiento. Situada en el círculo más interior de la ciudadela redonda, la plaza bellamente decorada contenía el Palacio Real y el Templo de Poseidón. Oculto e inaccesible en un bosque sagrado rodeado de muros de oro se alza orgulloso este templo de origen griego similar a su homólo-

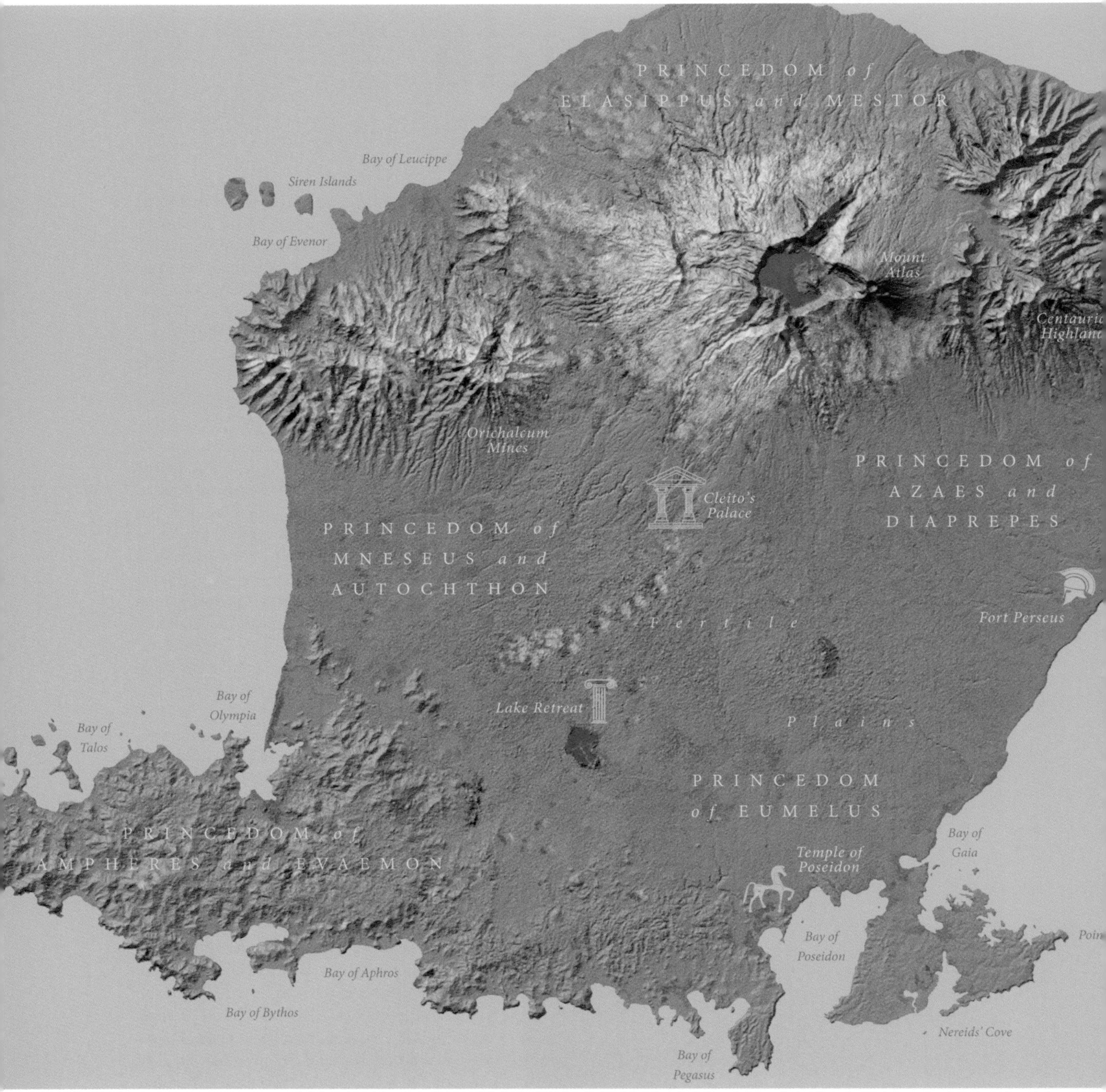
PRINCEDOM of
ELASIPPUS and MESTOR
Bay of Leucippe
Siren Islands
Bay of Evenor
Mount Atlas
Orichalcum Mines
PRINCEDOM of
AZAES and
DIAPREPES
Cleito's Palace
PRINCEDOM of
MNESEUS and
AUTOCHTHON
Fort Perseus
Fertile
Plains
Bay of Olympia
Bay of Talos
Lake Retreat
PRINCEDOM
of EUMELUS
PRINCEDOM of
AMPHERES and EVAEMON
Bay of Gaia
Temple of Poseidon
Bay of Poseidon
Bay of Aphros
Bay of Bythos
Nereids' Cove
Bay of Pegasus

go del Cabo Sounion. De un estadio de longitud y medio de ancho, el exterior del templo está recubierto de plata con pináculos de oro. En su interior, el techo es de marfil labrado con oro, plata y oricalco, mientras todo el resto está cubierto del precioso mineral atlante, incluida la estatua de Poseidón con su tridente dorado.

TEMPLO DE BAAL

Como la religión dominante en la reciente Atlántida sumergida es la dedicada al dios de origen canaanita Moloch Baal, símbolo del fuego purificante, su templo es el más importante. Consta de una gran sala cuadrada con puertas de oro cuyas paredes están decoradas de figuras grotescas vestidas con trajes y tocados aparatosos y barrocos. Tras el asiento del gran sacerdote, situado enfrente de la puerta de entrada, se encuentra el horroroso horno del sacrificio, donde se queman los hijos mutantes de atlantes y humanos, prohibidos en la sociedad submarina de la Atlántida.

DE LA FICCIÓN A LA REALIDAD

El continente perdido de la Atlántida y su capital con edificios de oricalco es uno de los mitos más conocidos de la humanidad desde que Platón (387 aC-347 aC) dejara constancia en sus *Diálogos* (360 aC). Hemos podido ver retazos sobre la Atlántida en miles de obras de ficción, literaria y cinematográficas, pero para elaborar la guía turística de este libro hemos recurrido a *La Atlántida* (1919) de Pierre Benoit (1886-1962) y *El abismo de Maracot* (1929) de Sir Arthur Conan Doyle (1859-1930).

Camelot

El reino de Arturo

Camelot es la capital del Reino de Albión (antiguamente Logres, la tierra dominada por los ogros y tomada por el hombre), situado al sur de la isla de Gran Bretaña. Camelot está regido por el sabio Rey Arturo, hijo ilegítimo de Uther Pendragon y la dama Igraine. Al nacer, el mago Merlín se hizo cargo de él y se lo entregó a sir Héctor, quien lo crió como un hijo. Al cumplir los 18 años, Arturo pudo sacar de un yunque la mágica Excalibur, la espada del rey de Inglaterra, clavada allí por su padre Uther, demostrando ser el heredado de la corona de Albión. Tras unos años pacificando el territorio, Arturo mandó construir a Merlín el castillo y ciudad de Camelot, que se alza orgulloso sobre la cima de una colina que domina el río Astolat.

Aunque muchas veces llamemos Camelot al castillo, este nombre proviene del todo el recinto amurallado de la ciudad. Para entrar en la ciudad tenemos que traspasar el primer recinto amurallado en la parte más baja de la colina controlada por 18 almenas de diferentes tamaños que rodean un profundo foso lleno de agua construido desde un desvió del río Astolat. Entre la primera muralla y la segunda hay un espacio de unos cuarenta metros de largo (en su punto más separado) y diez (en el más corto), y es donde suele apostarse el ejercito del rey, lleno de campos de entrenamientos, tiendas e intendencia militar. Tras la segunda muralla con 26 almenas, entrando en la ciudad por la Puerta de Avalón, nos encontraremos con el bullicio de una ciudad medieval acostumbrada a maravillas de todo el mundo en un constante mercadeo de productos exportados de todas partes del reino. A la izquierda, sorteando callejuelas oscuras llegamos a la Plaza del Mercado, uno de los focos más vibrantes de Camelot, como la Plaza del Castillo. Seguimos las calles al este hasta llegar a la bella Iglesia románica de San Esteban. Tras ella está el anfiteatro donde se realizan las gestas y donde podemos encontrar un pequeño cementerio para nobles.

Colina arriba se alza imponente las torres del castillo, cuyos muros parece que desprendan un brillo sobrenatural (obra de Merlín). Hay que atravesar otro puente sobre un foso para llegar a él y en su interior podemos encontrar varias caballerizas y los brillantes edificios de piedra y techo de pizarra negra donde se encuentran las dependencias del rey y su corte.

QUÉ VISITAR EN CAMELOT

LA SALA DE LA MESA REDONDA

Aparte de la sala del trono, la estancia más sagrada del interior del castillo de Camelot es la sala de la mesa redonda, donde el rey y sus caballeros más próximos (Lanzarote, Tristán, Gawain, Perceval…) se reúnen alrededor de una gran mesa redonda con un espacio en medio donde descansa una chimenea central abierta siempre bien alimentada. Para Arturo, él y sus caballeros son iguales, por eso la mesa no dispone de un cabecero donde sentarse el monarca. Entre el fuego, los caballeros de Arturo vieron cómo se les aparecía el Santo Grial en una sagrada visión. Desde entonces hay reservado un asiento peligroso (*siege perilous*) vacío para el caballero que traiga con éxito el Santo Grial. Gesta que realizó con éxito sir Galahad, ganándose su sitio en la mesa.

IGLESIA DE SAN ESTEBAN

Sencilla basílica prerrománica de piedra blanca de planta sin crucero formada por tres naves. Destaca por su bella entrada de arquivoltas de arco abocinado de piedras negras traídas expresamente de la Isla de Avalón. Una torre de 20 metros de altura destaca a la derecha de la entrada. El Rey Arturo y su esposa Ginebra se casaron en esta iglesia cuando todavía estaba a medio construir. Merlín, como buen mago pagano adorador del dragón de Albión no está muy de acuerdo con estas nuevas religiones cristianas exportadas de Roma, pero respeta la nueva religión de su soberano.

DE LA FICCIÓN A LA REALIDAD

Camelot forma parte de las leyendas del ciclo artúrico, Lanzarote, los caballeros de la mesa redonda y la búsqueda del Santo Grial basadas en leyendas celtas de las Islas Británicas y Bretaña. Existen miles de poemas, cantares, libros y autores dedicados al tema artúrico, al mago Merlín y la mítica Camelot, pero los más recomendables son *Lancelot, el caballero de la carreta* (1181) de Chretien de Troyes (1150-1183), *La muerte de Arturo* (1485) de Thomas Malory (1416-1471) o la reciente *Las nieblas de Avalón* (1983) de Marion Zimmer Bradley (1930-1999). Podemos ver a Camelot en todo su esplendor en *Excalibur* (1981) de John Boorman.

Doomstadt

La tierra de Doom

Latveria es un pequeño país orgulloso de los Balcanes. Con apenas una superficie de 1500 Km² (mil kilómetros menos que Luxemburgo), Latveria es un poderoso estado que limita al norte con Hungría, al noreste con Rumania, al sur con Symkaria y al sureste con Serbia. Doomstadt es su capital y es conocida por ser la sede del peligroso y temido Doctor Muerte, uno de los líderes más poderosos del mundo. Aunque a muchos héroes norteamericanos como el Profesor Reed Richards no les temblaría la voz al llamarlo villano o déspota.

La conocida como Joya de los Balcanes tuvo una larga monarquía de más de seiscientos años liderado por los Hassen, unos reyes no muy populares que gobernaban con mano de hierro y explotaban a su pueblo. Victor Von Muerte, ya convertido en el poderoso Doctor Muerte, acabó con la tiranía de los Hassen imponiendo su propio mandato. Pero lejos de tratarse del típico quitar un tirano para poner a otro, la gente de Latveria ama a su nuevo líder y este se ha preocupado de que el país y la capital sean uno de los sitios más seguros del mundo y una sociedad moderna. Cosa que se nota nada más entrar en Doomstadt, en medio de un fértil valle. En sus calles encontramos una mezcla extraordinaria de modernos ingenios mecánicos junto a edificios con el clásico encanto medieval de una típica ciudad de los Balcanes. Entre los ingenios mecánicos está la policía-ejército de Latveria sobrevolando sus cielos (los famosos muerteboots) o el moderno ferrocarril panorámico que sigue la senda del río Klyne, atraviesa las impresionantes cataratas Doom y tiene paradas en Doomsburgo, Doom Valley, Doomville y el bosque Doom (sí, Von Muerte tiene un ego tan grande como su intelecto). Aunque Doomstadt ha sufrido muchas remodelaciones a lo largo de su moderna historia, el espíritu de sus habitantes siempre ha sido intentar ser tan fiel a la historia como sea posible. Paseando por sus calles podemos visitar lugares como el impresionante Cynthia Von Doom Memorial Park, donde encontraremos el Ayuntamiento de Doomstadt de estilo renacentista, o el laberíntico Parque de la Victoria de Kron. El mejor consejo es lanzar el mapa a la basura (no al suelo, o un muerteboot te podría detener) y perderse entre sus alegres calles repletas de comercios de artesanías locales y olores de la Europa del Este.

Latveria

Doomstadt, capital city and seat of the Kingdom of Dr. Victor von Doom.

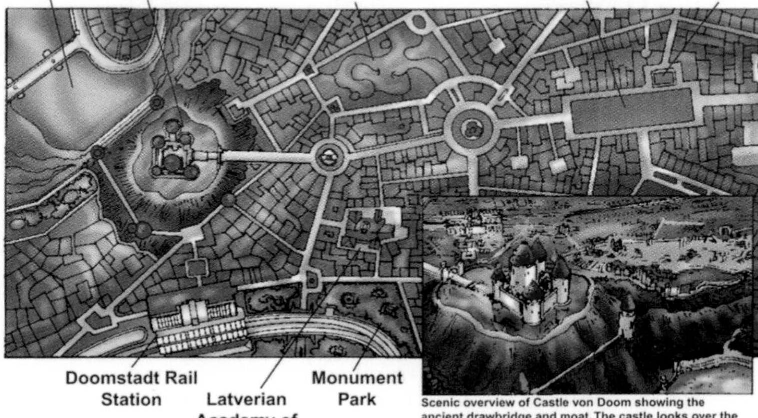

Scenic overview of Castle von Doom showing the ancient drawbridge and moat. The castle looks over the old town of Doomstadt, various monuments to His Majesty and His family are visible. The twin churches, St. Peter and St. Blaise are seen on the Heroic Andrew Boulevard.

--Image courtesy the Latverian Board of Tourism

QUÉ VISITAR EN DOOMSTADT

CASTILLO DOOM

Imponente, majestuoso, varias veces destruido y vuelto a reconstruir cada vez con más detalles y novedades arquitectónicas, el antiguo hogar de los Haasen es la sede del nuevo gobierno del Doctor Doom. Edificado en la cima de la montaña sobre el lago Doom, el castillo ha pasado de ser una férrea fortaleza militar a estar coronada con capiteles y tejados de diferentes estilos arquitectónicos: gótico, renacentista, barroco y antiguos vestigios bizantinos. Lamentablemente, traspasar sus muros solo está permitido a líderes mundiales. Te tendrás que contentar con verlo desde algún punto estratégico de Doomstadt.

ESCUELA DE CIENCIAS DE LATVERIA

Uno de los cambios más importantes que Victor Von Muerte introdujo en su nuevo gobierno fue el de imponer una educación obligatoria, superior y gratuita para todos los jóvenes de Doomstadt y Latveria. Existen escuelas muy prestigiosas en la capital y muchos adinerados de la zona de Rumanía y los Balcanes prefieren educar a sus hijos en las excelentes escuelas latverianas. Pero la joya de la corona es la Escuela de Ciencias, el edificio más moderno del país donde se cultiva los nuevos sabios del mañana. El amado líder, como gran científico de fama mundial, suele mimar a los mejores alumnos, y muchos acaban trabajando en el departamento de I+D de Castillo Muerte.

DE LA FICCIÓN A LA REALIDAD

Aunque el Doctor Muerte ya estaba atacando a la primera familia de Marvel, *Los 4 Fantásticos*, desde el número cinco de la serie creada en 1962 por Stan Lee (Nueva York, 1922) y Jack Kirby (1917-1994), el hogar de Victor Von Muerte, su castillo, Latveria y su capital Doomstadt no salió en la serie hasta el segundo Annual en septiembre de 1964, convirtiéndose en uno de los primeros lugares imaginarios del Universo Marvel. Pudimos ver Doomstadt con el nombre original de Hassenstadt en la película *Fantastic Four And Silver Surfer* (2007), dirigida por Tim Story.

Hogsmeade

A los pies de Hogwarts

El Colegio de Hogwarts de Magia y Hechicería fundado en el 990 era la institución donde todos los magos medievales de Inglaterra aprendían hechizos, pociones y encantamientos. Pero era un emplazamiento solitario, alejado de los ojos de los muggles (personas no mágica) situada en el norte de Escocia, cercano al Bosque Prohibido (repleto de criaturas fantásticas e imposibles) y la Laguna Negra. No sería hasta bien entrada la baja edad media cuando el mago Hengist de Woodcroft, huyendo de la persecución de brujos de Northumberland, fundaría la Vila de Hogsmeade al noroeste del colegio

Casi inmutable desde entonces, con sus edificios medievales de la época isabelina cuyos tejados se inclinan de manera imposible, la pequeña villa de Hogsmeade es una de las pocas poblaciones donde viven exclusivamente magos (como en Mould-on-the-Wold, Godric's Hollow o el famoso Diagon Alley, oculto entre las calles de Londres). Compuesto principalmente por una Calle Mayor donde se concentran la mayoría de comercios y casas de la ciudad, se puede llegar al pueblo mediante aparición mágica o cogiendo el tren de Hogwarts en Londres, que

HOGSMEADE
TO LONDON KING'S CROSS

te deja en la pequeña parada de la estación. Aprovechando la proximidad al colegio, muchas casas de Hogsmeade se han convertido en tiendas para magos jóvenes como Honeydukes (dulces), la Casa de las Plumas (material escolar), la tienda de bromas Zonko o una sucursal de Dervish y Banges (material mágico). Hay tres pubs en el pueblo, el siempre abarrotado Las Tres Escobas, el salón de té para jóvenes enamorados de Madame Puddifoot y el descuidado y sucio Cabeza de Puerco. A las afueras del pueblo se encuentra la famosa Casa de los Gritos, el sitio más embrujado de Gran Bretaña. Muchos alumnos de Hogwarts suelen retarse para atravesar su tenebrosa puerta y permanecer una hora en su lúgubre interior.

QUÉ VISITAR EN HOGSMEADE

COLEGIO HOGWARTS DE MAGIA Y HECHICERÍA

Fundado en el 990 por los magos Godric Gryffindor, Helga Hufflepuff, Rowena Ravenclaw y Salazar Slytherin, Hogwarts es una de las escuelas de magia más prestigiosas del mundo junto a Beauxbatons y Durmstrang. Tras varias remodelaciones mágicas, Hogwarts sigue teniendo el estilo gótico de sus primeros siglos, coronado con grandes torreones donde se encuentran las aulas y algunas salas comunes de las casas, como Gryffindor y Ravenclaw. El sitio más importante de Hogwarts es el Gran Comedor, donde se sirven las tres comidas del día y donde el director suele reunir alumnos y profesorados cuando hay noticias o eventos importantes.

LAS TRES ESCOBAS

Uno de los pubs más conocidos por todo los magos de Gran Bretaña, regentado por Madam Rosmerta y famosa por su cerveza de mantequilla, alhelí, hidromiel caliente con especias, gaseosa de hielo, ron de grosella y jarabe de cereza. El interior es de estilo desordenado y medieval, como muchas residencias de magos, con mesas de madera donde se pueden leer algunos nombres tallados por antiguos alumnos de Hogwarts. La zona principal de la barra es para todo el mundo, pero tras la barra, atravesando una puerta, hay una zona solo para adultos. También puedes alquilar reservados para montar banquetes con tus amigos.

DE LA FICCIÓN A LA REALIDAD

Hogsmeade, Hogwarts y todo el universo mágico de los libros de *Harry Potter* fueron creado por la escritora J. K. Rowling (Yate, 1965) en su primera obra literaria, *Harry Potter y la Piedra Filosofal* (1997). Pero no salía su nombre, se la conocía como ese pueblo de magos al lado de Hogwarts. En *La cámara secreta* (1998) fue bautizado por la autora, y ya comenzarían a ser protagonista en *El prisionero de Azkaban* (1999), cuando los alumnos de tercer año (como Harry Potter) tienen permiso para pasear por el pueblo el fin de semana. Hemos visto las calles de Hogsmeade en las seis últimas películas del universo cinematográfico de Harry Potter, casi siempre nevado.

Kítezh

La Atlántida rusa

El gran príncipe Yuri II de Vladímir construyó a principios del siglo XIII la ciudad de Maly Kítezh (Pequeño Kítezh) en el Volga. Años más tarde, cruzó los ríos Uzola, Sanda y Kérzhenets y se encontró con un hermoso paraje a orillas del lago Svetloyar, donde decidió edificar la ciudad de Bolshói Kítezh (Gran Kítezh). Una maravilla de pueblo ruso medieval con calles doradas y magia en cada esquina. Muchos grandes magos viajaban hasta Gran Kítezh para perfeccionar su arte y aprender de otros maestros venidos de todas partes del mundo. Las maravillas de la ciudad llegaron a los oídos del gran jefe mongol Batú Kanrumores, quien ya había dominado gran parte del territorio ruso. Batú conquistó Maly Kítezh y obligó al príncipe y su ejercito a retirarse a Gran Kítezh. La Horda Dorada de los mongoles persiguieron al ejercito del príncipe hasta el lago Svetloyar pero no encontraron resistencia ni murallas. Solo a sus habitantes rezando y pidiendo a Dios que los salvara. Los mongoles se sorprendieron cuando repentinamente comenzaron a surgir geiseres de agua alrededor de la ciudad y vieron como ésta se sumergía en las negras y heladas aguas del lago.

En realidad, los magos convirtieron a Kítezh en una isla flotante rodeada siempre de brumas que la convierten en invisible. Se dice que solo aquellos puros de alma y corazón encontrarán el camino de la ciudad. Si eres puro, podrás ver con facilidad el Camino de Batú, la entrada a la isla flotante donde podrás maravillarte con sus calles adoquinadas con baldosas de mágicos reflejos dorados o la gran Fábrica de Técnicas Mágicas, donde se inventan e ingenian miles de cachivaches y formulas mágicas para el mundo de los magos, como el traductor bidireccional TDJ-80E. Todos los edificios son de madera pintada de blanco adornadas con doradas cúpulas redondas de influencia bizantina. La isla mágica de Kítezh se mueve a placer por la superficie del lago. Para ello se ayudan de unas potentes velas que los magos despliegan para viajar o para sumergirse en el interior del Svetloyar. Aunque no seas puro de corazón, se puede escuchar en ocasiones el repiqueteo de las campanas y a los magos cantando bajo el agua del lago más mágico de la Madre Rusia.

QUÉ VISITAR EN KÍTEZH

LA CATEDRAL

Muchos magos también son religiosos, por eso el edificio más alto de Kítezh es la cruz dorada que decora la cúpula acebollada de la catedral ortodoxa de la ciudad. Construida con ladrillos rojos de tierra cocida, esta bella iglesia está decorada con cúpulas de tejas verdes que parece brillar hasta en la fría noche de la estepa rusa. En su interior destaca los bellos murales de colores de diferentes santos ortodoxos y escenas de la *Biblia*.

SEMIÓNOV

Si no eres puro de corazón y no eres capaz de encontrar el Camino de Batú que te lleva a Kítezh, puedes visitar la ciudad más mundana de Semiónov, situada en el óblast de Nizhni Nóvgorod y cercana al lago Svetloyar. En la ciudad hay varios edificios de los siglos XVIII y XIX, como la Iglesia de San Nicolás o la Iglesia de Todos los Santos. También tienen un Museo de Arte Folclórico y son famosos por la elaboración de pinturas sobre maderas tradicionales (jojlomá) y las famosas matrioskas o muñecas rusas.

DE LA FICCIÓN A LA REALIDAD

La leyenda de Kítezh pertenece al folclore ruso como la bruja Baba Yaga o los dioses hermanos Belobog y Chernobog. Ha aparecido en muchas recopilaciones y cuentos rusos y es protagonista de la opera de Nikolái Rimski-Kórsakov (1844-1908) *La ciudad invisible de Kítezh*, estrenada en 1907. Su relación con la magia se puede rastrear en el libro juvenil *El lunes empieza el sábado* (1965) de los escritores hermanos rusos Arkadi y Borís Strugatski, quienes describen una Rusia mágica en la que Kítezh es uno de sus lugares más emblemáticos.

Klow

El reino de los Ottokar

Una de las regiones más recónditas y escondida de los Balcanes, el turista podrá disfrutar la belleza de parajes silvestres, la proverbial hospitalidad de sus habitantes y la originalidad de sus costumbres medievales, cuya tradición permanece viva hasta hoy, a pesar de los progresos de la época moderna. Gracias al establecimiento de una línea aérea regular desde Praga o al puerto de Duma, de donde salen hidroaviones a todo el mediterráneo, Syldavia se encuentra al alcance de todo el mundo. Su territorio está delimitado por dos grandes valles, el del río Wladir y el de su afluente Moltus. Los dos ríos se juntan en la capital Klow, de 122 mil habitantes. La ciudad se halla bordeada por mesetas de espesos bosques, en las que se levantan cumbres nevadas de elevadas cordillera. El subsuelo de Syldavia atesora minerales de toda clase y numerosas fuentes termales y sulfurosas brotan de la tierra, siendo famosas las de Klow (afecciones cardiacas) y Kragoniedin (reumatismo). El producto nacional es el agua mineral, la kloswawa, y está prohibido el alcohol en el país.

Los turcos fundaron Klow con el nombre de Zileheroum, pero tras la reconquista en 1277 por el barón Almaszu (alma de la sublevación, quien reinó con el nombre de Ottokar I), se cambió el nombre a Klow, que significa Ciudad Conquistada (Kloho-conquista y Ow-ciudad). La capital atesora una gran variedad de estilos culturales, como muchos países de los Balcanes, a medio camino entre la influencia austro-hungara y la turca. La religión árabe sigue estando presente en la ciudad con sus muchos minaretes y esos sombreros fez que se pueden ver en la cabeza de sus parroquianos (aunque estos son más normales en pueblos montañosos del sur). El centro de la ciudad está dominado por el Palacio Real, cercano al Hospital de San Wladimiro (patrón del país, cuyo día se celebra con un desfile militar comandado por el rey en persona) y al Museo de Historia Natural, donde se exhiben fósiles de dinosaurios descubiertos en los Valles de Syldavia. Pero es una auténtica maravilla perderse por sus plazas donde puedes admirar la danza tradicional del país, la blushtika (tortura de la danza de la cabra) o degustar en una terraza la gastronomía típica: un szlaszek con champiñones (pata de cordero joven aderezada con salsa syldava picante), blini o las famosas salchichas de Klow.

Si quieres aprovechar tu viaje a Syldavia al máximo, te recomendamos la excursión al macizo montañoso de Zymylpathian y el Centro de Investigaciones Atómicas de Sbrodj, de donde partió el primer cohete tripulado en llegar a la Luna, obra del prestigioso científico Tornasol.

QUÉ VISITAR EN KLOW

PALACIO REAL

De estilo historicista y neorrecentista, tan en boga en el siglo XIX, el Palacio Real de los Ottokar es la sede del gobierno real desde mediados del siglo XV. En su interior destaca la Sala del Trono, coronada por varias lámparas de araña de cristales transparentes y el gran pelícano negro, símbolo nacional de la bandera de Syldavia. También está abierto al público el Gran Kursaal, una sala donde se suelen celebrar conciertos y donde han actuado celebres artistas como la cantante de opera italiana Bianca Castafiore.

CASTILLO DE KROPOW

El Catillo de Kropow, situado a las afueras de Klow al lado delrío Wladir, es uno de los lugares más seguros de toda Syldavia. En su interior se encuentra toda la documentación histórica del reino y la cámara del tesoro real, una sala repleta de murales góticos que narran batallas syldavas y el mito de San Jorge y el dragón, donde se puede admirar el famoso Cetro de Ottokar IV, el símbolo supremo de la realeza syldava. Cuenta la leyenda que este cetro salvó la vida al rey Ottokar IV de la furia de la espada del barón Staszrvich.

DE LA FICCIÓN A LA REALIDAD

Klow es la capital del reino inventado de Syldavia por el dibujante Georges Prosper Remi "Hergé" (1907-1983) para el cómic *El cetro de Ottakar*(1939) de las famosas aventuras del periodista Tintín. En su imaginario juntó dos regiones rumanas como Transilvania y Moldavia para inspirarse. También sale en el cómic *Borduria*, más militarizada y dominada por el canciller Mustler (una mezcla entre Mussolini y Hitler). Recordemos que esta historia se imprimió a principios de la Segunda Guerra Mundial. Hemos podido ver a Klow también en *Objetivo: La Luna*(1953).

Olimpo

El hogar de los dioses griegos

En el monte griego del mismo nombre entre Tesalia y Macedonia se encuentra la ciudad mágica de los dioses olímpicos, oculta entre la bruma que siempre corona esta montaña de la cordillera de los Balcanes. El ser humano tiene prohibida su entrada en este palacio impresionante colgando sobre acantilados de piedra vertiginosos. De estilo clásico heleno, el palacio ha ido creciendo gracias a los albañiles del Olimpo, cíclopes gigantes, y a la magia del dios Hefesto, quien ha añadido más edificios para todas las criaturas mitológicas que residen en el Olimpo y los cientos de dioses menores.

La entrada está en unos muros demasiado empinados para poder ser escalados, aunque se rumorea que existe un ascensor que te puede llevar directamente desde el Empire State Building de Nueva York hasta la mismísima entrada del Olimpo, pero solo podrás acceder a él si eres un héroe, hijo de dios y mortal. Lo primero que verá el ojo humano es que todo está construido

a escala grandiosa, pues los humanos somos como pequeños liliputienses para el tamaño real de los dioses. Hay todo un ala del palacio detrás de la sala del consejo solo para los aposentos privados del rey Zeus, el dios padre, y de la reina Hera, la diosa madre. El resto de los doce olímpicos que residen en el Olimpo son Poseidón, Afrodita, Ares, Atenea, Hermes, Apolo, Artemisa, Hefesto, Deméter y Hestia, quienes tenían habitaciones en un claustro en la parte septentrional del palacio, pero muchos de ellos acabaron convenciendo a Hefesto para que agrandara el gran palacio con más ampliaciones y pequeños palacios acordes a sus gustos e intereses. Hades no tiene un lugar en el Olimpo, pues gobierna en el Inframundo, y muchos dioses como Poseidón y Hefesto tienen otras casas en otras partes del mundo. Alrededor del palacio principal y de las habitaciones de los dioses se concentra otros lugares necesario para el funcionamiento del Olimpo, como una cocina, armería, talleres y cobertizos para carros y caballos. También está el barrio de los dioses menores, con casas menos lujosas que las de los doce olímpicos principales.

En el Olimpo también hay un pequeño zoo con animales mitológicos y las mascotas de los dioses. Pero el lugar más misterioso de todo el Olimpo es una pequeña habitación oscura detrás de las grandes cocinas donde viven Cloto, Láquesis y Átropos, las tres Moiras, la personificación del destino que controlan el hilo de la vida de todos los mortales y los dioses desde su nacimiento hasta su muerte. Suelen estar siempre solas, pues ni los dioses ni los sirvientes suelen pasar por allí, no vayan a enterarse del fatídico día de su muerte.

QUÉ VISITAR EN EL OLIMPO

EL SALÓN DE LOS DIOSES

El centro de todo el Olimpo y de todo el universo. El lugar donde los doce olímpicos deciden el destino de la humanidad. Está orientado hacia el sur, hacia las grandes ciudades de Atenas, Esparta, Corinto y Tebas. Los asientos de los dioses están dispuesto en forma de U con Zeus en el centro y su esposa Hera al lado. Cada asiento está adecuado a los gustos de cada olímpico y está coronado con los atributos de cada dios. Águila y pavo real para Zeus y Hera; lechuza, espigas, paloma, ciervo y antorcha para Atenea, Deméter, Afrodita, Artemisa y Hestia; tridente, lira, martillo, espada y caduceo para Poseidón, Apolo, Hefesto, Ares y Hermes.

SENDERISMO POR LA MONTAÑA

Si no eres un dios o un héroe te vas a quedar con las ganas de poder entrar en el Olimpo. Pero tranquilo, que la segunda montaña más alta de los Balcanes de 2919 metros de altitud (a muy poquita distancia del Musala búlgaro de 2925 m) es patrimonio natural de la Unión Europea como reserva de la biosfera. Un paseo entre el pico Mitikas y el Eskolio, de escarpadas paredes de grandes piedras grises peladas, es una buena experiencia para saber lo que ven los dioses cada día.

DE LA FICCIÓN A LA REALIDAD

Según la mitología griega, el monte Olimpo era el lugar donde residían sus dioses helénicos, llamados olímpicos por la montaña. Aunque existan infinidad de dioses griegos, el concilio de los dioses olímpicos siempre tenía que ser doce. Podemos leer sobre el Olimpo en la *Historia de Heródoto* (458-425 AC) o en la reciente saga de libros sobre el héroe juvenil Percy Jackson del escritor Rick Riordan (San Antonio, 1964) como *El ladrón del rayo, El mar de los monstruos, La maldición del titán, La batalla del laberinto* o *El último héroe del Olimpo*.

Quiquendone

En el corazón de Flandes

Situada a unos trece kilómetros y medio al noroeste de Audenarde y a quince kilómetros y cuarto al suroeste de Brujas, y con una población de dos mil trescientas noventa y tres almas, Quiquendone es uno de los pueblos más desconocidos de Flandes, pero que podría competir en belleza con Brujas o Lovaina. El Vaar, pequeño afluente del Escala, pasa por debajo de sus tres puentes, cubiertos todavía por una antigua techumbre de la Edad Media, como en Tournai. La gente de Quiquendone es amable y acogedora, y todo el entorno es como una postal idílica con sus vistas a un eterno mar amarillo de campos de trigo.

Quiquendone conserva ese aire medieval de casas juntas de ladrillo rojo de las clásicas beguinajes de comunidades de mujeres cristianas tan populares en Flandes. Paseando entre sus calles tranquilas podemos admirar la antigua casa Van Tricasse; la sala de los estatuders (magistrados de la antigua república de los Países Bajos) adornada con el retrato de cuerpo entero de Guillermo de Nassau; el pozo de hierro forjado cuyo admirable ornamento es obra del pintor-herrero Quintín Metsys; el sepulcro antiguamente erigido a María de Borgoña, hija de Carlos el Temerario, quien descansa ahora en la iglesia de Nuestra Señora de Brujas; o la centenaria fábrica de merengues y alfeñique de la familia Van Tricasse. Todavía se puede encontrar a las afueras del pueblo los restos de la maldita fábrica de gas oxhídrico del Doctor Ox, cuando Quiquendone fue elegida a finales del siglo XIX para ser el primer pueblo donde se experimentaría con la instalación lumínica de este maleable gas que tantas desgracias y maravillas trajo a sus habitantes durante aquellos días. Actualmente, Quiquendone cuenta con una moderna instalación eléctrica.

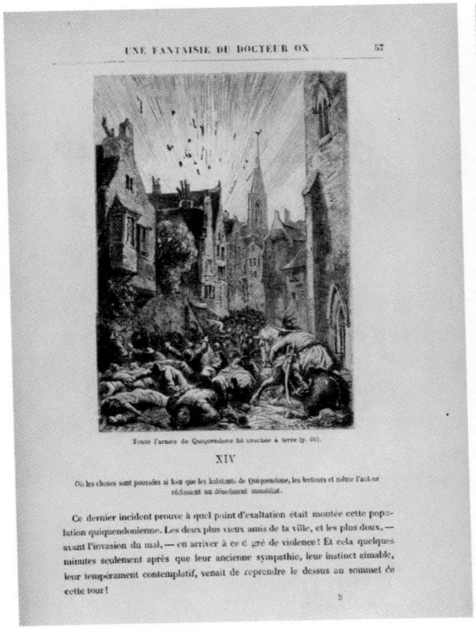

UNE FANTAISIE DU DOCTEUR OX 57

Toute l'armée de Quiquendone fut couchée à terre (p. 60).

XIV

Où les choses sont poussées si loin que les habitants de Quiquendone, les lecteurs et même l'auteur réclament un dénoûment immédiat.

Ce dernier incident prouve à quel point d'exaltation était montée cette population quiquendonienne. Les deux plus vieux amis de la ville, et les plus doux, — avant l'invasion du mal, — en arriver à ce degré de violence! Et cela quelques minutes seulement après que leur ancienne sympathie, leur instinct aimable, leur tempérament contemplatif, venait de reprendre le dessus au sommet de cette tour!

8

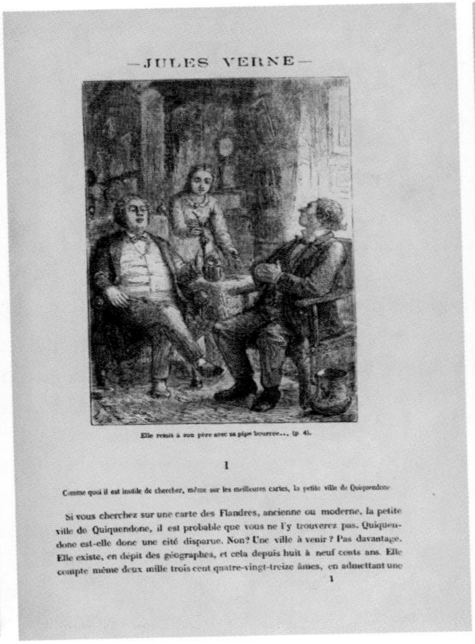

—JULES VERNE—

Elle remit à son père avec sa pipe bourrée... (p. 4).

I

Comme quoi il est inutile de chercher, même sur les meilleures cartes, la petite ville de Quiquendone

Si vous cherchez sur une carte des Flandres, ancienne ou moderne, la petite ville de Quiquendone, il est probable que vous ne l'y trouverez pas. Quiquendone est-elle donc une cité disparue. Non? Une ville à venir? Pas davantage. Elle existe, en dépit des géographes, et cela depuis huit à neuf cents ans. Elle compte même deux mille trois cent quatre-vingt-treize âmes, en admettant une

1

UNE FANTAISIE DU DOCTEUR OX 49

« La place d'un bourgmestre est au premier rang, monsieur! » (p. 51).

épices au détail, citoyens, quoi qu'en ait dit ce lâche apothicaire, je m'engage, moi, à tuer cinq mille Virgamenois, si vous voulez accepter mes services.

— Cinq mille cinq cents! cria un patriote plus résolu.

— Six mille six cents! reprit l'épicier.

— Sept mille! s'écria le confiseur de la rue Hemling, Jean Orbideck, qui était en train de faire sa fortune dans les crèmes fouettées.

— Adjugé! » s'écria le bourgmestre van Tricasse, en voyant que personne ne mettait de surenchère.

Et voilà comment le confiseur Jean Orbideck devint général en chef des troupes de Quiquendone.

7

QUÉ VISITAR EN QUIQUENDONE

ANTIGUO CASTILLO

Vetusto castillo cuya primera piedra fue colocada por el Conde Balduino, futuro emperador de Constantinopla en 1197. El castillo de Quiquendone está formado por un apuntamiento con semiventanas góticas coronadas por un rosario de almenas dominadas por un campanario de torrecillas que se eleva a 357 pies de altura del suelo. El sonido de sus campanas tienen un repique musical de cinco octavas que lo convierten en todo un piano aéreo similar al célebre campanario armónico de Brujas.

IGLESIA DE SAN MAGLORI

Pequeña basílica gótica con elementos románicos del siglo XVI sin torre, como las de las órdenes mendicantes de las beguinas. El interior de la iglesia tiene 27 metros de ancho (la iglesia más ancha de la ciudad) y consiste en una nave y dos pasillos de diez vanos. La luz natural está presente de manera prominente y parece fundirse de forma natural con todos los edificios rojizos que la rodean. Su antecoro es una obra maestra de la arquitectura de Flandes de la época.

DE LA FICCIÓN A LA REALIDAD

Quiquendone es la protagonista de *Una fantasía del Doctor Ox* (1872), escrita por Jules Verne (1828-1905) y una de las obras más divertidas del novelista de aventuras francés. En el libro, Verne nos cuenta como un pueblo pacífico y tranquilo de Flandes se convierte en unos irascibles invasores ávidos de sangre por culpa de un moderno y fantástico gas.

Themyscira

Isla Paraíso

Las inmortales amazonas fueron creadas hace más de 3000 años por cinco diosas olímpicas (Artemisa, Atenea, Deméter, Hestia y Afrodita) para mostrar al mundo del patriarcado los méritos de la virtud, el amor y la igualdad entre hombres y mujeres. En la antigua Grecia, las amazonas vivían en la ciudad-estado de Themyscira, en las costas de Turquía bañadas por el Mediterráneo. Por orden de Ares, Heracles y sus soldados saquearon y esclavizaron a las amazonas destruyendo la bella ciudad de las mujeres. Después de liberarse gracias a su reina Hippolyta, las amazonas acabaron con parte del ejercito de Heracles y se retiraron a vivir a una isla remota y oculta del Egeo, escondidas para siempre del mundo de los hombres. Este nuevo hogar de las amazonas es Isla Paraíso, la nueva Themyscira.

Hogar natal de la conocida superheroína Wonder Woman, solo podrás acceder a Themyscira si eres mujer; los hombres tienen prohibida la entrada, al menos que no se trate de un caso de extrema necesidad (como el del soldado Steve Trevor) o hayas sido invitado en persona por la reina Hippolyta o su hija la princesa Diana. Themyscira se encuentra en el lado este de la Isla Paraíso, a los pies de la única montaña solitaria del islote. No tiene puerto, pues las amazonas no salen nunca de su isla, y se encuentra amurallada en dos niveles. Dentro de la primera muralla se concentra los campos de entrenamiento, las casas de las amazonas, algunos templos y el anfiteatro de los juegos y las artes. En la segunda muralla, más arriba en la montaña, encontramos el palacio de la reina, la casa de curas, las casas de la guardia y los cuarteles y el panteón de los dioses.

En Themyscira parece que el tiempo se haya detenido y sea uno de los únicos sitios de la tierra en los que podemos estudiar cómo era la vida en la época helénica, cuando los griegos dominaban todo el Mediterráneo. Pasear por sus calles empinadas de piedra o asistir a algunos de los muchos entrenamientos de estas sorprendentes mujeres es un privilegio que han podido vivir muy pocos humanos. Se recomienda no salir nunca de la ciudad, pues por los bosques colindantes corren libres fieros animales mitológicos como arpías o quimeras.

QUÉ VISITAR EN THEMYSCIRA

EL PALACIO DE HIPPOLITA

Es el centro del matriarcado de las amazonas. Casa de la Reina Hippolita y su hija Diana, el Palacio Real es el edificio más elevado de Themyscira y desde sus jardines se puede contemplar toda la ciudad y el azul y tranquilo Mar Mediterráneo. Construido con los más finos mármoles, la plaza del palacio (dominada por una columna coronada con una estatua dorada de Atenea) también alberga el salón del consejo de Themyscira, donde las amazonas debaten sus asuntos internos.

TER.

TEATRO

Construido en una ladera de la montaña y franqueado por los Templos de Atenea y Afrodita, el teatro griego de Themyscira es el lugar donde las amazonas se reúnen para ver obras teatrales, conciertos o, sobre todo, realizar torneos de lucha para decidir cuáles son las más fuertes y valientes. El koilon semicircular está bellamente decorado con grabados de gestas amazónicas y la parte más alta de las gradas está coronado con diversas estatuas del panteón helénico (menos las de Ares, por supuesto).

DE LA FICCIÓN A LA REALIDAD

El personaje de Wonder Woman fue creado en 1941, en la revista *All Star Comics* #8, por el psicólogo William Moulton Marston (1893-1947) y el dibujante Harry G. Peter (1880-1958). Inspirándose en el mito de las amazonas de los doce trabajos de Heracles, Marston y su esposa Sadie, también psicóloga, convirtieron a su superheroína en un personaje clásico heleno. Hemos podido ver a Themyscira en la película *Wonder Woman* (2017) de Patty Jenkins protagonizada por Gal Gadot.

Troya

La fortaleza inexpugnable

Ciudadela de la península de Anatolia que se alza majestuosa terraza tras terraza a los pies del monte Ida sobre la planicie fértil de los ríos Escamandro y Simois. Troya ocupa una posición estratégica privilegiada controlando el acceso al Mar Negro. Cuenta la leyenda que una estatua de madera de la diosa Atenea cayó del cielo delante de la tienda de Ilo (hijo y heredero del rey Tros de Dardania), cosa que éste interpreto como una señal divina para fundar una ciudad (Ilión-Troya) en la falda del monte Ida. Esta estatua recibe el nombre de Paladio y se conserva en el Templo de Palas Atenea desde los primeros tiempos de la fundación de Troya. La leyenda cuenta que Troya será inexpugnable mientras el Paladio se encuentre protegido por sus altos muros. Pero otra leyenda cuenta que como castigo por ofender a Zeus, Poseidón y Apolo fueron obligados a servir a Laomedonte, antiguo rey de Troya, para los servicios que éste requiriera. Laomedonte pidió a ambas divinidades que levantaran en su ciudad unas murallas colosales que ningún mortal fuera capaz de destruir.

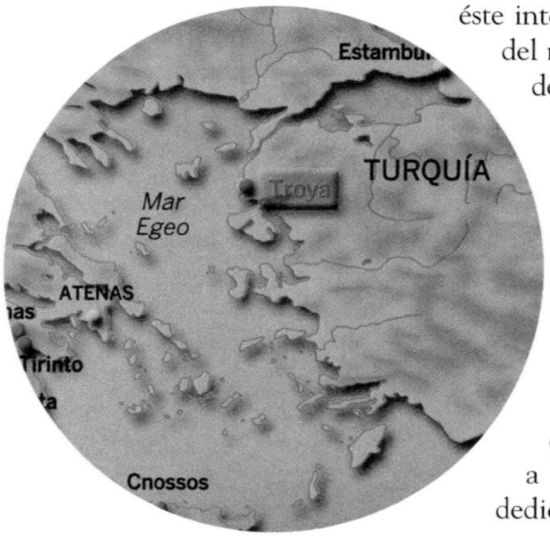

El edificio más alto de la ciudad de Troya no es el Palacio Real, como ocurre en muchas ciudades-estados de la Grecia clásica, sino el templo dedicado a Palas Atenea, edificio de mármol blanco que resplandece bajo el Sol. Esto demuestra que los reyes de Troya no se siente más grandes que los inmortales, a los que venera, sobre todo a Atenea y a Apolo, quien tiene un gran templo dedicado a su persona cerca de la Plaza de los Dioses, al lado de la casa de las fuentes. Desde el templo de Atenea se puede tener una buena panorámica del palacio, la plaza del mercado, las ciento de callejuelas de arcilla blanca, los tejados y patios llenos de telas de colores radiantes y los grandes campos de trigo a las afueras de las murallas, en la rivera del Escamandro.

QUÉ VISITAR EN TROYA

TEMPLO DE APOLO

El templo de Apolo Helios, Señor del Sol, está a más de la mitad de camino hasta la cumbre de la colina donde se asienta la gran ciudad de Troya. Construido con deslumbrantes mármoles blancos y altas columnas a ambos lados sobre sólidos cimientos de piedra (colocados por titanes, según la leyenda), en su patio exterior hay mercaderes vendiendo animales para sacrificios o pequeñas imá-

genes del dios en arcilla. En el interior se encuentra el salón de la audiencia con una estatua gigante de Apolo pintada para parecer lo más humana posible.

PALACIO DE PRÍAMO

El segundo edificio más alto de la ciudad y fortaleza inexpugnable de Troya. En sus grandes patios los soldados se adiestran con el manejo de las armas como la espada corta, la lanza o los arcos y flechas. Sus salones interiores pavimentados de mármol suelen estar siempre en penumbra durante el día, protegido por miles de cortinas para que no entre el sol abrasador del exterior. Aparte de la casa de Príamo y su esposa Hécuba, existe el recinto de los hombres y el de las mujeres: las princesas se crían con las concubinas y cortesanas, y los príncipes con los soldados y guerreros.

DE LA FICCIÓN A LA REALIDAD

Aunque la ciudad de Troya existió de verdad, ésta se hizo mundialmente famosa gracias al poema épico de Homero, *Ilíada* (siglo VIII AC), que narra la guerra entre todos los pueblos helenos contra la ciudad de Príamo. Muchos hijos de dioses lucharon en esta guerra, como Aquiles u Odiseo. La autora norteamericana Marion Zimmer Bradley (1930-1999) escribió la versión feminista de esta historia con *La antorcha* (1987). Se han rodado muchas películas sobre la guerra, pero la más famosa es *Troya* (2004) dirigida por Wolfgang Petersen e interpretada por Brad Pitt, Eric Bana y Orlando Bloom.

Venusberg

En algún lugar del Báltico

Venusberg es la capital de una pequeña república del Báltico que durante muchos siglos estuvo repartida entre Rusia y Alemania. Gracias a la revolución bolchevique, Venusberg consiguió su independencia, que fue respetada por el ejército rojo por tratarse de unas tierras de poco valor militar y comercial. Debido a esto, la ciudad del Báltico es vilipendiada continuamente por la aristocracia alemana y por los gobernantes de la moderna Unión de Repúblicas Socialistas.

Venusberg está dividida en dos por un río que se puede atravesar por el Puente Nicolai: la Ciudad Alta (la parte antigua de la capital) y la Ciudad Baja (sus construcciones más moderna). En la parte Alta, más al norte, es donde se encuentra el puerto y la mayoría de edificios históricos. Sus casas son de madera y muchas datan de la Baja Edad Media. Arcos y tramos de escaleras cruzan los tortuosos callejones que brillan como si fuera una postal de Navidad en los meses de invierno, cuando la nieve puede llegar a tener medio metro de altura. En la Ciudad Antigua hay un viejo castillo señorial, un pequeño palacio de la familia más noble de Venusberg, una sobria iglesia luterana y una pequeña catedral rusa de ladrillos rojos. También encontramos en este Old

Town los dos locales más de moda de esta gris ciudad del Báltico: el escondido Café Weber y el club de ambiente francés Maxim's, situado en el paseo del puerto, cerca del puente.

Al otro lado del río, en la Ciudad Baja, encontramos los edificios más modernos y neoclásicos de Venusberg, como la Bolsa de Comercio, el Hotel Principal o el Teatro Nacional. Sus calles son más anchas y más nuevas, y la burguesía ha acabado ocupando esta parte de la ciudad, mucho más sana y civilizada que la Ciudad Alta. Es también donde se concentran la mayoría de consulados que varias potencias extranjeras tienen en la República de Venusberg.

QUÉ VISITAR EN VENUSBERG

TEATRO NACIONAL

Como todas las obras arquitectónicas de origen Palladianas (inspiradas por el gran arquitecto Andrea Palladio), el Teatro Nacional de Venusberg se basa más en las proporciones matemáticas que en la riqueza ornamental. Construido al estilo de los vetustos templos romanos, destaca su fachada con pórtico y frontón sujeto por sus seis imponentes columnas grises de estilo dórico. El frontón presenta una escena de la leyenda de Tannhäuser.

PASEO DEL PUERTO

Aunque pasear entre sus calles estrechas que bajan desde el castillo hasta el mar es una experiencia muy recomendable, también lo es pasear por el paseo del puerto en los cálidos meses de verano. Mientras la dársena mercantil está situado más al norte, en la desembocadura del río, al sur, se encuentra el puerto náutico que en verano se llena de terrazas y mercadillos.

DE LA FICCIÓN A LA REALIDAD

Venusberg (1932) es una novela del escritor británico Anthony Powell (1905-2000), autor de obras como _El Rey Pescador_ (1986), _Hombre del ocaso_ (1931) o la colección de cuentos de los cuatro volúmenes de _Una danza para la música del tiempo_ (1951-1975). A medio camino entre la comedia y cierta sensación de vergüenza, _Venusberg_ nos cuenta el viaje del periodista Lushington a la ciudad del mismo nombre, quien pronto se encontrará rodeados de romances incomodos y enredos diplomáticos.

Vetusta

La ciudad vieja

Vetusta es una ciudad situada el norte de España rodeada de bosques de castañedos, robledales, pomares y campos de trigo. Limita al noroeste con la sierra, todo son campos infinitos y montañas hacia el sur, y al norte se adivina el mar detrás del arco perfecto del horizonte. Vetusta tiene un brillo antiguo de ciudad que ha ido perdiendo su viveza a lo largo de los siglos. Su sociedad es muy estricta y todo parece viejo, pero no abandonado. El centro de la ciudad está abarrotado de viviendas antiguas y negruzcas, aplastadas, junto a algunos palacios viejos y arruinados que vivieron su esplendor hace demasiado tiempo.

Para apreciar Vetusta en toda su magnitud se recomienda subir a la torre de la Catedral, en el centro de la ciudad. Si vais a la hora del coro os encontraréis seguramente con el Magistral Don Fermín de Pas, quien seguro que os dará un par de datos interesantes sobre la historia de la ciudad. Alrededor de la catedral se extiende el primitivo recinto de Vetusta, donde se asienta actualmente el barrio de la Encimada. Entre algunos patios y jardines de casas viejas y ruinosas se puede apreciar restos de la antigua muralla medieval de la ciudad convertidos en terrados o paredes medianeras entre huertos y corrales. Encimada es, a la vez, el barrio noble y el barrio po-

bre de Vetusta y se suele decir que el buen vetustense es nacido en la Encimada. A la sombra de la Catedral viven dos antiquísimas iglesias de la ciudad: Santa María la Mayor y San Pedro, cuyas parroquias se dividen el territorio de la Encimada, con sus calles estrechas, tortuosas, húmedas y sin sol. La mitad del barrio está ocupado por cinco conventos que han vivido diferente suerte.

Hacia el sudeste han crecido barrios nuevos como el Campo del Sol, donde se pueden admirar las augustas chimeneas de la Fábrica Vieja. La vida continúa a las afueras de la Encimada, al norte y al oeste, donde se han edificado barrios residenciales de piedra nueva y mejor planificación urbana, como el barrio americano, el de los comerciantes del reino, o los palacios y chalets de la Colonia al oeste, cerca del Espolón.

QUÉ VISITAR EN VETUSTA

LA CATEDRAL

De estilo gótico, se comenzó a edificar en el siglo XII sustituyendo un conjunto catedralicio prerrománico anterior al siglo IX (del cual se puede encontrar vestigios en muchas partes del sacrosanto espacio). La Catedral de Vetusta destaca gracias a su única torre renacentista, que ha sido descrita como un poema romántico de piedra, delicado himno de dulces líneas de belleza muda y perenne, obra del siglo XVI cuyo campanario tiene cuatro grandes campanas antiguas: Santa Cruz, Santa Bárbara, Esquilón y la imponente Wamba.

SUS CONVENTOS

Una buena ruta para conocer el barrio de la Encimada es recorrer las calles de sus cinco conventos. Santo Domingo es el mayor y ocupa una quinta parte de la mitad del barrio. Las Recoletas reunió en tiempos de la Revolución de Septiembre dos comunidades de monjas. San Vicente fue reconvertido por el ejército en cuartel militar. Las Clarisas perdió su poder secular y es actualmente un edificio administrativo del estado. Y, por último, San Benito, una lóbrega prisión de mal seguros delincuentes.

DE LA FICCIÓN A LA REALIDAD

Vetusta es la ciudad protagonista de *La Regenta* del escritor español Leopoldo Alas "Clarín" (1852-1901), dedicada a mayor gloria de su querida Oviedo, la ciudad donde vivió casi toda su vida (aunque nació en Zamora). Publicada en 1884 y 1885 en dos tomos, el aire antiguo, estricto, moral y gris de la ciudad oprime a sus pobres protagonistas. En la Plaza Alfonso II el Casto (donde se encuentra la Catedral de Oviedo) podemos encontrar una estatua de bronce de Ana Ozores, la regenta del libro.

Vyones

La gran ciudad catedralicia

Vyones es la capital de la región francesa de Averoigne. En la antigüedad, esta región frondosa y recóndita del centro de la Galia estaba poblada por los Averones, un pueblo nómada de costumbres bárbaras y paganas. Con la llegada de los romanos, comenzaron a surgir en la región fortificaciones cerca de los ríos y los valles. Vyones y Ximes fueron las dos principales, pero también están Moulins, Les Hiboux, La Frenâie, Touraine, Sainte Zenobie y Périgón. En el bosque se pueden encontrar ruinas embrujadas, como la maldita fortaleza de Ylourgne o el castillo de Fausseflammes y su funesta tumba doble, dentro de la cual el Sieur Hugh de Malinbois y su castellana, quienes habían sido famosos por practicar la brujería en su tiempo, habían yacido sin consagrar durante más de doscientos años.

Vyones creció alrededor del priorato que da nombre a la ciudad, una congregación de sacerdotes que poseen la mayoría de tierras que rodean sus murallas. Aunque el paganismo sigue perviviendo en la región, los sacerdotes de Vyones controlan toda la región de Averoigne. Construida sobre un promontorio regado por el río Isole (que nace en las montañas al norte y alimenta el pantano del sur), Vyones siempre ha estado amurallada desde la época de los romanos. En su parte más alta destaca la ciudadela regida por las tierras del convento y la gran catedral. A la sombra de sus torres negras se amontonan casas bajas con sus característicos tejados puntiagudos de pizarra negra. Se dice que la iglesia está negra por culpa de las cien chimeneas que están en funcionamiento día y noche en la fría ciudad de Vyones. La gente de la ciudad es muy religiosa y dejan el mando de ésta y del pequeño ejercito que vigila sus muros y sus dos puertas al Arcipreste de la ciudad. Parte de los tejados y los campanarios de las dos iglesias de la entrada sur se han remodelado recientemente por los destrozos que causo un gigante, una de las muchas criaturas malditas que viven en los bosques, junto a licántropos y vampiros.

QUÉ VISITAR EN VYONES

LA CATEDRAL

El edificio central de Vyones. Toda la ciudad se articula alrededor de esta gigante casa de Dios negra y oscura como el hollín… y se diría que también toda la región de Averoigne. Construida a la manera gótica sobre las ruinas de una antigua iglesia románica, la Catedral de Vyones es la joya de la corona del gran complejo del priorato. Sus dos oscuras torres en punta son visibles desde los campos más alejados de Vyones y están vigiladas por gárgolas fantásticas, como un hipogrifo con cabeza de gato.

LA CASA MALDITA DEL ALQUIMISTA NATHAIRE

Los habitantes de Vyones no pueden evitar santiguarse varias veces cuando pasan al lado de la casa maldita del tres veces infame Nathaire, alquimista, astrólogo y nigromante, quien se había marchado muy repentinamente en circunstancias de estricto secreto junto a sus diez discípulos que le había dado el diablo. Construida con una proximidad blasfema a la gran Catedral, Nathaire había llenado la mansión con muebles de lujo de rareza satánica.

DE LA FICCIÓN A LA REALIDAD

El californiano Clark Ashton Smith (1893-1961) fue poeta, escultor y pintor, pero todo el mundo lo recuerda por su faceta como escritor de cuentos de fantasía y la longeva amistad que mantuvo con H. P. Lovecraft. Junto al autor de *Providence* y Robert E. Howard, Smith fue el colaborador más importante de la revista *pulp Weird Tales*, en la que desarrolló, entre otros trabajos, una serie de cuentos sobre la región fantástica medieval francesa Averoigne y su ciudad amurallada Vyones. Algunos de esos cuentos son *La santidad de Azédarac, El coloso de Ylourgne* o *Una cita en Averoigne*.

Weatherfield

Los suburbios británicos

Aunque ahora se considera un suburbio del Gran Manchester, Weatherfield fue un pueblo que creció alrededor de los muelles del río Irwell (los Weatherfield Quays) y la fábrica de cerveza Newton & Ridley, a quien se debe la construcción de muchas de las viviendas públicas de la ciudad y de algunos de sus locales y comercios más antiguos.

El centro de la ciudad está formada por las casas más antiguas de Weatherfield, al este de la vía del tren aéreo que atraviesa la ciudad de norte a sur. En la zona comprendida entre Victoria Road, Coronation Street, Crimea Street, Ashoale Road, Victoria Road y Rosamund Street se concentran la mayoría de casas antiguas adosadas de ladrillo oscuro de la ciudad. En esta zona también están las iglesias de St. Paul y St. Mary, la estación de policía, el ayuntamiento, la misión o el Queen Shopping Precint, el centro comercial que forma parte de la vida de Wheatherfield.

Pero la ciudad tiene otras áreas de diverso interés: como Oakhill, al noroeste, uno de los barrios más lujosos del pueblo (allí encontramos la prestigiosa escuela privada Oakhill School); The Slums, donde se van a construir nuevas y modernas viviendas; The Red Recreation Ground en el sur, el principal área de deporte y recreo de la ciudad con su campo de fútbol; o la zona comercial que rodea el Weatherfield General Hospital, con sus salas con los nombres de los cantantes y actores de comedia George Formby y Gracie Fields. Para estar informado de todo lo que ocurre o qué poder hacer en la ciudad te recomendamos que cojas en alguna de sus tiendas o pubs el periódico local gratuito *The Weatherfield Gazette*.

QUÉ VISITAR EN WEATHERFIELD

LOS PUBS DE NEWTON & RIDLEY

La cervecería Newton y Ridley se estableció en Weatherfield en 1781 y durante gran parte del siglo XIX se dedicó a construir vivienda pública y pubs tan famosos como el The Flying Horse (de 1850, aunque inicialmente se llamo The Flying Dutchman), el Rovers Return Inn, fundado en 1902 (aunque actualmente ya no es propiedad de Newton & Ridley), The Queens, The Laughing Donkey, The Weatherfield Arms o The Farrier's Arms. Cada pub tiene sus parroquianos, pero recomendamos hacer una ronda de pintas por todos ellos.

NORTH CROSS PARK

El parque más grande de Weatherfield situada al este de la ciudad entre Ashoale Road y Park Road. Rodeado por el Consistorio Municipal de la ciudad, la iglesia anglicana de Saint Mary y la Weatherfield High School, el North Cross es el parque donde las familias de Weatherfield pasean los fines de semana alrededor de su laguna con patos.

DE LA FICCIÓN A LA REALIDAD

Weatherfield es el suburbio ficticio del Gran Manchester donde transcurre la serie *Coronation Street* de la ITV, un culebrón británico que sigue la vida de algunos habitantes de clase obrera y que lleva la friolera de más de ocho mil capítulos y 57 años de emisión en antena. Comenzó a emitirse en diciembre de 1960 y no ha dejado de estar en antena desde entonces. Muchos actores famosos han aparecido en la serie, como Ben Kingsley; pero es sorprendente el caso de William Roache, quien interpreta a Ken Barlow desde el primer capítulo y tiene un record Guinness por ello.

SUDAMÉRICA

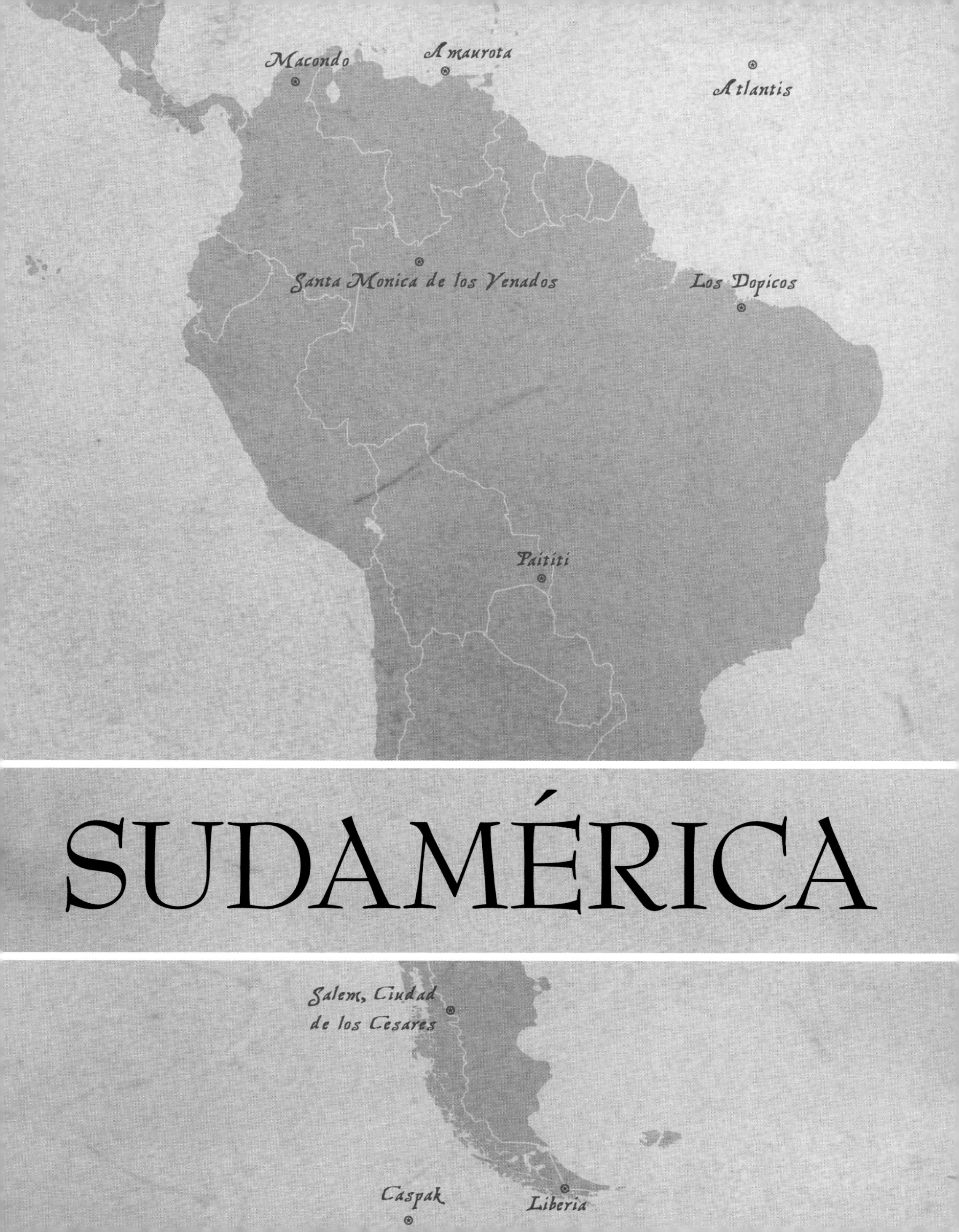
Macondo
Amaurota
Atlantis
Santa Monica de los Venados
Los Dopicos
Paititi
Salem, Ciudad de los Cesares
Caspak
Liberia

Amaurota

La sociedad perfecta

Amaurota es una de las 54 grandes ciudades de la isla-estado de Utopía, considerado por todos sus ciudadanos como ciudad principal entre las demás para desempeñar la labor de reunir a los embajadores del resto de ciudades para poder llegar a acuerdos generales en toda la isla. Aunque el resto de ciudadanos de Utopía no la llamen estrictamente capital, lo es por centralizar el poder. Antiguamente, Utopía estaba unida al continente por una lengua de tierra, pero sus habitantes cavaron una gran fosa por orden del rey Utopo, dejando entra el mar en ella. Utopía tiene forma de media luna, con una bahía en el centro. La isla cuenta con cincuenta y cuatro grandes y magníficas ciudades-estado. Todas ellas tienen la misma lengua, idénticas costumbres, instituciones y leyes. Todas están construidas sobre

un mismo plano, y todas tienen un mismo aspecto. La distancia que la separa a las ciudades vecinas es de veinticuatro millas y Amaurota está situada en el centro, regada por el río Anhidro.

Situada en la suave pendiente de una colina, su forma es casi un cuadrado. Su anchura comienza casi al borde de la cumbre de la colina, se extiende dos mil pasos hasta el río Anhidro, y se alarga a medida que sigue el curso del río, de unos quinientos pies de anchura. La ciudad está unida a la otra orilla del río por un puente de espléndidos arcos, con pilares de piedra. Este puente, situado en la parte más alejada del mar, permite a los navíos atravesar totalmente y sin riesgo toda la zona de la ciudad bañada por el río. Una alta y ancha muralla, guarnecida de torres y de fortalezas frecuentes, convierte la ciudad en una plaza fuerte. El trazado de calles y plazas responde al tráfico y a la protección contra el viento. Los edificios de tres pisos son elegantes y limpios, en forma de terraza, y están situados frente a frente a lo largo de toda la calle. Las fachadas de las casas están separadas por una calzada de veinte pies de ancho. En su parte trasera hay un amplio huerto o jardín tan ancho como la misma calzada, rodeado por la parte trasera de las demás manzanas. Los amaurotanos aman la jardinería porque les entretiene y por la competición al más bello jardín organizado entre las diversas manzanas. Las casas no pertenecen a los ciudadanos, ya que en Utopía no hay propiedad privada, y cada diez años se cambia de vivienda mediante un sorteo. Existen cuatro hospitales en Amaurota, tan amplios que parecen pequeñas ciudades. Todos los ciudadanos de Amaurota y Utopía son agricultores y suelen tener un oficio más. La jornada laboral es de seis horas, ocho horas de sueño, y el resto del tiempo lo utilizan practicando la inteligencia y la creatividad.

QUÉ VISITAR EN AMAUROTA

SENADO

Aunque existe un senado en todas las ciudades, Amaurota tiene dos, el suyo como ciudad-estado y el edificio más respetado de toda Utopía, el senado central. Su aspecto no difiere mucho al del senado de la ciudad, con su arquitectura funcional y su sala de juicios y deliberaciones para los doscientos sifograntes (jefe de treinta familias o granjas). En el senado de Utopía se reúnen los 54 embajadores de todas las ciudades de Utopía para tratar temas generales de la isla.

MERCADOS

En Amaurota hay cuatro mercados públicos completamente iguales, correspondiente a los cuatro distritos de la ciudad. En estos mercados van a parar todos los productos del trabajo de cada familia. Cada padre de familia va a buscar al mercado lo necesario para él y los suyos. Todo completamente gratis, claro. A las afueras de la ciudad podemos encontrar un quinto mercado, el de comestibles, donde podemos encontrar legumbres, frutas, pan, pescados, aves y carnes.

DE LA FICCIÓN A LA REALIDAD

Libellus . . . De optimo reipublicae statu, deque nova insula Vtopiae **(Libro del estado ideal de una república en la nueva isla de Utopía) es un tratado sobre una comunidad ficticia con ideales filosóficos y políticos diferentes a los de su contemporáneos de 1516 escrita por el filosofo, pensador y teólogo británico Thomas More (1478-1535), conocido en español como Tomás Moro. Con el paso del tiempo, la palabra utopía se ha convertido en sinónimo de una civilización idílica.**

Atlantis

La polis submarina

Situada a más de nueve mil pies de profundidad, al suroeste de la zona de fractura de Charlie-Gibbs (la interrupción más prominente de la cordillera del Atlántico Medio, entre las Azores e Islandia), podemos encontrar la ciudad mermánea de Atlantis, uno de los últimos vestigios submarinos del continente perdido de la Atlántida que queda en la actualidad. Fundada en el 19000 AC, este continente perdido fue gobernado por el bárbaro Kull 500 años antes de su hundimiento en un gran cataclismo. Hace unos diez mil años, un nuevo tipo de ser humano comenzó a surgir en el Atlántico, con branquias en su cuello, capaces de respirar bajo el agua y cuya resistencia física le permite aguantar las grandes presiones de las profundidades (su única debilidad es que no pueden sobrevivir más de 5 minutos fuera del agua). En un

principio eran nómadas, pero durante el reinado del príncipe Kamuu descubrieron las ruinas de la ciudad de Atlantis y decidieron establecerse allí. Los mermanus de Atlantis adquirieron su típica pigmentación azul, mientras el resto de pueblos nómadas,como los de la vecina Lemuria, tienen un tono más verdoso.

La moderna Atlantis está gobernada por el medio humano, medio mermanus príncipe Namor. Atlantis tiene actualmente representación en la ONU tras años de confrontaciones con

el mundo de la superficie. Con una tecnología que es la envidia de científicos como Henry Pym o Tony Stark, la ciudad de Atlantis es una mezcla prodigiosa entre el esplendor de la antigua Atlántida y una ciudad futurista bajo el mar. Construida de forma redonda, como la Atlantis clásica, los diferentes edificios mermanus importantes y las viviendas de sus marítimos habitantes se concentran en los anillos exteriores, mientras que el Palacio Real y los diferentes edificios militares se concentran en el anillo más interior. Si disponemos de un traje de submarinismo que aguante las altas presiones podremos pasear-nadar por algunos de sus edificios más famosos, como el Salón de Oceanografía, el gran Templo de Poseidón, la Universidad de Ictiología (la rama de la zoología que se encarga al estudio de los peces), las centrales de termoclima (que regulan la temperatura de todo el entorno de la ciudad) o el Instituto de las Ciencias. Aunque deberías saber que los mermanus son muy celosos de su intimidad y pocos ojos de Homo Sapiens han podido ver en todo su esplendor la ciudad más bella de las profundidades marinas.

QUÉ VISITAR EN ATLANTIS

EL PALACIO DE NAMOR

En los salones de la casa del rey, la reina, sus asistentes y consejeros se reciben dignatarios de todas las poblaciones submarinas y de las tierras de la superficie. Redondo, como toda la ciudad, y de un brillante color amarillo, el palacio del rey está coronado con seis torres decoradas con cúpulas al estilo de la antigua Atlántida, parecidas a las cúpulas bizantinas. La sala central está cubierta con una gran cúpula de hierro y cristal decorada con una estatua de Poseidón en su centro.

LAS GRANJAS DE AGRICULTURA HIDROPÓNICA

Con su estilo de invernaderos victorianos, las granjas de agricultura hidropónica de Atlantis sustenta a la población mermánea. Para cultivar sus alimentos, los mermanus utilizan este tipo de agricultura que usa disoluciones minerales en vez de suelo agrícola, inexistente en el fondo del Atlántico. Parecido al desaparecido Crystal Palace de Hyde Park de la Gran Exposición de 1851 o a los más recientes invernaderos Palm House de los Royal Botanical Gardens de Londres, las granjas son como un oasis de verdor en las profundidades oscuras del océano y es uno de los pocos sitios con oxigeno en toda Atlantis.

DE LA FICCIÓN A LA REALIDAD

La Atlantis de Marvel tiene el honor de ser la primera ciudad inventada del universo de Los Vengadores y Spider-Man. Creada cuando no existía ni la editorial, ya se hablaba de Atlantis como la ciudad del héroe Namor en la revista *Motion Picture Funnies Weekly* de 1939, con guion y dibujo de Bill Everett (1917-1973). The Sub-Mariner volvería a salir en el número uno de la revista *Marvel Comics* del mismo año y sería recuperado por Stan Lee y Jack Kirby para el primer anual de *Los Cuatro Fantásticos* en 1963.

Caspak

El país del tiempo olvidado

Situada en el Océano Pacífico, entre Sudamérica y la Antártida, encontramos la isla perdida de Caprona, llamada así por el explorador italiano del mismo nombre que la descubrió en 1721. Inexpugnable por sus altos e inaccesibles acantilados de hielo y nieve, se ha descubierto recientemente una gruta marina que conduce al interior de la isla por la que cabe un moderno submarino, aunque también se pude llegar en un hidroavión. Tras atravesar un río subterráneo llegamos al interior de la tierra llamada Caspak por sus habitantes, una isla caliente y amazónica llena de vegetación y grandes animales de tiempos remotos y prehistóricos. En el interior de Caspak hay un gran lago interior lleno de monstruos marinos surgidos del jurásico o el cretáceo, y el aire está muy cargado de humedad, cosa que provoca que los objetos lejanos se vean borrosos y confusos..

Aparte de la flora de otros tiempos, grandes bosques selváticos, animales desaparecidos como el allosaurus, el mastodonte, el diplodocus, el tiranosaurios, el mamut lanudo, el dientes de sable o los molestos pterodactylus que atacan a los aviones que intentan aterrizar en sus tierras, en Caspak también hay poblaciones de cromañones, hombres de neandertal y otras clases de homínidos divididos entre diferentes pueblos, como los Band-Lu (hombres lanza), los Bo-Lu (hombres maza), los Galu (hombre cuerda), los Ala-lu (hombres sin habla) y los kro-lu (hombres arco). La población más grande de Caspak es la aldea de los kro-lu, situada en el noreste de la isla, en la frontera con las tierras de los Galu. La aldea es una gran plaza de varios centenares de chozas de techo de paja, dispuestas en grupos de dos a siete, y rodeada por una empalizada. Las chozas son de forma hexagonal, y cuando se agrupan parecen las celdas de un panal. La empalizada que rodea la aldea está hecha de troncos unidos convertidos en una sólida muralla. En lo alto de la empalizada hay colocadas estacas afiladas en todo tipo de ángulos. La única entrada es a través de una pequeña abertura de un metro de ancho y un metro de alto, cerrada desde dentro con troncos de unos dos metros de largo, colocados en horizontal, uno encima de otro, entre la cara interior de la empalizada, y otros dos troncos entrelazados y paralelos a la pared.

QUÉ VISITAR EN CASPAK

LA CHOZA DEL CONSEJO DE LOS KRO-LU

A través del laberinto de callejas de la aldea se llega a una plaza abierta cerca del centro. En un extremo de la plaza hay una choza mucho más grande custodiada por guerreros. El interior de esta gran choza está iluminado con antorchas encendidas colocadas en agujeros de barro para impedir que la madera y las pajas ardan por las llamas. En su interior se concentra el poder del consejo de los Kro-Lu, sus mayores guerreros. Siempre suele haber perros salvajes en la choza, respetados por los hombres-arco.

CAPRONA

Si eres paleontólogo o enamorado de los extintos dinosaurios, un paseo por el interior de Caprona es una oportunidad única de disfrutar de una experiencia cercana a haber vivido en aquellos tiempos antediluvianos. Aunque te recomendamos que te armes y que cuentes con la protección de alguna tribu local, como los Kro-Lu o los Galu, los más "civilizados" de Caspak. Eso sí, no se te ocurra darte un chapuzón en el cálido lago interior o podrías acabar fácilmente entre las mandíbulas de un mosasaurus o un plesiosaurus.

DE LA FICCIÓN A LA REALIDAD

Caprona, Caspak y la aldea de los Kro-Lu son los protagonistas de la Trilogía de Caspak del escritor norteamericano Edgar Rice Burroughs (1875-1950), compuesta por los libros *La tierra olvidada por el tiempo, Los pueblos que el tiempo olvidó* y *Desde el abismo del tiempo,* todos escritos en 1918, y muy inspirados en *El mundo perdido* de Arthur Conan Doyle. En 1974 y 1977, el director Kevin Connor dirigió dos películas, protagonizadas por Doug McClure, basadas en los dos primeros libros.

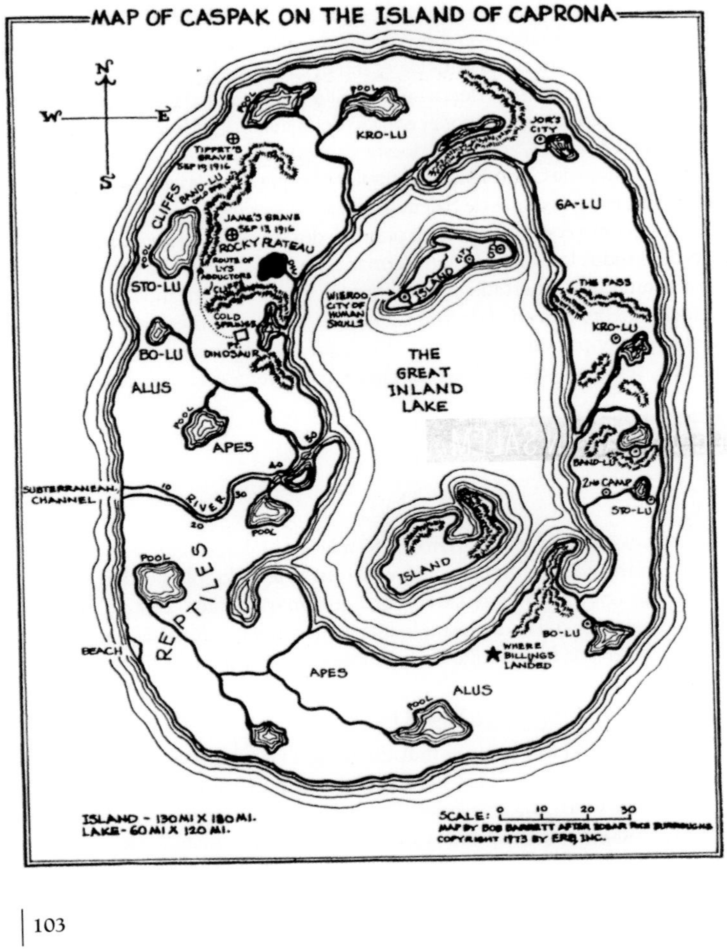

Ciudad de los Césares, Salem

La ciudad perdida de los Andes

Situada entre Chile y Argentina, en la vertiente occidental de los Andes (a 43º o 44º de latitud sur) encontramos la República de los Césares y su capital Salem, también conocida como la Ciudad de los Césares. Esta república fue fundada en el siglo XVII por un grupo de ciento cincuenta familias holandesas comandadas por Alphen, el primer senador de la República. Llegaron en tres barcos al estrecho de Magallanes con semillas, armas, libros, ropas, medicamentos y casas prefabricadas. Los argentinos y chilenos tienen prohibida la entrada en el nuevo país y el traidor que revele su posición será condenado a muerte.

Salem ocupa un cuadrado de kilometro y medio en el centro del país, la zona más fértil de los Andes, con canales que bajan desde un río hasta las calles principales. Construida a imagen de los campamentos militares romanos con forma de cuadrícula, todas las calles de Salem tiene un kilometro y medio de distancia y sus calles principales son el Cardo (calle central de norte a sur) y el Decumano (calle central de este a oeste), donde se sitúan las cuatro entradas a la ciudad, y en cuyo cruce central se encuentra el foro dominado por el edificio del Senado. Cardo y Decumano separan los cuatro distritos de Salem: noroeste, noreste, sudoeste y sudeste. Menos los edificios del Mercado, la Biblioteca, el Senado, el Museo de Curiosidades Naturales y las tres escuelas que podemos encontrar en la Ciudad de los Césares, todas las casas de Salem son iguales: sencillas, de madera, con un jardín pequeño a la entrada, dos plantas con sus tejados de pizarra a dos aguas, limpias y cuidadas.

En Salem todos los hombres son hermanos, no existe la usura y todos trabajan para el bienestar de la comunidad. El estado se preocupa de viudas y huérfanos, y te conviertes en ciudadano con derecho a voto a la edad de veinticinco años si eres protestante y estás casado. Los católicos no pueden participar en el gobierno. También destacamos una visita a su sencillo cementerio protestante, sembrado de hierbas aromáticas para atenuar el olor de la muerte.

QUÉ VISITAR EN SALEM

SENADO

El único edificio de piedra y mortero junto a las dos iglesias (católica y protestante) de la ciudad de Salem. Construida en forma de anfiteatro, en el senado solo pueden entrar los ciudadanos con derecho a voto. Se elige tres senadores que gobernaran Salem hasta el día de su muerte, aunque pueden ser depuestos si han demostrado una mala conducta durante su mandato. Los tres senadores tienen el voto final de lo debatido en los consejos de gobierno.

MUSEO DE CURIOSIDADES NATURALES

Como la Biblioteca, el Museo no es muy diferente a las casas de madera donde viven los habitantes de la Ciudad de los Césares. Pero en su interior se pueden admirar algunos objetos traídos desde Holanda y, sobre todo, una rica colección de rocas y minerales halladas en los Andes y diversos animales disecados autóctonos de la zona: aves y pequeños mamíferos.

DE LA FICCIÓN A LA REALIDAD

La Ciudad de los Césares es otro de los mitos americanos de ciudad rica en oro y piedras preciosas que se hizo famoso entre los conquistadores españoles del siglo XVI y XVII. Algunos la sitúan en Panamá, otros en la cordillera de los Andes, y varias expediciones partieron en su búsqueda. El político británico James Burgh (1714-1775) aprovechó su fama para escribir el relato utópico *An Account of the First Settlement, Laws, Form of Government, and Police, of the Cessares, A People of South America* en 1764, donde describía una sociedad perfecta de emigrantes holandeses en las cumbres de los Andes. El autor argentino Manuel Rojas (1896-1973) escribió sobre este mito en *La Ciudad de los Césares*, publicado en 1936.

Liberia

Pueblo en construcción

En la Isla de Hoste, cerca de la Tierra de Fuego, en el extremo sur de Sudamérica, encalló en 1881 el navío *Jonathan*. En Hoste solo vivía la tribu nativa de los kawésqar y el viejo anarquista Kaw-djer, quien había huido de una civilización en la que ya no creía, aunque por sus venas corría sangre real europea. Kaw-djer y los nativos se apiadaron de los náufragos y les dieron cobijo en la ensenada de Bourg Neuf, el único punto habitado de la isla, situado en la costa este.

Las familias de náufragos vieron en esta isla una oportunidad para prosperar y fundaron Liberia, en el interior, en una zona fértil junto al lado derecho del río separado de Bourg Neuf por una llanura cenagosa. Al ritmo que iba creciendo la población, el campamento fue organizado por Kaw-djer para parecerse a un pueblo con una planificación bastante simple: un almacén en el centro con una serie de habitaciones comunicadas entre sí donde se emplazó el "gobierno", "la policía", "tribunal" y todos los mecanismos que convertían a Liberia en una ciudad de verdad. Alrededor del almacén-gobierno se construyó el resto de casas de los liberianos, una carretera hacia Bourg Neuf, una ensenada para atracar embarcaciones y un faro para que no volviera a ocurrir la tragedia del Jonathan.

A principios de la última década del siglo XIX, Liberia tenía tratos comerciales con Chile, Argentina y Europa, y se podía encontrar en sus calles cuadriculadas dos imprentas, una iglesia, una oficina de correos, un teatro, dos escuelas, un tribunal, una moderna planta hidroeléctrica que suministraba electricidad y el hermoso palacio del gobernador Kaw-djer. El crecimiento de población fue aún mayor cuando se descubrió oro en sus cuevas. En 1894, Chile asumió el mando de la isla y Liberia pasó a formar parte del gobierno chileno, que acabó instalando una caserna militar.

QUÉ VISITAR EN LIBERIA

LA ENSENADA DE BOURG NEUF

Al principio, Bourg Neuf era una playa con unas pocas chozas nativas, pero en 1891 ya encontrábamos en su costa un par de ensenadas donde poder amarrar en aguas profundas, un puerto completamente operativo con aduanas y almacenes y un pequeño faro de 15 metros de alto de piedras blancas y cúpula roja. Durante la fiebre del oro de 1893, el puerto de Bourg Neuf fue uno de los más transitados del Polo Sur de América. Actualmente solo se usa como ensenada privada desde donde parten algunos ferris para visitar zoológicas a la Tierra de Fuego.

LA ISLA HOSTE

Aparte de Liberia y Bourg Neuf, una de las mayores islas del archipiélago de Tierra de Fuego bien merece perderse entre sus montañas nevadas, de nombre Darwin y Sarmiento, y disfrutar de uno de los paisajes más recónditos de la Tierra: el Parque nacional Alberto de Agostini, donde podrás ver cóndores, elefantes marinos, nutrias, cormoranes o una gran comunidad de martín pescador en sus zonas más boscosas.

DE LA FICCIÓN A LA REALIDAD

Uno de los últimos libros escritos por el novelista francés Jules Verne fue *En la Magallanía* (1897), que formaría parte de los libros modificados por su hijo Michel Verne (1861-1925) tras la muerte de su padre. Publicado por entregas en *Le Journal* en 1909, el libro fue bautizado por Michel como *Los náufragos del Jonathan* y nos cuenta la historia del anarquista Kaw-Djer, quien tiene que hacerse cargo de unos náufragos convirtiéndose en su gobernador y futuro déspota.

Los Dópicos

Entre la selva y la modernidad

Muchos son los turistas que acuden cada verano a la República de San Theodoros para visitar su capital Los Dópicos o algunas de sus paradisiacas playas. Rodeado por la selva amazónica y las costas del Océano Atlántico, este pequeño país sudamericano está situado entre la Guayana Francesa y el gran Brasil. En la época precolombina, las zonas más próximas al mar estaban dominadas por el poderoso y extinto imperio de los paztecas, ya desaparecidos. Las tribus indígenas de los bíbaros y arumbayas, formadas en comunidades en el interior de la selva amazónica, todavía existen en la actualidad y han variado muy poco su forma de ser desde los tiempos de los conquistadores.

Los paztecas construyeron la ciudad de Moctehualpa, a las afueras de Los Dópicos actual, pero fueron conquistados por el explorador Herncisco Piztés en 1535 y San Theorodos se convirtió en una colonia española. Llegaría a ser una república independiente en 1834 gracias al General Olivaro (1805-1899), libertador de San Theorodos, cuya estatua de bronce podemos admirar en la Plaza de la República en el Barrio Viejo de Los Dópicos, más cercano al puerto. Situada alrededor del río Oyapoque, Los Dópicos se llamó Tapiocápolis durante la dictadura del General Tapioca a mediados de los años sesenta, pero la liberación popular del General Alcázar le devolvió su título original. Los Dópicos ha crecido alrededor del gran puerto, donde encontramos el Barrio Viejo, con sus casas señoriales de indianos españoles, el gran Parque de las Palmeras, donde están situados el Museo de Arte Indígena y el Museo Pazteca, o el Palacio del General (sede del poder de San Theodoros). La Avenida de la Libertad es la frontera con el resto de barrios de Los Dópicos, menos turísticos y más urbanos, donde podemos encontrar el Cuartel de San Juan V, la casa del Banco de la Nación, el Palacio de Justicia de estilo neoclásico o el Jardín Botánico. Es recomendable alojarse en alguno de los excelentes hoteles resort a las afueras de la ciudad, con visitas organizadas al Barrio Viejo o a las ruinas paztecas. Pero si quieres vivir la fiesta caribeña, te recomendamos viajar entre el 22 y 24 de febrero, cuando Los Dópicos celebran su famoso carnaval y el día de la liberación.

QUÉ VISITAR EN LOS DÓPICOS

PALACIO DEL GENERAL

Situado en el mismo lugar donde se levantaba la casa señorial de Herncisco Piztés, el Palacio del Gobierno, o Palacio del General, como se conoce desde hace cien años, es la residencia oficial del Presidente de San Theodoros. Neobarroco de inspiración francesa, el Palacio se construyó en la época del virreinato español (siglo XVII), y es famoso su Salón Dorado, inspirado en la Galería de los Espejos del Palacio de Versalles.

PIRÁMIDE PAZTECA

Al norte de Los Dópicos se encuentran las ruinas de la ciuda pazteca de Moctehualpa, Patrimonio de la Humanidad desde 1988. Fundada en el 525 DC, de su conjunto arqueológico destaca la Gran Pirámide de Kukulcán, reconstruida en el siglo XI. Con una altura de 24 metros, muchos turistas se hacen fotografías en los 365 escalones que ascienden a su templo superior, donde se solían hacer sacrificios humanos.

DE LA FICCIÓN A LA REALIDAD

Como Klow y el país de Syldavia (que puedes buscar en la sección dedicada a Europa), George Prosper Remi Hergé añadió varios países inventados más a los cómics de las aventuras de Tintín. En este caso se trata de la República de San Theodoros y su capital Los Dópicos (o Las Dópicos, según otras traducciones). Este país y ciudad sudamericanas saldrían en *La oreja rota* (1937) y en el último álbum publicado por Hergé en vida, *Tintín y los Pícaros* (1976).

Macondo

Centenaria villa colombiana

Macondo en una pequeña villa colombiana localizable entre Barranquilla y Maracaibo, al oeste de la Sierra Nevada de Santa Marta. La ciénaga grande se confunde al oeste con una extensión acuática sin horizontes donde hay cetáceos de piel delicada con cabeza y torso de mujer que suelen perder a los incautos navegantes con el hechizo de sus tetas descomunales. Al sur están los pantanos, cubiertos de una eterna nata vegetal. En un principio, Macondo era una aldea de veinte casas de barro y cañabrava construidas a la orilla de un río de aguas diáfanas que se precipitaban por un lecho de piedras pulidas, blancas y enormes. Fue fundada por José Arcadio Buendía y los miembros de una expedición

formada por varios amigos, esposas e hijos. El objetivo de Buendía y sus compañeros era cruzar la sierra en dirección oeste buscando una salida al océano, pero la Gran Ciénaga se lo impidió. Cuenta la leyenda que el nombre de Macondo le vino a Buendía durante un sueño. En esta población colombiana nació el famoso Coronel Aureliano Buendía, uno de los comandantes más fieros que luchó en una de las muchas guerras civiles que asolaron Colombia a finales del siglo XIX.

El plano de la ciudad fue dispuesto por su fundador de tal modo que se podía abastecer de agua cualquier casa con el mínimo esfuerzo y se trazaron las calles con tan buen sentido que ninguna casa recibía más sol que otra a la hora del calor. El viejo Macondo permanece casi inalterable desde la época de los Buendía, pero a las afueras se pueden encontrar los barrios nuevos construidos durante el reinado de la antigua fábrica bananera de la United Fruit Company de principio del siglo XX. A finales de los años cincuenta se renueva la vía del ferrocarril que llevaban los frutos a Barranquilla convirtiéndose en la moderna estación de Macondo. En la Plaza Central del pueblo, llamada también Plaza del Coronel Aureliano Buendía, entre la casa señorial de los Buendía y el ayuntamiento, existe un milenario y gigantesco castaño orgullo de los macondienses.

QUÉ VISITAR EN MACONDO

LA CASA DE LOS BUENDÍA

Aunque los archivos del ayuntamiento describen la casa de los Buendía como una construcción de una sola planta y dos ventanas que daban al exterior, la casa ha sufrido varias ampliaciones para dar cabida a los familiares de la extensa familia Buendía a lo largo de casi dos siglos. En una de las zonas de la casa se conserva el antiguo taller de alquimia y platería que el fundador José Arcadio compartía con el gitano Melquíades.

INSTALACIONES DE LA UNITED FRUIT COMPANY

Aunque la gran plantación bananera de la United Fruit Company ya no exista, parte de los edificios centrales y almacenes aún se pueden visitar en el barrio nuevo de Macondo, al lado de la Estación de Ferrocarril. En un lado del edificio blanco de las oficinas hay una placa en el suelo que recuerda la masacre de obreros de la bananera de principio de siglo, cuando muchos fueron fusilados y asesinados en una manifestación por sus derechos laborales.

DE LA FICCIÓN A LA REALIDAD

Macondo es el pueblo ficticio protagonista de las novelas *La hojarasca* (1955), algunos relatos de *Los funerales de la Mamá Grande* (1962) y, sobre todo, en la inmortal *Cien años de soledad* (1967) del escritor colombiano y Premio Nobel de Literatura de 1982 Gabriel García Márquez (1927-2014), inspirado en su natal Aracataca. En 2004, la alcaldía de Aracataca quiso hacer un referéndum para cambiarle el nombre a Macondo, pero el escaso interés de sus habitantes no tiró adelante la propuesta.

Paititi/ El Dorado

La mítica ciudad de los incas

Ciudad mítica de los incas peruanos, Paititi o El Dorado ha perdurado hasta nuestros días igual que en la antigüedad, cuando los españoles llegaron al norte de Sudamérica. Se llega a El Dorado por un riachuelo secreto que está poblado de cocoteros, cerca de la Laguna de Guatavita, en la cordillera oriental de Colombia. El río atraviesa montañas hasta llegar a una bóveda cubierta de malezas que cubren todo el techo, el paso es tan pequeño que las barcas suelen romperse entre sus rocas. Tras un trecho a pie,o a rastras, llegamos a un valle rodeado de inaccesibles montañas. Todo el país está ajardinado con el mejor gusto posible y por los caminos se pueden admirar carruajes de formas elegantes hechos de oro y piedras preciosas tirados por llamas más ligeras que los mejores caballos de Andalucía o Mequinez.

Los antiguos incas emigraron a este lugar escondido de la civilización cuando en los siglos XVI

y XVII los exploradores europeos Pedro de Candía, Pedro Anzúrez, Ñuflo de Chaves, Francisco de Orellana, Juan Ponce de León o Lope de Aguirre partieron de diferentes puntos de Sudamérica en busca de la mítica ciudad dorada de los indios. Aunque los antiguos incas llamaban Paititi al lugar, los occidentales lo conocemos por El Dorado, según las leyendas de los conquistadores. Los residentes de esta ciudad maravillosa tienen prohibido salir de ella, para no contaminarse con el mundo exterior, y suelen agasajar a los pocos turistas que llegan a sus tierras con toda clase de atenciones. En Paititi el oro y las piedras preciosas son tan abundantes que los muchachos juegan con ellas al tejo en las puertas de las casas bellamente decoradas con plafones dorados. Esmeraldas, rubíes o zafiros son tan comunes como los guijarros y conchas que encontramos en la playa. Todas las casas y tabernas parecen palacios europeos por su opulencia. Los habitantes de El Dorado van vestidos con telas de oro, con sus cabellos prendidos con lazos del mismo preciado material, y su urbanidad es un ejemplo para los pueblos más civilizados del norte. Todas las posadas de El Dorado son públicas y mantenidas por el gobierno, así que no hace falta pagar los manjares exquisitos que se comen en cualquiera de estos establecimientos. Las casas de El Dorado están bellamente decoradas con telas exquisitas, sofás y camas de plumas de colibrí.

En Paititi los edificios públicos dorados se pierden entre las nubes; la plaza del mercado está adornada con mil columnas con fuentes de agua clara, agua rosada y licores de caña; las calles están empedradas con unas piedras preciosas que huelen a clavo y canela; y el Palacio de las Ciencias está compuesto por una galería de dos mil metros de largo repletos de instrumentos de cálculo físico, astronómico y matemático. Todo el mundo en El Dorado es tan educado que no existen ni las cárceles ni los tribunales.

QUÉ VISITAR EN PAITITI / EL DORADO

EL PALACIO DEL REY

Si las casas de Paititi parecen pequeños palacios europeos, el Palacio del Rey, situado en un extremo de la ciudad es de una majestuosidad obscena para los ojos occidentales. La puerta principal tiene 67 metros de altura y treinta de ancho, construida enteramente de oro con incrustaciones de piedras preciosas. La guardia real está compuesta por mujeres, y en la sala del trono siempre está sonando música. En Paititi el protocolo establece que se salude al Rey con un abrazo y dos besos en las mejillas.

LAGUNA DE GUATAVITA

Es el lugar más sagrado de los chibchas, donde se realizaba el ritual de investidura del nuevo zipa (cacique). El aspirante atravesaba el lago en una balsa de juncos ricamente adornada con el cuerpo íntegramente cubierto de oro en polvo. Al llegar al centro, ofrecía a los dioses piedras de oro y esmeraldas arrojándolas al fondo sus aguas. Guatavita tiene cinco kilómetros cuadrados de superficie y está situada a más de tres mil metros de altitud, rodeada de bosques nativos de encenillos. Su forma redonda y su agua de tonos verdes rodeada de montañas la convierten en un paraje casi único.

DE LA FICCIÓN A LA REALIDAD

Paititi o El Dorado es uno de los muchos mitos sobre ciudades pavimentadas con oros de los incas que varias expediciones españolas y portuguesas buscaron sin éxito por toda Sudamérica. Puedes leer sobre este mito en el recomendable *La leyenda de El Dorado y otros mitos del descubrimiento de América* (2008) del periodista Christian Kupchik (Buenos Aires). Pero para realizar la descripción de la ciudad hemos recurrido al clásico relato filosófico de aventuras *Cándido o el optimismo* (1759) del escritor, historiador, abogado y filósofo François-Marie Arouet, más conocido como Voltaire (1694-1778)

Santa Mónica de los Venados

El origen de la música

Situada en algún punto desconocido de la frontera amazónica entre Venezuela y Brasil, se puede llegar a Santa Mónica de los Venados vía fluvial partiendo desde Puerto de Anunciación. Sorteando afluentes y callejones de río en canoa, tenemos que encontrar un tronco gigante marcado con tres leras V superpuestas verticalmente. Seguimos un pasaje fluvial estrecho y bajo situado al lado del árbol y llegaremos a Santa Mónica de los Venados, un mundo paleológico con fauna de colores barrocos que podría confundirse con el paraíso perdido descrito en los primeros capítulos del *Génesis de la Biblia*.

Santa Mónica de los Venados fue fundada casi accidentalmente por el Adelantado y algunos compañeros mineros cuando iban en la búsqueda de Manoa. Su nombre se debe a que había

muchos venados rojos por la zona y a Santa Mónica, la madre de San Agustín, patrono de los que buscan a Dios.

Esta población escondida amazónica goza del estatus de ciudad porque fue fundada en los tiempos de los primeros conquistadores españoles, pero en realidad es un pueblo pequeño situado en medio de una llanura, en un espacio no mayor de doscientos metros de lado peinado por machete. A la entrada del pueblo se ve varias casonas de barro teñido de blanco con techo de bahareque con una sola puerta y una ventana grande, viviendas pequeñas, un establo y un almacén. El centro de Santa Mónica de los Venados está compuesto por la Plaza Mayor, donde podemos encontrar la Casa del Gobierno y la Catedral dedicada a la santa y a su hijo. Detrás encontramos el barrio de los indios, formado por unas diez chozas nativas. En una de ellas se guardan los instrumentos musicales que dieron origen a la música. Al fondo se puede disfrutar de unas fantásticas vistas de las grandes mesetas nutridas con espesa vegetación selváticas y fuentes de aguas cristalinas.

QUÉ VISITAR EN SANTA MÓNICA DE LOS VENADOS

LA CATEDRAL

Consagrada a mayor gloria de Santa Mónica, ejemplo de mujer cristiana, y su hijo San Agustín, Doctor de la Iglesia, la catedral de la ciudad destaca por su torre de tres pisos separada del edificio principal sencillo, de una sola planta de altura y una solitaria nave que acaba en un ábside som-

brío. Destaca por su espadaña sin campanas y su portada cubierta con tres arcos ojivales, a diferencia de los ventanales de la planta y el interior de la iglesia que son de media punta. Todas las rocas de Santa Mónica de los Venados se recogieron en los alrededores.

LA CHOZA DE LOS PRIMEROS INSTRUMENTOS MUSICALES

En una de las chozas indias nativas de Santa Mónica de los Venados podemos encontrar los instrumentos musicales que dieron origen a toda la música conocida. Un cilindro ornamentado al fuego con una empuñadura en forma de cruz que señala el paso del bastón del ritmo, los más primitivos tambores, el cuerno de venado con sonajeras de adorno, el botuto de barro para encontrar al hombre extraviado, caramillos antepasado del órgano y la jarra del sonido siniestro, son sus dos cañas encajadas en los lados.

DE LA FICCIÓN A LA REALIDAD

***Los pasos perdidos* (1953) del escritor cubano Alejo Carpentier (1904-1980) fue una de las primeras novelas sudamericanas en explotar el realismo mágico o "real maravilloso", algo que Carpentier describió como patrimonio natural de Latinoamérica. Cuenta la historia de un apasionado de la música que parte al interior de la selva amazónica en la búsqueda de unos vetustos instrumentos musicales para un museo organográfico. Encuentra Santa Mónica de los Venados donde conoce a una joven que le hará quedarse.**

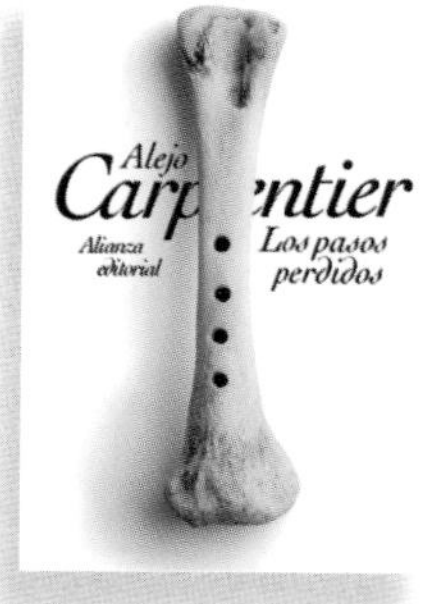

ÁFRICA

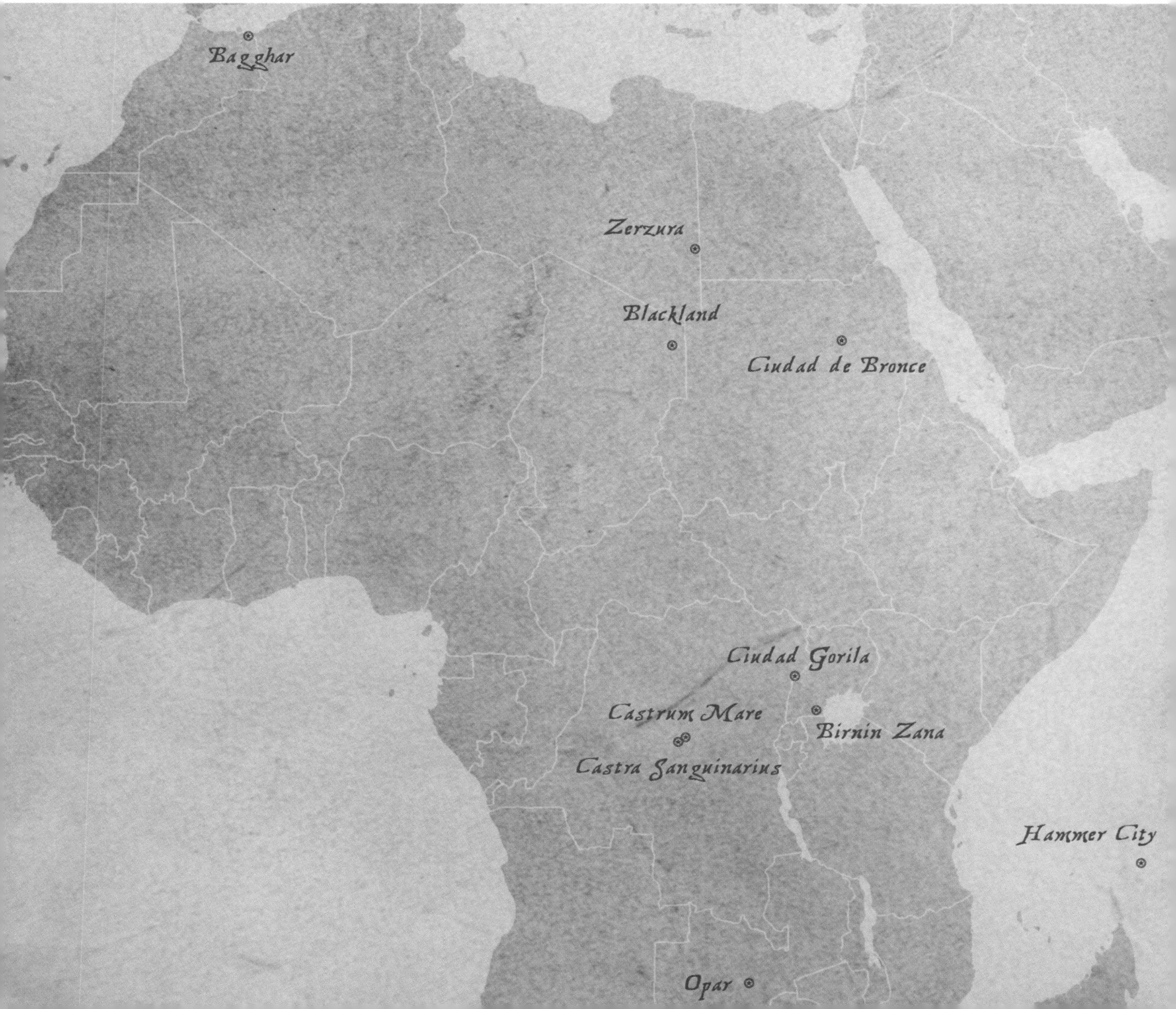

Bagghar
Zerzura
Blackland
Ciudad de Bronce
Ciudad Gorila
Castrum Mare
Birnin Zana
Castra Sanguinarius
Hammer City
Opar

Bagghar

El puerto del Mediterráneo

Gran puerto de la costa marroquí, la antigua ciudad-estado de Bagghar está situado en la costa mediterránea en la frontera con Argelia regada por la desembocadura del río Muluya. La ciudad fue fundada en 1471, donde antes había un pequeño emplazamiento bereber, por exiliados de Al-Ándalus, tanto musulmanes como judíos, expulsados por la Santa Inquisición española de Torquemada. Por eso se puede apreciar en algunas zonas de la ciudad una apariencia muy similar a la de algunos pueblos andaluces, con pequeñas callejuelas de trazado irregular con casas encaladas de tonos blancos, azules y ocres. Tras la reconquista, Bagghar fue dominio portugués y español desde finales del siglo XVI hasta bien entrado el siglo XVII. En 1661 pasó a ser dominio británico, pero duraría poco, cuando el gran sultán de Marruecos quiso tomar la ciudad a finales del siglo XVII. Con la participación de Inglaterra, Bagghar se convirtió en una ciudad-estado con un Emil títere hasta la independencia de Marruecos en 1956.

Aunque la ciudad nació cara al mar, con su gran puerto como punto importante del Mediterráneo, fue escalando arriba la montaña, hasta llegar al Palacio del Emir, construido a mediados del siglo XVIII. Al lado del puerto encontramos la pequeña medina o barrio antiguo, de aromas

marineros, donde destaca su espectacular zoco cubierto. Subiendo la montaña, podemos disfrutar de las vistas al Mediterráneo desde algunas de sus espectaculares terrazas blancas donde poder degustar la especialidad de Bagghar, el cangrejo. A un lado de la Medina vemos la Gran Mezquita de Al-Fath, que abarca 3000 metros cuadrados y tiene capacidad para más de tres mil fieles. Sus dos minaretes son bastante visibles desde cualquier punto de la ciudad y su cúpula dorada fue restaurada recientemente y cambiada por una de fibra de vidrio.

QUÉ VISITAR EN BAGGHAR

ZOCO

Como muchas ciudades árabes, Bagghar es conocida por su mercadillo tradicional cubierto con toldos de colores que le da un aire casi mágico a sus atestadas callejuelas. En el zoco de Bagghar es recomendable visitar las tiendas de antigüedades con artesanía bereber o productos exclusivos provenientes de los antiguos califato de Córdoba o el reino de Granada.

PALACIO DEL EMIL

Situado en la parte más alta, al noreste de la ciudad, entre la montaña de Bagghar y la presa hidráulica que da electricidad a toda la ciudad, fue construido por el Emil en el siglo XVIII y tuvo diferentes ampliaciones a lo largo de los siglos. Destaca por sus jardines escalonados de palmeras y otras plantas autóctonas, y una terraza cubierta por una cúpula dorada donde el Emil solía atender a sus invitados. Actualmente es propiedad del gobierno de Marruecos y consta en todas las guías turísticas del país como uno de los diez sitios más visitados del Lejano Poniente.

DE LA FICCIÓN A LA REALIDAD

Tras Klow y Los Dópicos, Bagghar es también una de las ciudades inventadas por Hergé para las aventuras de su periodista Tintín. Protagonista absoluta de *El cangrejo de las pinzas de oro* (1940), la primera historia donde salía el carismático Capitán Haddock, y menos en *El secreto del unicornio* (1942). Aunque en el cómic saliese como una ciudad de Marruecos, en la película de animación de Steven Spielberg *Las aventuras de Tintín: el secreto del Unicornio* (2011) se hablaba de Bagghar como una ciudad-estado. Parte de su arquitectura fílmica está reflejada en este libro.

Birnin Zana

La capital de la pantera negra

Podemos encontrar al orgulloso y tecnológico Reino de Wakanda en África ecuatorial, rodeada por las naciones de Etiopia, Uganda, Kenia, Somalia y Sudán. Llamada así por la inconquistable tribu de los wakandas, la línea real comenzó con Bashenga hace más de diez mil años, el primer rey de Wakanda y el primer Pantera Negra, el héroe protector del reino. Hace miles de años se estrelló donde ahora se alza Birnin Zana un gigantesco meteorito de un mineral extraterrestre llamado vibranium, capaz de absorber sonido y vibraciones, el material del que está hecho el escudo del famoso Capitán América. Evidentemente, esto convierte a Wakanda en una zona muy codiciada por otras potencias extranjeras. Por esta razón, el antiguo monarca T'Chaka (padre de T'Challa, actual Rey de Wakanda y Pantera Negra) cerró las fronteras del país convirtiendo la explotación de este mineral en una razón de estado. Wakanda ha permanecido virgen durante todo el siglo XX, mientras se convertía en secreto en uno de los países con más poder tecnológico del mundo junto a Estados Unidos, la extinta URRS o Latveria. Gracias a su amistad con los superhéroes americanos Los Vengadores, T'Challa ha abierto sus fronteras, colabora con varios países del mundo y tiene embajadores en varias organizaciones mundiales.

La mayoría de la población de Wakanda se concentra en la espectacular capital Birnin Zana, construida alrededor de la selva regada por los grandes lagos de Wakanda. La capital es una mezcla entre una ciudad africana, Nueva York y los futuristas rascacielos de Metrópolis. Estos grandes lagos se formaron sobre el gigantesco cráter que dejó el meteorito de vibranium. Podemos apreciar parte de su forma y encontrar unas vistas privilegiadas de Birnin Zana desde lo alto de la prodigiosa Cascada de los Guerreros, al norte de la ciudad. En el centro del lago Bashenga encontramos la sagrada Isla Pantera, con la forma de este animal mítico para los wakandas. Enfrente de la isla y la gran ciudad podremos visitar el Gran Palacio de Rey, junto al Templo de los sacerdotes de la Pantera. Detrás del Templo está la sagrada Necrópolis de los Pantera Negra.

Aunque el culto de la pantera negra de Bast es lo más tradicional en Wakanda y encontramos esculturas de este bello felino en casi todos los edificios públicos de la capital, existen otros cultos en Birnin Zana como el culto de Ghekre, el gran gorila blanco, el de Sekhmet, la diosa León, o el casi olvidado culto a Sobek, el dios cocodrilo. Recomendamos una visita pausada al Museo de Historia de Wakanda para saber más sobre este desconocido y fascinante país africano.

QUÉ VISITAR EN BIRNIN ZANA

NECRÓPOLIS

La Necrópolis de la Ciudad de los Muertos de Wakanda es donde se encuentran enterrado los anteriores Panteras Negras y los sacerdotes del culto de Bast. El rey de Wakanda es también el rey de los muertos. Para acceder a la Necrópolis se tiene que entrar por el Muro del Conocimiento, situado bajo la ciudad de Birnin Zana, detrás del Templo de Bast. Es un pozo decorado con una puerta de piedra sólida con la forma del dios egipcio Ammon Ra. La leyenda cuenta que Bashenga fue convertido en el primer Pantera Negra por Bastet en este mismo lugar.

PALACIO REAL DE WAKANDA

Situado a las afueras del centro financiero y alejado de los grandes rascacielos de Birnin Zana, el Palacio Real de Wakanda está bien custodiado por las dos panteras negras de treinta metros de altura situado a ambos lados de sus puertas. Sobrio y dorado, el palacio del rey T'Challa está equipado con las más modernas instalaciones tecnológicas de la actualidad y es casi inexpugnable.

DE LA FICCIÓN A LA REALIDAD

Aunque el reino de los wakandas y su protector Pantera Negra, uno de los primeros superhéroes negros de la historia, vería la luz en el número 52 de *Los Cuatro Fantásticos* de Stan Lee y Jack Kirby en 1966, a la capital de este país africano se conocía como Central Wakanda. No sería hasta el *Jungle Action Vol 2 número* 6 de 1973, protagonizado por T'Challa, donde Birnin Zana sería bautizada como capital de Wakanda, obra del escritor Don McGregor (Providence, 1945) y el dibujante Rich Buckler (1949-2017).

Blackland

El terror del Sáhara

Blackland es el terror de todas las ciudades del Sáhara. Construida por voluntad del malhechor Harry Killer, se encuentra en la rivera derecha del antiguamente río seco Tafasasset (hasta que los ingenieros de Killer lo llenaron de agua dulce). Se cuenta que Killer plantó su tienda en medio del desierto y dijo: "la ciudad se construirá acá"... y Blackland surgió de la arena como por arte de encantamiento. Killer y sus compañeros ladrones y malhechores esclavizaron a mucha gente para poder levantar esta ciudad en forma de riguroso semicírculo que mide 1200 metros del noroeste al sudoeste y ocupa una extensión de 56 hectáreas divididas en tres secciones desiguales amuralladas con adobe de una altura de diez metros. El Tafasasset cambió su nombre a Red River (río Rojo).

La primera sección de 250 metros con un bulevar de cien metros de ancho es la más cercana al cristalino río de agua potable. Ésta es la rica zona donde vive la aristocracia de Blackland, los Merry Fellows, las familias de los primeros malhechores que vinieron con Harry Killer. Los Merry Fellows son los militares de Blackland, saqueadores de las aldeas vecinas, y policía esclavista. Pero por encima de todo, forman la guardia del jefe y ejecutan ciegamente la voluntad de su jefe.

Los esclavos de Blackland se hacinan en la segunda sección intermedia, en chozas de paja, mientras que los blancos que no han podido ascender a Merry Fellows viven en la primera sección, la más alejada del río. Reciben el nombre de Civil Body y siempre están esperando una vacante entre los Fellows; por eso el número de asesinatos y traiciones en esta sección es bastante elevado. Lo cierto es que Blackland se asemeja a la obra del inmortal Dante, con su purgatorio, infierno y cielo. La parte comercial de Blackland se encuentra en la primera sección, donde se venden los lujosos productos saqueados a caravanas comerciales. A las afueras de Blackland se encuentran las plantaciones, donde los Merry Fellows llevan a los esclavos de la segunda sección para trabajar en los campos de sol a sol. Blackland es una ciudad perfectamente limpia, bien cuidada y provista de todas las comodidades posibles. No hay una sola vivienda de Merry Fellow o de Civil Body que no tenga teléfono. No hay una sola calle, una sola casa, ni siquiera una sola choza del barrio de los esclavos, que no goce del beneficio del agua corriente y no esté iluminada con electricidad.

En el margen izquierdo del Red River, donde el terreno se levanta bruscamente formando un montículo de unos quince metros de altura, conectado con la ciudad principal por el Garden's Bridge, encontramos otra superficie de 36 hectáreas amurallada donde está el Palacio de Harry Killer, los jardines públicos para los Merry Fellows y la Civil Body, Fortress's Garden, y los terrenos de la Usina, la fábrica de donde surgen los maravillosos inventos tecnológicos que convierten a Blackland y su déspota líder en el terror de la zona.

QUÉ VISITAR EN BLACKLAND

PALACIO DE HARRY KILLER

En el ángulo norte, contiguo al jardín público, se levanta una vasta construcción cuadrangular rodeada de murallas en estrella cuya fachada noroeste cae a pico sobre el Red River desde una altura de unos treinta metros. Es el Palacio, como se lo llama comúnmente, donde Harry Killer y nueve de sus compañeros iniciales, promovidos al rango de consejeros, han establecido su domicilio. Un segundo puente, el Castle's Bridge cerrado durante la noche, enlaza la sede del gobierno con el margen derecho del río. El palacio tiene anexado dos pabellones: uno con criados esclavos y la sanguinaria guardia negra, y otro donde viven los cuarenta pilotos de las temibles planeadoras.

LA USINA

La Usina es una ciudad autónoma, independiente, a la que Harry Killer prodiga dinero y respeta. Es el lugar en el que se crean inventos extraordinarios que Europa solo conocería muchos años después. La Usina tenía un alma y un cuerpo. El alma es su director, Marcel Camaret. El cuerpo son un centenar de obreros e ingenieros de diferentes nacionalidades traídos con la promesa del oro. De la Usina han surgido maravillas como el cicloscopio, un sónar que funciona a base de espejos; las avispas, pequeños torpedos teledirigidos; las planeadoras que se elevan con hélice en el techo; y un telégrafo que funciona sin cables.

DE LA FICCIÓN A LA REALIDAD

El hijo de Jules Verne, Michel Verne, reescribió dos esbozos de su padre, *Una Villa Sahariana* y *Viaje de estudio*, para publicar en 1914 *La impresionante aventura de la Misión Barsac*, donde nos cuenta como el diputado Barsac y un grupo de funcionarios franceses viajan a las colonias africanas galas con el fin de ver la condición de los nativos y verificar si se les puede conceder el voto. En pleno Sáhara llegan a la esclavista Blackland, dirigida por el bandido alcohólico Harry Killer, quien les prohíbe que vuelvan a Francia e informe sobre su malvada ciudad.

Castra Sanguinarius y Castrum Mare

La antigua Roma en medio de África

Castra Sanguinarius y Castrum Mare son dos antiguos puestos avanzados del Antiguo Imperio Romano situados en lo más profundo de las selvas del África central. Emplazadas en el valle interior de las montañas Wiramwazi, la población de estas dos ciudades romanas decidieron hace siglos exiliarse del mundo exterior dominado por pueblos indígenas manteniendo intacta su cultura romana a lo largo de los siglos. Los pueblos africanos de alrededor les llaman "la tribu perdida". El primer puesto romano fue Castra Sanguinarius, planificado como el clásico campamento romano de forma cuadrada con el foro y mercado en el centro. Para llegar a este emplazamiento hay que atravesar montañas y bosques hasta llega a una imponente muralla con empalizadas y almenas. Los soldados visten como los antiguos legionarios, incluida la famosa espada corta romana. A los pies de la muralla hay un foso por donde corre un arroyo. Un puente de madera, que se puede alzar si es necesario, atraviesa el foso hasta unas puertas grandiosas rodeadas por dos altas torres de defensa. En el interior de Castra Sanguinarius las casas son de roca y mármol al estilo palaciego romano, con su atrium central. En el centro de la ciudad encontramos el foro con tiendas, mercado, templos dedicados a varios dioses y la casa del Imperator de esta villa romana.

Hay que recordar que Castra Sanguinarius y Castrum Mare llevan en guerra (a veces sangrientas; la mayoría, fría) desde hace siglos, así que no es conveniente hablar bien de la otra ciudad cuando estemos en una de ellas. Cuando Honus Hasta se rebeló y fundó la ciudad de Castrum Mare en el año 953 de Roma (el 200 DC para los calendarios cristianos), Castra Sanguinarius fue invadida por criminales, de tal modo que nadie se atrevía a salir por la noche sin un guardaespaldas armado, y tampoco se estaba a salvo en casa. Por eso Honus Hasta, que se convirtió en el primer Emperador del Este, juró que no habría criminales en Castrum Mare y dictó leyes tan drásticas que no ha vivido ningún ladrón ni asesino para propagar su especie. Para llegar a Castrum Mare hay que coger el pequeño río Tiber que riega el foso de Castru Sanguinarios, atravesar un espeso bosque, y llegaremos a un pequeño lago con una isla interior donde se alza la ciudad fundada por Honus Hasta. Las calles de esta segunda ciudad no están pavimentadas y suelen estar llenas de polvo. Los domus no están tan bien cuidados, como la de

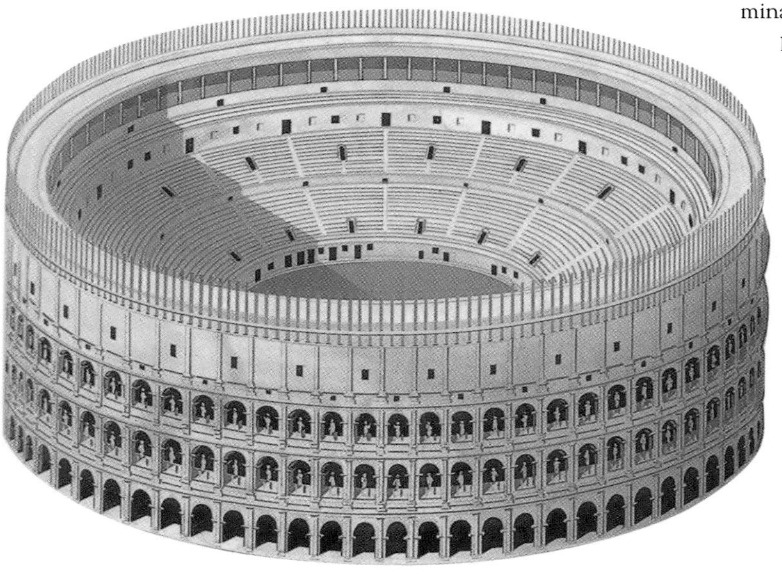

sus indeseables vecinos, y se nota el paso inexorable de la selva en muchas casas, incluso en los domus de los altos mandos.

QUÉ VISITAR EN CASTRA SANGUINARIUS Y CASTRUM MARE

COLISEO DE CASTRA SANGUINARIUS

Bien entrado en la ciudad, en su lado izquierdo, y al final de una ancha avenida, se encuentra este gran edificio circular construido con bloques de granito tallado. Aberturas en forma de arco, flanqueadas por elegantes columnas, se elevan hasta una altura de doce o catorce metros. El recinto carece de techo y guarda un notable parecido con el Coliseo de Roma, aunque bastante más humilde. Como buenos amantes de los deportes más crueles, los habitantes de Castra Sanguinarius celebran grandes juegos con guerreros negros esclavizados que luchan a muerte contra muchas de las grandes fieras feroces de la selva.

TEMPLO DE JÚPITER DE CASTRUM MARE

Creado al estilo del conocido templo de Óptimo Máximo o Júpiter Capitolino de Roma, el templo más grande de Castrum Mare está dedicado a la tríada capitolina: Júpiter, Juno y Minerva. Con seis columnas frontales y siete laterales, el Templo está rodeado de raíces de grandes árboles y enredaderas que son respetadas en honor a Juno, la madre de los dioses y de la fruta. El templo está regido por un sumo sacerdote, o flamini, y es la casa de las vírgenes vestales, que se ocupan de los sagrados fuegos del templo.

DE LA FICCIÓN A LA REALIDAD

Entre las muchas aventuras que el escritor norteamericano Edgar Rice Burroughs escribió para su héroe Tarzán, no todas sucedían en la selva o entre pueblos primitivos indígenas. En sus libros se encuentran ciudades míticas como Opar (descrita más adelante), la Ciudad de Oro Cathne Athne, Xuja, la ciudades-estado de los minunianos (hombres hormiga) o Ivory. Castrum Mare y Castra Sanguinarius son las dos ciudades perdidas de los romanos que puedes encontrar en *Tarzán y el Imperio Perdido* (1929).

Ciudad de Bronce

La ciudad fantasma

La Ciudad de Bronce se encuentra en un punto no muy claro del caluroso Desierto del Sáhara y, como su propio nombre indica, parece hecha de este rico material. Sus murallas son del dorado metal, tan brillantes y tan lisas que parece que acaban de salir del molde con el que se fundieron. Es tanta su altura que parecen nacidas allí misma, surgiendo asombrosamente de la tierra. La Ciudad de Bronce tienen veinticinco puertas que no se pueden ver desde el exterior y que solo se abren por dentro. Esto hace imposible su entrada, pero se puede acceder por una escalera de madera que una expedición anterior dejó en su lado Sur. Cuenta la leyenda que durante el reinado de la princesa virgen Tadmor, hija del Rey de los Amalecitas, la hambruna y la sequía acabó con la Ciudad de Bronce. La reina envió emisarios a todas partes del mundo para cambiar oro y diamantes por comida y agua, pero no encontraron a nadie que les ayudara. La reina cerró las puertas de la ciudad, expuso los tesoros al público y se encomendó a la voluntad del Señor, muriendo de hambre con su pueblo. Actualmente, solo los fantasmas de los habitantes de la Ciudad de Bronce viven en sus calles, mientras que sus tesoros y sus edificios son un monumento dorado a la futilidad de la vida.

Dentro del recinto amurallado de bronce podemos encontrar cúpulas de palacios, terrazas de casas y apacibles jardines. A la sombra de los macizos, brillan los canales que van a morir en un mar de metal, cuyo seno frío reflejan las luces del cielo. El zoco cubierto de la ciudad se divide en el zoco de los joyeros, el zoco de las sederías, el zoco de los guarnicioneros, el zoco de los pañeros, el de los zapateros remendones y el zoco de los mercaderes de especias y sahumerios. También es recomendable la visita a la armería-museo, compuesta por una gran galería de mármol donde se puede admirar armas por doquier, colgadas de las columnas, de las paredes y del techo, armas admirables, maravillas enriquecidas con incrustaciones preciosas que proceden de todos los países de la tierra.

QUÉ VISITAR EN CIUDAD DE BRONCE

LA CASA DEL TESORO

Ubicada al lado del Palacio y compuesta por cinco salas descubiertas. La primera tiene un hermoso surtidor de agua central que atraviesa cuatro canales de agua cuyo suelo está decorado con piedras preciosas como pórfido rosa, topacios, esmeraldas y turquesas. La segunda sala está repleta de monedas de oro y plata, y collares asombrosos. La tercera sala la ocupa armaduras y armas de metales preciosos. La cuarta sala está ocupada por armarios y estantes llenos de los mejores trajes y telas. En la última sala del tesoro tienen cabida vasos y enseres del mejor cristal, oro y jade.

EL PALACIO DE LAS TUMBAS

La Ciudad de Bronce posee un suntuoso palacio de mármol cuyos techos y paredes están decorados con oro, plata y piedras preciosas. En el centro de este palacio deshabitado y rodeado por 400 tumbas existe una recámara cubierta por una alta cúpula con ocho puertas de madera de sándalo y clavos de oro. En su interior encontramos la tumba de Kus ben Saddad ben Ad, el Grande, bendecido con mil hijos, quien falleció a los mil años de edad y es responsable de las riquezas tan increíbles de la Ciudad de Bronce.

DE LA FICCIÓN A LA REALIDAD

Las mil y una noches es una celebre recopilación medieval árabe de cuentos tradicionales de Oriente Medio creada alrededor del siglo IX por Abu Abd-Allah Muhammad el-Gahshigar. En el siglo XIV se añadiría la historia de Scheherezade como nexo unificador de los cuentos. Uno de los cuentos más famosos de este clásico de la historia es _La prodigiosa Ciudad de Bronce_, donde se nos avisa de la futilidad de acumular riquezas si la hambruna y la sequía asolan nuestras vidas.

Ciudad Gorila

El hogar de los simios superinteligentes

Escondida en el interior de África, cercana a las Cataratas Victoria, encontramos la sorprendente Ciudad Gorila, la residencia de una raza de gorilas super inteligentes que han construido una utopía futurista con un alto poder tecnológico. Hace siglos, se produjo una batalla entre naves extraterrestres en el interior de la selva. La explosión de estos ovnis y la fuga de material radiactivo produjeron que la raza autóctona de gorilas de la zona se convirtieran en seres muy inteligentes, y muchos de ellos tengan poderes telepáticos. El primer humano que supo de la existencia de esta curiosa ciudad futurista fue el héroe Flash, pues uno de sus mayores enemigo, Gorila Grodd, era originario de esta tierra prodigiosa. Los habitantes de Ciudad Gorila son de naturaleza pacífica. Su difunto Rey Solovar

abrió Ciudad Gorila al mundo humano y pidió afiliación a las Naciones Unidas, pero una serie de atentados terroristas acabaron con la vida de este sabio monarca y su sobrino Ulgo declaró la guerra al mundo de los hombres. La Liga de la Justicia pudo parar a tiempo esta guerra y actualmente lidera Ciudad Gorila el Rey Nnamdi, hijo de Solovar, quien ha decidido volver a prohibir la ciudad a la presencia humana.

Construida de manera circular en medio de la selva, Ciudad Gorila está rodeada de una muralla protegida por soldados fieles al Rey. Esta muralla tiene una pantalla electromagnética que convierte en invisible la ciudad desde el exterior. El interior de la ciudad está dividido en perfecto triángulo equilátero atravesado por las tres principales avenidas de la ciudad. Al sur se concentra Old Town, el área residencial de Ciudad Gorila, con sus modernas casas construidas en las ramas de altos árboles. En el centro está la zona Prime donde podemos encontrar el Palacio del Rey, el edificio del congreso gorila y el juzgado de la ciudad. Pero la zona más interesante para el ser humano está ubicada en el noroeste, la llamada ciudad de las ciencias, al otro lado del Camino de Solovar, donde podemos encontrar el centro neurálgico de la tecnología de Ciudad Gorila, el Edificio de las Artes Metalúrgicas, el Instituto de Números Transinfinitos, el Pabellón de las Ciencias o el Centro de Estudios Cosmológicos. En Ciudad Gorila hay muchos artilugios aéreos para poder desplazarse por sus calles, construidas a diferentes niveles entre las copas de los gigantescos árboles.

QUÉ VISITAR EN CIUDAD GORILA

PABELLÓN DE LAS CIENCIAS

Muchas de las ideas tecnológicas más innovadoras de Ciudad Gorila se encuentran en el Pabellón de las Ciencias, redondo y de cúpula dorada, donde los simios ingenieros encuentran soluciones tecnológicas para hacer crecer su civilización. Es triste que por culpa de diversas guerras civiles internas casi toda la sapiencia de estos extraordinarios simios se haya focalizado en crear temibles armas, como un gas que podía convertir a los humanos en simios.

ABRUUK ASYLUM

Muchos de los simios de Ciudad Gorila son telépatas, pero hace años que se prohibió utilizar ese poder para manipular a otros gorilas o humanos. Pero existen simios, como Gorila Grood, que quieren dominar todo el mundo. Cuando son atrapados, suelen ser ingresados en Abruuk Asylum, un sanatorio donde se trata la agresividad de los pacientes para que vuelvan a ser simios útiles para la comunidad gorila.

DE LA FICCIÓN A LA REALIDAD

Aunque ya existía una Ciudad Gorila en el universo DC, creada en 1955 para la serie de aventuras *Congo Bill*, la actual encarnación de Ciudad Gorila nació en *Flash #106* (1959), obra de John Broome (1913-1999) y Carmine Infantino, y pertenece al entorno de ciudades fantásticas de DC Comics, como Gotham City, Metrópolis o Central City (todas en este libro). Ciudad Gorila ha ido mutando con el tiempo de ciudad tecnológica muy humana a ciudad medieval-selvática, parecida a la versión de *El Planeta de los Simios* (2001) de Tim Burton.
Una versión parecida se pudo ver en la serie de televisión *Flash*, en los dos capítulos de la tercera temporada *Attack on Gorilla City* (2017).

Hammer Bay

El país del homo superior

La República de Genosha es una pequeña isla en forma de media luna situada al noreste de Madagascar, en la costa oriental de África, en pleno Océano Índico. Hammer Bay es la capital de Genosha, localizable en una bahía al noreste de la isla, aunque también encontramos la población de Carrion Cove, más pequeña y menos opulenta, al sur. Descubierta en el siglo XVI por los holandeses, rápidamente se hizo con el control de esa isla el Imperio Británico y su Compañía de las Indias Orientales, quienes gobernaron Genosha hasta su independencia en los años sesenta. La República de Genosha era uno de los países más ricos del mundo, y Hammer Bay se convirtió muy pronto en la Nueva York africana, mucho antes del surgimiento de las grandes polis de Oriente Medio. Pero el motivo de esta riqueza era debido a que utilizaban mano de obra mutante esclava, controlados por el Geningeniero David Moreau en unas instalaciones secretas bajo la ciudad.

El grupo de mutantes X-Men y sus aliados acabaron con la dictadura del Geningeniero y su gobernante, el mutante maligno Cameron Hodge, pero dejaron al país con tal inestabilidad política e inmersa en una inacabable guerra civil. Las Naciones Unidas intervinieron cediendo

la nación al mutante Magneto, convirtiendo las calles de Hammer Bay en una gran metrópolis mutante en paz (tras algunas sublevaciones humanas, amantes de los viejos tiempos esclavistas mutantes). Durante el corto gobierno de Magneto hubo muchas mejoras en la ciudad, articuladas alrededor de Magda Square, en homenaje a su esposa fallecida. Desgraciadamente, la Isla de Genosha fue atacada por un robot vigilante matamutantes salvaje gigante, quien se cebo especialmente con Hammer Bay acabando con la vida de 17 millones de habitantes. Actualmente, muchos mutantes y humanos visitan Hammer Bay con el mismo duelo con el que se visitan los campos de concentración de Auschwitz o Sachsenhausen. En Hammer Bay solo quedan ruinas de los altos rascacielos que daban vida a la ciudad hace relativamente muy poco tiempo. Algunos mutantes han instalado sus casas entre las ruinas y ayudan con la reconstrucción de la ciudad.

QUÉ VISITAR EN HAMMER BAY

HAVERSHAW HEIGHTS

Antes de la guerra civil, este distrito de Hammer Bay era la sección más exclusiva de la ciudad, donde la élite de la clase dominante comían langosta y bebían champán. Mantuvo su esplendor durante el gobierno mutante. En Havershaw Heights podemos encontrar las ruinas del imponente Hotel Hilton de Hammer Bay y era la zona donde vivía la famosa mutante telépata Emma Frost, una de las sobrevivientes del ataque a Genosha.

ESTATUA DE CENTINELA SALVAJE

Tras la destrucción y matanza de Hammer Bay, Magneto y el Profesor Charles Xavier se quedaron en Genosha para intentar reconstruir la ciudad. Muchos mutantes les ayudaron, y algunos de ellos, con Sapo a la cabeza y la antigua Hermandad de Mutantes, hicieron una estatua con la cabeza triple del Centinela Salvaje destruido como memorial al genocidio mutante.

DE LA FICCIÓN A LA REALIDAD

Genosha y su capital Hammer Bay fueron creadas por el escritor Chris Claremont (Londres, 1950) y el dibujante Rick Leonardi (Filadelfia, 1957) para *La Patrulla X*#235 (1988). La historia de la ciudad se iría desarrollando en otros tebeos de la franquicia mutante de Marvel, hasta que Grant Morrison (Glasgow, 1960) y Frank Quitely (Glasgow, 1968) acabaron con ella en el espectacular *New X-Men*#114 (2001), donde el guionista escoces comenzó a lo grande su famosa etapa renovadora de la famosa *Patrulla X*.

Opar
El centro de África

Opar es una imponente ciudad africana emplazada en el interior de un valle prohibido para muchas tribus que residen alrededor de las montañas de occidente en lo más profundo del África Central. En el interior de este valle desolado, estrecho y de escasa profundidad, salpicado de árboles canijos y sembrado de infinidad de gigantescas rocas, se aprecia una ciudad imponente, de altas y gruesas murallas, torres, esbeltas agujas, alminares y cúpulas rojas y amarillas bajo los rayos del sol. La antigua Opar, capital del imperio de Khorkasa, hace tiempo que perdió el brillo de su pasado atlante. Como colonia perdida de la vieja Atlántida, Opar fue elegida para albergar los tesoros de este continente perdido cuando sus sabios vaticinaron su hundimiento. Hace diez mil años, el interior de África estaba ocupado por dos inmensos mares interiores, la gran isla interior fue la cuna de la civilización pre-egipcia de Khorkasa. Pero esos tiempos de esplendor ya pasaron y, actualmente, Opar es la única ciudad khorkasiana que queda en pie. Opar es un matriarcado donde las mujeres siguen teniendo la forma femenina de los antiguos atlantes, mientras que los hombres han sido cruzado con simios hasta convertirse en una raza de esclavos de homínida forma grotesca.

Rodeado por una muralla de quince metros de altura de color amarillo, el visitante apreciará que muchas zonas de Opar están formadas por ruinosos edificios de granito labrado, de aspecto siniestro y amenazador. En los escombros de los desmoronados muros han crecido árboles, y por los huecos de las ventanas surgen enredaderas y plantas trepadoras que dibujan formas retorcidas sobre las paredes exteriores. Pero los edificios del interior son muchos menos amenazantes.No están invadidos por esa vegetación silvestre, y podemos encontrarnos con espaciosas avenidas. Toda Opar está dominada por el imponente edificio del Templo del Sol, el más alto de la ciudad, pero también podemos encontrar zonas comerciales y residenciales emplazadas en laberintos de callejuelas frescas rodeando el gigantesco templo. A la derecha de la gran puerta de entrada de Opar podemos encontrar la ciudadela, donde antiguamente residían los emperadores de Khorkasa y donde actualmente viven las sacerdotisas del Dios Llameante, junto a la Torre del Gran Kho&Resu.

QUÉ VISITAR EN OPAR

TEMPLO DEL SOL

Conjunto macizo coronado por una inmensa cúpula consagrado al temido Dios Llameante. A ambos lados de la inmensa entrada se yerguen hileras de altas columnas coronadas con aves grotescas y enormes. En el interior del edificio de cemento, paredes de liso granito y mampostería de oro podemos encontrar la Cámara de los Muertos, donde los fantasmas regresaran a orar, según la leyenda; y la Cámara del Tesoro, llena de lingotes de oro y otras riquezas traídas de la vieja Atlántida.

COLISEO DE LOS GRANDES JUEGOS

Rodeado de altas murallas circulares de granito, el Coliseo de los grandes juegos tiene una capacidad para ciento cincuenta mil personas. En la antigüedad, el primer día de la luna del mes de Adeneth, diosa de la pasión sexual, los príncipes de los treintas reinos del imperio de Khorkasa disputan competiciones de resistencia física. El ganador podía acceder a la mano de la hija del rey del imperio, si ésta lo aceptaba antes, por supuesto.

DE LA FICCIÓN A LA REALIDAD

La ciudad perdida de Opar se puede rastrear en las novelas de Edgar Rice Burroughs *El retorno de Tarzán* (1913) y *Tarzán y las joyas de Opar* (1916), dos de los libros más famosos protagonizados por el inmortal Hombre Mono. Opar sería recuperada por el escritor norteamericano Philip José Farmer (1918-2009) como capital del imperio de Khokarsa en las obras *Hadon, el de la antigua Opar* (1974) y *Huida de Opar* (1976).

Zerzura

El oasis perdido

Zerzura es llamada la Ciudad Blanca como una Paloma o el Oasis de las Aves Pequeñas por aquellos pocos extranjeros que han podido pisar sus calles de luminosas casas blancas. Situada en los más profundo del desierto del Sáhara, al oeste del río Nilo, entre la frontera de Egipto y Libia, la ciudad de Zerzura es también llamada la Ciudad perdida de Dionisio, aunque el viejo historiador griego Herodoto la relacionaba con los misterios eleusinos, más propios de los cultos de Deméter y Perséfone. Al tratarse de una ciudad helénica sin contacto con el mundo exterior, su gente mantiene los rasgos de sus antepasados helenos. Los hombres de Zerzura son altos, de pelo rubio, ojos azules como el mar y suelen llevar espadas rectas en lugar de las clásicas cimitarras árabes.

Zerzura es una pequeña ciudad de blancos edificios repleta de tesoros gobernada por un rey y una reina siempre durmientes. Accesible a través de un valle que corre entre dos montañas, la ciudad está custodiada por gigantes negros que impiden que se pueda entrar o salir de la ciudad. Por el valle serpentea un viejo camino que conduce a unas grandes portones de madera decorados con tallas de un pájaro extraño (algunos sostienen que se trata de un fénix). En el interior de la ciudad hay casas lujosas, palmeras, manantiales y piscinas que son utilizadas por mujeres y niños que suelen jugar y bañarse en las horas más calurosas del día. Los zerzurianos no veneran al Profeta ni a Alá, por eso las mujeres no llevan velos ni se encuentran mezquitas o minaretes en la ciudad. El viajero experto apreciará que para tratarse de una ciudad entre Libia y Egipto no se oye la clásica llamada a la oración de un muecín.

QUÉ VISITAR EN ZERZURA

TEMPLO DE DEMÉTER Y PERSÉFONE

Pequeño templete de origen helénico de mármol blanco donde se venera a la diosa Deméter, diosa de la tierra y la agricultura, y a su hija Perséfone, secuestrada por Hades. En este templo se celebran los misterios eleusinos, basados en el retorno de Deméter a su atención a las plantas y la vida en la tierra, tan importante para una ciudad ubicada en el desierto. En el jardín del templo se planta y cultiva unos hongos sagrados que induce a un trance chamánico a sus sacerdotes cuando se celebran las fiestas de la cosecha, a principios de septiembre.

TEMPLO DE RA

Aunque los zerzurianos han intentado ser muy celosos con su cultura helénica antigua, sus tratos con los egipcios introdujeron el culto al dios solar Ra. Con forma de pirámide pequeña en dos plantas, no más alta de 15 metros y también del característico color blanco de toda la ciudad, el Templo de Ra tiene un piramidión (pieza pétrea que se sitúa en lo más alto de la pirámide) de oro macizo que brilla con gran fuerza dorada en las horas más soleadas del día.

DE LA FICCIÓN A LA REALIDAD

Otro mito que ha compartido espacio en la fantasía literaria y en la fantasía de los exploradores a través de los siglos. Zerzura aparece por primera vez como un oasis en un informe del egiptólogo John Gardner Wilkinson, pero son famosas la expediciones por el desierto del Sáhara en la década de los locos años veinte. Zerzura aparece en muchas obras modernas como *El paciente inglés* (1992) del cingalés-canadiense Michael Ondaatje (Sri Lanka, 1943), *The Lost Oasis: The Desert War and the hunt for Zerzura* (2002) del británico Saul Kelly (Londres, 1957) o *The Eye or Ra* (2016) de Michael Asher (Stamford, 1953).

ASIA

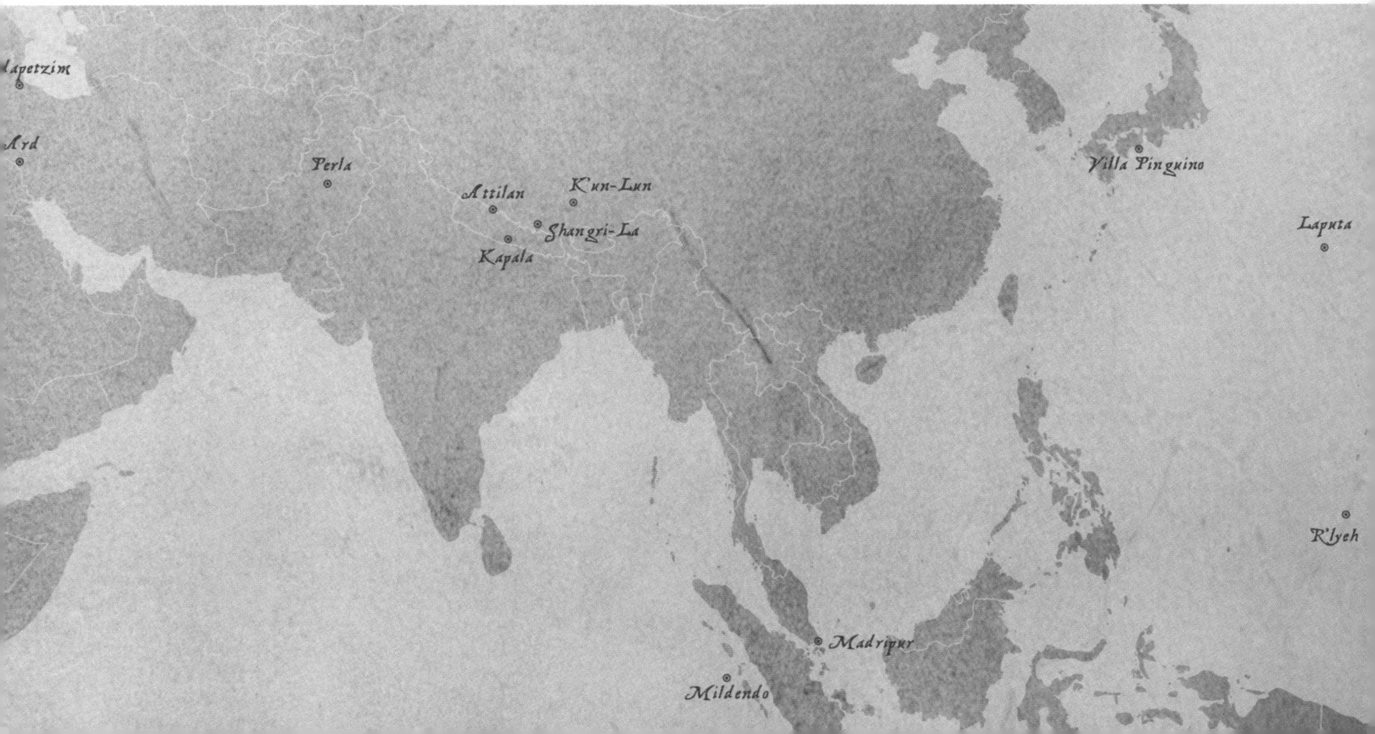
apetzim
Ard
Perla
Attilan
K'un-Lun
Shangri-La
Kapala
Villa Pinguino
Laputa
R'lyeh
Madripur
Mildendo

Ard

Donde estaba el paraíso

Ardistán es un extenso país montañoso al sur de El Hadd que limita con Tshobanistán y Dschinnistan. Aunque tiene una costa extensa, no tiene ni un solo puerto, por lo que su actividad económica es escasa. Durante mucho tiempo, los mires de Ardistán dominaron todos los países vecinos, pero actualmente es un país bastante civilizado. El interior de esta tierra de Oriente Medio es fértil y rico, especialmente alrededor de la capital, Ard. Situada en una cuenca natural rodeada por varias cadenas montañosas, la capital de Ardistán ocupa el sitio del antiguo paraíso terrenal en medio de los ríos Pison, Gibo, Tigris y Prhat, los cuatro ríos que según la Biblia, el Corán y los antiguos textos védicos rodeaban el paraíso perdido de Adan y Eva. Las casas y jardines de Ard están construidos en diversos estilos arquitectónicos (árabes, orientales y algunos viejos helénicos) y ocupan varios kilómetros de largo entre los márgenes de los cuatro ríos. Lo que más caracteriza a las casas de Ard es que todas tienen un gong dorado en la puerta con un martillo de madera colgando al lado. Para avisar a los inquilinos de la casa, el viajero tiene que golpear el gong una sola vez. En Ard todo el mundo reconoce el sonido de su propio gong.

En Ardistán y su capital está permitido cualquier credo religioso, aunque las tres religiones mayoritarias son el cristianismo, el islam y el budismo tibetano o lamaísmo. Cuenta la leyenda más antigua de Ard que Dios ordenó a dos razas de gigantes, de nombre asiras y babilas, que comenzaran a construir el gran Palacio del Mir de Ardistán, pero los cristianos de la ciudad les echaron por impíos y remataron el palacio con cruces en cúpulas y agujas. El Mir se enfado tanto con estos cristianos que derribó las cruces del Palacio. En la ciudad podemos encontrar muchas iglesias cristianas, minaretes, templos islámicos y pequeños centros de recogimiento espiritual.

QUÉ VISITAR EN ARD

PALACIO DEL MIR

Edificio extraordinario por su belleza y su tamaño que domina toda la ciudad. Cuenta la leyenda que sus cimientos los construyó el mismo Dios sobre el terreno donde se encontraba el árbol de la ciencia del bien y del mal. Su elemento principal es su cúpula flanqueada en sus cuatro puntos cardinales por cuatro torres tan altas que se pierden entre las nubes.

TEMPLO NABA VIHARA

Aunque en Ard hay preciosos templos cristianos e islámicos, el pequeño y vetusto templo budista lamaísta de Naba Vihara es uno de los principales centro de estudios superiores del budismo del Asia Central. En su interior se encuentra una reliquia dental de Gautama Buda, cosa que lo convierte en uno de los principales centros de peregrinación budista de la ruta de la seda de China e India.

DE LA FICCIÓN A LA REALIDAD

Ard, Ardistán y Dschinnistan se pueden rastrear en los dos tomos del libro *Ardistán y Dschinnistan* (ambos publicados en 1909) escritos por el literato alemán Karl Friedrich May (1842-1912). Considerado por muchos críticos como el Verne o el Salgari de Alemania, May escribía obras de aventuras para un público juvenil. Ardistán forma parte de sus libros basados en antiguas civilizaciones de Oriente Medio como *Halef el temerario, El hijo del jeque* o *Los bandoleros kurdos*.

Attilan

Ciudad Inhumana

El Homo sapiens inhumanus, o Inhumanos, son una subespecie humana creada artificialmente por la avanzada raza alienígena del Imperio Kree hace miles años, cuando tuvieron un puesto avanzado en la Tierra. Durante siete mil años vivieron en Attilan, situada en una isla del Océano Atlántico perteneciente al gran imperio de la Atlántida. Con el avance tecnológico de la humanidad, los Inhumanos temieron que su ciudad y su civilización pudiera ser encontrada y mancillada. El regente Rayo Negro, con la ayuda de Ikaris y los Eternos, otra raza de seres poderosos, trasladaron Attilan y todas sus maravillas a lo más profundo de las cordilleras del Himalaya, evitando todo contacto con la raza humana. Fueron los aventureros científicos Los Cuatro Fantásticos quienes descubrieron esta magnífica ciudad y la raza de los inhumanos cuando conocieron en Nueva York a algunos de sus componentes.

La primera Attilan del Himalaya se fundó hace aproximadamente dos mil años y durante mucho tiempo estuvo regida por Rayo Negro y Maximus, su hermano loco, en continua disputas heréticas. Pero los dos tienen la ciudad escondida de los humanos con una poderosa tecnología que la hace invisible a los ojos humanos. Los inhumanos tienen una sociedad de casta que se rige por los poderes o deformidades genéticas que adquieren con las nieblas terrígenas, un potenciador genético que se aplica a todos los inhumanos cuando llegan a la adolescencia. Attilan se divide en varios barrios alrededor del gran Palacio de la Familia Real. Hay un área residencial al sur (al lado de la fortaleza de la prisión); la ciudad vieja del noroeste, donde viven las familias más nobles inhumanas; o la ciudad del silencio, donde se concentran los monjes de la causa inhumana. Al norte de la ciudad está la entrada, junto a la planta de energía que convierte a

Attilan en invisible para los ojos humanos rodeada por la Torre del Génesis y la Torre de Agón. Los otros dos edificios más importantes de Attilan son el Parlamento, donde Rayo Negro escucha las causas de las castas superiores inhumanas, y el Laboratorio de Niebla Terrígena. Rodeando al Palacio también encontramos dos parques muy bien cuidados con flores extrañas y exóticas; y un mercado donde los inhumanos pueden adquirir alimentos, ropas y otros enseres básicos.

QUÉ VISITAR EN ATTILAN

LABORATORIO DE NIEBLA TERRÍGENA

La niebla terrígena es un mutagénico natural que surge como vapor de los cristales terrígenos. Las nieblas fueron descubiertas por el genetista inhumano Randac hace aproximadamente 25 mil años. Aunque en la antigüedad la mayoría de población inhumana se convirtió en monstruos deformes, tras siglos de experimentación, eugenesia y control de natalidad, se ha moderado mucho el riesgo de mutaciones horribles. Los laboratorios sustentan toda la vida inhumana y la desaparición de la Niebla Terrígena sería el fin de esta raza.

PALACIO DE LA FAMILIA REAL

El centro de Attilan, el gran Palacio Real de los Inhumanos tiene torres que se pierden en el cielo de las grandes montañas del Himalaya. Es el hogar de la familia real inhumana compuesta por el silente Rayo Negro, la Reina Medusa, Karnak, Gorgón, Tritón, Crystal, Maximus el Loco y el perro gigante teletransportado Lockjaw. Después de darse a conocer a la humanidad, Medusa y su hermana pequeña Crystal han formado parte de los aventureros del Profesor Reed Richards Los Cuatro Fantásticos.

DE LA FICCIÓN A LA REALIDAD

Aunque los Inhumanos y la ciudad perdida de Attilan aparecería por primera vez en el número 47 de *Los Cuatro Fantásticos* (1966) del increíble dúo artístico formado por Stan Lee y Jack Kirby, el dibujante de Nueva York ya había usado la palabra de Attilan junto a su primer socio Joe Simon (1913-2011) en una historia situada en otros tiempos prehistóricos del mítico *Captain America Comics número 1* (1941), en cuya portada el Capitán América le rompía la mandíbula de un derechazo al mismísimo Hitler. Podemos ver a Attilan en la serie de televisión de Marvel *Los Inhumanos*, estrenada en 2017.

K'un-Lun

El hogar de Shou-Lao

K'un-Lun es una de las siete ciudades capitales del cielo que aparecen periódicamente en el plano terrenal. Las otras seis ciudades son K'un-Zi, la Isla de Peng Lai, Z'Gambo, Under City, Tiger Island y el Reino de las Arañas. K'un-Lun aparece en nuestro plano cada diez años en la Cordillera del Himalaya, en la región del Tíbet de la República Popular de China. Ha sido descrita como una ciudad brillante de oro o como una joya brillante en medio de la nieve virgen por los pocos mortales que han podido verla con sus propios ojos. Cada ochenta y ocho años, las siete ciudades se alinean en una convergencia celestial llamada el Corazón del Cielo. Es entonces cuando se organiza un torneo entre sus siete campeones por el premio de aparecer cada diez años en lugar de 88.

Esta legendaria ciudad oriental situada en escarpadas rocas de una ignota montaña del Himalaya es la ciudad de la armonía y luz, donde sus lugareños se emplean en el arte de la meditación y las artes marciales. Si tienes la suerte de entrar en K'un-Lun y permanecer un tiempo, apreciaras que el tiempo se mueve de una manera diferente entre sus murallas y puede que los que te parecen días sean, en horario terráqueo, semanas. Se puede acceder a K'un-Lun por la Puerta de los Sueños, tras atravesar interminables paisajes nevados y fríos. Lo primero que verás al traspasar

sus puertas es la Ciudad de los Dragones en la parte más alta de esta ciudad espiritual, donde se esconden el Jardín de P'an-T'ao ysu corazón, la cueva del dragón Shou-Lao. De estilo oriental, los edificios de K'un-Lun brillan con colores dorados y rojizos en medio de las montañas heladas y existen muchos templos de entrenamiento para practicar kung-fu y otros artes marciales más ignotas. Los habitantes de la ciudad son inmortales gracias al gran Árbol de la Inmortalidad, protegido por monjes expertos altamente entrenados. Cuando un habitante de K'un-Lun fallece, atraviesa el puente del dolor K'u-ch'u-ch'iao, sobre los ríos purpuras cuya entrada está prohibida a los vivos. Muchos de los estudiantes de artes marciales tienen que pasar la prueba de la cárcel de demonios Raksaka Ko Jela, una cueva donde el guerrero tiene que derrotar a sus mayores miedos. Se ruega no entrar si no se ha entrenado lo suficiente con un maestro de K'un-Lun.

QUÉ VISITAR EN K'UN-LUN

LA CUEVA DEL DRAGÓN

Casa del inmortal dragón Shou-Lao, la fuente del poder de K'un-Lun. Todos los Puños de Hierro, defensores de la ciudad, tienen que lograr la prueba final de vencer al dragón para absorber parte de su poder. El último Puño de Hierro fue el neoyorquino Danny Rand, quien derrotó al dragón y consiguió el poder del Iron Fist. Tras esta proeza, Shou-Lao revive y se retira a descansar hasta que otro aspirante al Puño de Hierro esté preparado para retarlo.

JARDÍN DEL P'AN-T'AO

En el interior de K'un-Lun podemos encontrar el Jardín de los Inmortales tras una escarpada inescrutable y atravesando un laberinto insoluble, el Jardín prohibido de P'an-T'ao donde solo los elegidos puede entrar. Este es el corazón de la ciudad, uno de sus sitios más sagrados y un jardín de estilo oriental donde se respira paz y armonía.

DE LA FICCIÓN A LA REALIDAD

El inmortal Puño de Hierro y la ciudad perdida de K'un-Lun aparecieron por primera vez en el cómic *Marvel Premiere# 15*, donde se presentaban nuevos superhéroes de Marvel. Creado por el guionista Roy Thomas (Missouri, 1940) y el dibujante Gil Kane (1926-2000), K'un-Lun era la ciudad mística donde el joven millonario Daniel Rand adquirió sus poderes del Puño de Hierro. Hemos podido ver muy poco de K'un-Lun en la serie televisiva de Netflix y Marvel *Iron Fist*, estrenada en 2017.

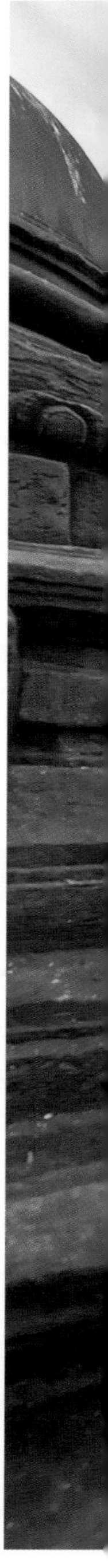

Kalapa

El reino místico

Aunque muchos textos religiosos no mencionan su ubicación exacta, el místico reino de Shambhala hinduista y tibetano se encuentra en algún lugar del Tíbet o Cachemira. Pero el escritor tibetano Mipham (1846-1912) situó su ubicación exacta al norte del río Sita, dividido por ocho cadenas de montañas. El palacio y la ciudad de Kalapa de sus gobernantes están edificados en la cumbre de la montaña circular de Kailasa. Según los mitos, cuando el mundo esté en una guerra eterna de odio y todo esté perdido, el rey de Shambhala saldrá de la ciudad secreta de Kalapa con un gran ejercito para eliminar el odio y comenzar una nueva era dorada.

Shambhala es un reino circular dividido como una rueda de dharma que se extiende entre las altas montañas y sus muchas ciudades brillantes, pero la más venerada es la capital Kalapa, pues en ella se encuentran los reyes y los monjes que trajeron las enseñanzas Kalachakra a nuestro mundo. Se puede acceder a Shambhala de dos maneras: espiritual o física. La primera se puede realizar por mucha meditación, ayuno y rezos, pero pocos son los que suelen llegar allí. Mejor viajar al Tíbet, escalar montañas y llegar a la ciudad de Kalapa andando o sobre un caballo o mula.

Kalapa es una ciudad magnífica, rodeada de grandes templos budistas, puentes que unen riscos imposibles y mansiones suntuosamente decoradas, dominada por el gran Palacio de Suchandra, donde reside el rey de Shambhala y sus altos monjes o lamas. El Reino de Shambhala ocupa un lugar central en las enseñanzas Kalachakra, ya que el Sakiamumi Buda o Buda Gautama enseñó esta meditación por orden del antiguo Rey Suchandra. Muchos son los viajeros que acuden a sus templos para aprender las auténticas y originales enseñanzas que se han preservado tras los muros de Kalapa .

QUÉ VISITAR EN KALAPA

PARQUE DE SÁNDALO

Al sur de la ciudad de Kalapa encontramos el Parque de Sándalo, a unas doce ioyanas de distancia (43 kilómetros). Al este de Kalapa (también a doce ioyanas) encontramos el lago Manasa Menor, y al oeste, a la misma distancia, tenemos el lago Blanco de Loto. En medio, en el sur, encontramos el Parque de Sándalo, en cuyo centro encontramos el gran Mandala Kalachakra, construido por el rey Suchandra, uno de los mandalas tibetanos más conocidos también conocido como la gran rueda del tiempo.

PALACIO DE SUCHANDRA

Superior en espectacularidad al conocido Palacio de Potala en Lhasa, el Palacio de Suchandra es la residencia del monarca Kulika, sentado su su trono de leones. El interior del palacio es un laberinto de estancias y salones de diferentes estilos orientales (hindús, tibetanos y chinos) y fue construido por el primer rey de Shambala, Suchandra, quien enseñó a meditar al mismísimo Buda.

DE LA FICCIÓN A LA REALIDAD

Shambhala es un reino mítico para algunas tradiciones religiosas. Aparece en el texto épico-religioso hindu del siglo III AC *Majabhárata* como el lugar de nacimiento del avatar Kalki. También sale en varios escritos budistas y el propio Dalai Lama no duda de su existencia espiritual. "Aunque los que tienen una afiliación especial pueden realmente ir allí a través de su conexión kármica, no es un lugar físico que realmente podemos encontrar. Solo podemos decir que es una tierra pura, una tierra pura en el reino humano. Y a menos que uno tenga el mérito y la asociación kármica real, realmente no podrá llegar allí".

Laputa

La isla en el cielo

Laputa es una isla volante, o flotante, circular; su diámetro, de unos siete kilómetros, contiene diez mil acres. Su grueso es de 274 metros. El piso o superficie inferior que se ve desde abajo es una plancha regular, lisa, de diamante, que tiene hasta unos 180 metros de altura. Sobre ella yacen varios minerales en el orden corriente, y encima de todos hay una capa de riquísima tierra, profunda, de diez o doce pies. El declive de la superficie superior, de la circunferencia al centro, es la causa natural de que todos los rocíos y lluvias que caen sobre la isla formen pequeños riachuelos hacia el interior, donde vierten en cuatro grandes estanques, cada uno como de media milla en redondo. El Sol evapora continuamente el agua durante el día, lo que impide que rebasen. Laputa flota gracias a un gran imán que se encuentra en la Cueva de la Astronomía y que el monarca de la isla-estado-ciudad domina a voluntad. Esta gigante piedra está dotada de fuerza atractiva por uno de los lados, y de fuerza repulsiva por el otro. Poniendo el imán derecho por el extremo atrayente hacia la tierra, la isla desciende; pero cuando se dirige hacia abajo el extremo repelente, la isla sube en sentido vertical. Cuando la piedra está en posición oblicua, el movimiento de la isla es igualmente oblicuo.

Los señores de Laputa solo están interesados en dos cosas: las matemáticas y la música. Sus habitantes están siempre enfrascado en profundas especulaciones y no suelen hacer caso a los discursos ajenos si no se les llama la atención con un contacto externo. Sus criados llevan unos instrumentos llamados sacudidores (como maracas de vejiga hinchada) que agitan en las orejas de sus señores para sacarlos de sus profundos pensamientos matemáticos. Aunque los habitantes de Laputa son unos maestros en matemática y astronomía, sus casas están muy mal construidas, con paredes trazadas de modo que no se puede encontrar un ángulo recto en una habitación. Culpa del desprecio que tienen por la geometría y arquitectura, que juzgan mecánica y vulgar. Como las instrucciones que dan son demasiado profundas para el intelecto de sus trabajadores, las equivocaciones son perpetuas. También se puede observar en sus trajes, muy mal diseñados. Su obsesión con las matemáticas y la música es tal que algunos de sus platos típicos son el brazuelo de carnero cortado en triángulo equilátero, la vaca romboide, pato empaquetado con forma de violín o salchichas y pudines imitando flautas y oboes.

QUÉ VISITAR EN LAPUTA

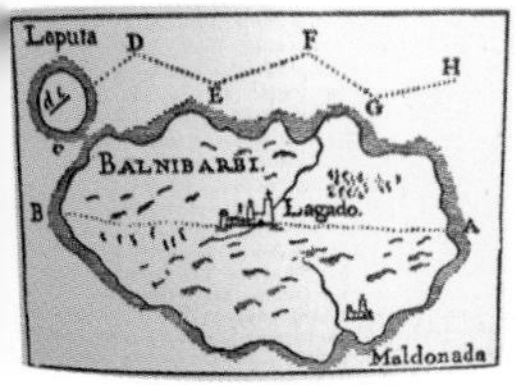

CUEVA DEL ASTRÓNOMO

En el centro de la isla hay un hueco de unas 45 metros de diámetro, donde los astrónomos descienden a un gran aposento, llamado Flandona Gagnole, la Cueva del Astrónomo, a una profundidad de noventa metros. En esta cueva hay veinte lámparas ardiendo continuamente y se atesoran gran variedad de sextantes, cuadrantes, telescopios, astrolabios y otros instrumentos astronómicos. Pero la mayor rareza, de la cual depende la suerte de la isla, es un imán de tamaño prodigioso de cin-

co metros de largo. Este imán está sostenido por un fortísimo eje de diamante que pasa por su centro, sobre el cual juega, y está tan bien equilibrado que la mano más débil puede moverlo.

CASA DE LA ASTRONOMÍA

Como ya hemos comentado, la gran pasión de los habitantes de Laputa son las matemáticas y la astronomía. Todos sus descubrimientos se exponen en la Casa de la Astronomía. En Laputa han conseguido catalogar casi todo el cuerpo celeste, descubrieron satélites antes que cualquier astrónomo occidental y ya habían catalogado noventa y tres cometas diferentes antes de que el caballero Edmund Halley diera nombre a su famoso cometa. Pero nunca comparten con el resto del mundo sus acertadas observaciones astronómicas.

DE LA FICCIÓN A LA REALIDAD

La isla flotante de Laputa se puede rastrear en *Los viajes de Gulliver* (1726), obra del escritor y clérigo irlandés Jonathan Swift (1667-1745). Si *el Quijote* de Miguel de Cervantes es una sátira sobre las novelas de caballería, la obra de Swift es una sátira sobre la naturaleza humana y el género literario de los relatos de viajes. Con Laputa y sus curiosos habitantes, Swift se mofa de los miembros de la Royal Society, o Real Sociedad de Londres para el avance de la Ciencia Natural, la sociedad científica más antigua del Reino Unido, donde han sido miembros Isaac Newton, Charles Darwin o Stephen Hawking.

Madripur

La perla de Oriente

El Principado de Madripur es una isla situada en el sudeste asiático, en el sur del Estrecho de Malaca y al suroeste de Singapur. Su capital y ciudad más grande es Madripur. El resto de la isla se compone de selva, pequeñas poblaciones pesqueras y algunos campamentos de piratas. Madripur fue la base histórica de los bucaneros que asaltaban los barcos mercantes de todo el archipiélago indonesio. Las leyes no han variado mucho desde los años dorados de la piratería del siglo XVIII y XIX. Se permite cualquier clase de negocio mientras no amenace el gobierno déspota y no acepta tratados de extradición de criminales con otras naciones. La corrupción en Madripur es total y por eso se ha convertido en una de las ciudades más desiguales del mundo.

Dividida en Hightown y Lowtown, la renta media entre los dos barrios es tan desorbitante que ha sido denunciada varias veces por todas las organizaciones mundiales. Aunque la moneda local es el dólar de Madripur, todos los negocios se suelen hacer con dólares americanos, euros, el viejo y no devaluable oro o bitcoins. El puerto de Madripur es uno de los más grandes de toda Asia: siempre en constante movimiento, sus muelles dan trabajo a la mitad de la población de Lowtown, el barrio pobre de Madripur. También es superlativo su aeropuerto internacional, donde antiguamente aterrizaba concordes que venían desde París y Nueva York. Actualmente, es el aeropuerto con más jets privados de la Tierra.

La población indígena de Madripur es una mezcla de china, indonesia y filipina, y se suele hablar malayo, mandarín, inglés y francés. Si vienes a hacer negocios a Madripur te entenderán, seguro. En Hightown encontraras avenidas con las mejores tiendas del mundo, hoteles impresionantes, restaurantes con tres estrellas Michelin y concesionarios de Ferrari, Porsche, Hennessey, Maybach, Aston Martin, Lamborghini o Bugatti. Pero si quieres respirar el auténtico ambiente

de Madripur, lo mejor es hacer una visita por las calles estrechas, orientales y atestadas de gente del Lowtown. Eso sí, recomendamos contratar seguridad privada para pasear entre sus comercios o comer excelente marisco en algunos de sus establecimientos de auténtica comida indonesia.

QUÉ VISITAR EN MADRIPUR

PALACIO DEL PRÍNCIPE

Situado a las afueras de la capital de Madripur, la casa real del gobierno es un suntuoso palacio de estilo chino emplazado sobre un acantilado con unas vistas privilegiadas del océano. Rodeado por

unos jardines de inspiración oriental amurallados, la vigilancia de la casa real es muy estricta. El palacio tiene patios interiores con fuentes y piscinas para disfrute de sus visitantes, pero se recomienda no bañarse en la piscina donde se encuentra un monstruo marino de origen desconocido.

SOVEREIGN HOTEL

El mejor hotel del mundo y el rascacielos más alto de Madripur, el Sovereign Hotel es, también, el hotel más caro del universo. Las tasas de su penthouse triplex imperial situada en el ático podría llevar a la quiebra la economía de algunos países del tercer mundo. En su hall solemos encontrar altos dignatarios mundiales, estrellas de Hollywood o grandes artistas del espectáculo. Ni la más alta clase media puede permitirse una noche en este lujoso hotel.

DE LA FICCIÓN A LA REALIDAD

Madripoor apareció por primera vez en el cómic de Marvel *Nuevos Mutantes #32* (1985), obra del guionista Chris Claremont y el dibujante Steve Leialoha (San Francisco, 1952). Esta isla-estado era una versión de Singapur o Hong-Kong, lugares asiáticos donde la desigualdad económica es impactante. Claremont aprovecharía Madripoor para situar las primeras aventuras en solitario del héroe Lobezno en los diez números de *Marvel Comics Presents Wolverine* y los cinco primeros de *Wolverine* (publicados entre 1988 y 1989), dibujados por el gran John Buscema (1927-2002).

Mildendo

Orgullo de los liliputienses

Ubicada al noroeste de Australia, en algún punto desconocido del Océano Índico, encontramos las islas vecinas de Liliput y Blefuscu. La principal características de estos dos pequeños islotes es que están habitados por hombres de seis pulgadas de altura (unos quince centímetros). Toda la flora y fauna del lugar tienen la misma proporción con la flora y fauna normal del resto de la Tierra: una doceava parte más pequeña. Liliput tiene unos 17 Km cuadrados y está separada de su vecina Blefuscu por un canal de 700 metros de ancho que un hombre corriente de metro setenta puede cruzar sin sumergir nunca la cabeza en el agua. Liliput y Blefuscu llevan años en guerra y disputa. De hecho, Blefuscu fue fundada por liliputienses que huyeron de su tierra madre cuando un rey decidió que los huevos hervidos debían ser cascados por su lado más fino. Los blefuscuenses creen que deben ser cascados por el lado más grueso.

En Liliput nos encontramos con Mildendo, su capital construida en un cuadrado perfecto al estilo romano de 170 metros de lado. Andar por las calles de Mildendo es como pasear por los

"My little friend Grildrig, you have made a most admirable
"panegyric upon Yourself and Country, but from what I can
"gather from your own relation & the answers I have with
"much pains wringed & extorted from you, I cannot but con-
"-clude you to be, one of the most pernicious, little-odious-
"-reptiles, that nature ever sufferd to crawl upon the surface
of the Earth."-
The KING of BROBDINGNAG, and GULLIVER.
—Vide. Swift's Gulliver: Voyage to Brobdingnag.
Pubd. June 26th 1803 by H. Humphrey 27 St. James's Street

conocidos parques turísticos de Cataluña en Miniatura (Torrellas de Llobregat), el Parque Europa (Torrejón de Ardoz) o Madurodam (La Haya), pero a una escala 1:12, por eso debemos tener mucho cuidado dónde pisamos para no aplastar algunos de sus bellos edificios de inspiración europea o a alguno de su medio millón de habitantes. En Liliput existen otras ciudades y pueblos que están conectados con la capital por carreteras y campos de cultivo. La muralla que circunda Mildendo es de dos pies y medio de altura y once pulgadas de anchura flanqueada por sólidas torres colocadas a diez pies de distancia la una de la otra. La entrada principal es la Puerta del Oeste, que conecta la calle principal que lleva a la zona del mercado y al Palacio del Emperador de Liliput. Las dos grandes calles que se cruzan y la dividen en cuatro partes iguales tienen cinco pies de anchura. Las demás vías tienen de doce a dieciocho pulgadas y sus casas son de tres a cinco pisos. Para visitar Mildendo hace falta un permiso especial del Emperador y el gobierno de Liliput, para avisar a la población que despejen algunas calles centrales para poder pasear entre esta diminuta ciudad del Océano Índico.

QUÉ VISITAR EN MILDENDO

PALACIO DEL EMPERADOR

El palacio real está en el centro de la ciudad, donde se encuentran las dos grandes calles. Lo rodea un muro de dos pies de altura, a veinte pies de distancia de los edificios. El patio exterior es un cuadrado de cuarenta pies y comprende otros dos; al más interior dan las habitaciones reales. Los edificios del patio externo tienen cinco pies de altura, y es imposible de atravesar para un humano normal pasando por encima. Los edificios interiores podrían competir en perfección y belleza con palacios europeos tan conocidos como el de Versalles o el de Schönbrunn.

PARQUE REAL

A cien yardas de Mildendo encontramos el Parque Botánico Real, público en la actualidad. Antiguamente era un coto privada de caza real y el lugar donde la realeza invitaba a los grandes dignatarios de la ciudad de Mildendo y el Imperio de Liliput. En el parque encontramos algunos de los árboles más grandes y majestuosos del imperio: secuoyas tan grandes como un humano, baobabs que apenas nos llegan más arriba de la cintura, eucaliptos arcoíris de cien colores y robles milenarios.

DE LA FICCIÓN A LA REALIDAD

Como la isla flotante de Laputa, Liliput, Blefuscu y Mildendo están sacados de la imaginativa *Los viajes de Gulliver* (1726), obra del escritor irlandés Jonathan Swift. Como gran obra satírica sobre la naturaleza humana y el género literario de los relatos de viajes, la eterna y ridícula disputa entre Liliput y Blefuscu recuerda a la que Inglaterra y Francia mantuvieron durante muchos siglos. Durante la estancia de Gulliver, el emperador de Liliput llevaba el pomposo nombre de Golbasto Momaren Evlame Gurdilo Shefin Mully Ully Güe, Delicia y Terror del Universo.

Perla

La tierra de los sueños

Perla es la capital del Reino de los Sueños, situada en Asia Central, con una población de unos veinte mil habitantes. Emplazada en un recodo del gigante río Negro (de aguas tan oscuras como la noche más cerrada), Perla parece estar inmensa en un intenso verde oscuro y un opaco gris verdoso. La oscuridad es presente en su paisaje durante todas las horas del día y, por supuesto, de la noche. La primavera dura cinco meses, al igual que el otoño, que transcurren en esa misma oscuridad. Estas dos largas estaciones son interrumpidas por unas pequeñas nieves en invierno y un calor sofocante en verano.

Aunque esté situada en medio de Asia, la arquitectura de Perla es de origen europeo y austro-húngaro. El fundador y soberano Klaus Patera compró casas antiguas por toda Europa y las trasladó a orillas del río Negro. La ciudad está dividida en cuatro sectores: Barrio Francés, la Calle Larga, el Distrito de la Estación y la Ciudad Jardín. Se puede llegar a Perla en tren o remontado el río Negro. Si elegimos la segunda opción, lo primero que sentiremos será su desagradable olor intenso, mezcla de harina y bacalao seco. Antes de encontrarnos con la ciudad veremos al otro lado del río un suburbio de casas de madera bajas de formas extravagantes, donde comenzaron a

vivir los primeros habitantes del Reino de los Sueños, quienes afirman descender del gran Gengis Kan. Los residentes del Suburbio parece que no tenga mucho que ver con el ajetreo constante de la gran ciudad de Perla. En el Barrio Francés encontramos el Palacio o la Antigua Residencia de Klaus Patera, la Plaza Mayor, el Archivo de Perla, el edificio de Correos, el Banco o la Gran Torre del Reloj. Enfrente del Barrio Francés está la Ciudad Jardín, con sus grandes casas palaciegas rodeadas de árboles, como la Residencia Lampebogen o la Casa del Redactor Jefe del diario de Perla. Sobre los montes situados encima del Barrio Francés podemos divisar una extraña fortaleza de defensa compuesta por cuatro grandes torres dispuestas en forma de cruz.

En la capital del Reino de los Sueños solo viven dos tipos de persona. Gente de alto rango con una sensibilidad exquisita y diversas manías (desde pasión por la lectura, coleccionar, jugar o el fanatismo ultrarreligioso); y la clase baja de la ciudad, seleccionados según su desarrollo anormal: rufianes, espiritistas, hipocondriacos, alcohólicos, descontentos, viejos aventureros, acróbatas, exiliados políticos, asesinos o ladrones.

QUÉ VISITAR EN PERLA

LAGO DE LOS SUEÑOS

Uno de los sitios más misteriosos del reino es el Lago de los Sueños situado a las afueras de Perla, a un día de viaje andando. El lago está rodeado por un parque silencioso con cascadas artificiales, construido con arte y materiales nobles. En el centro del lago encontramos un templo circular de inspiración clásica. En el interior del templo hay estatuas simbólicas guardadas en sus cámaras subterráneas. El templo solo se puede visitar un día al año y necesitamos un permiso especial.

RESIDENCIA ANTIGUA DE PATERA

También llamado Palacio Real, la Residencia Antigua de Klaus Patera se encuentra en la Plaza Mayor, en pleno Barrio Francés, y es donde actualmente reside la sede del poder de Perla y el Reino de los Sueños. Es un monstruoso edificio que se asemeja a un castillo medieval, apoyado sobre una superficie de grandes y ásperas piedras que se inclina voluminosamente sobre la gran plaza del centro de la ciudad y de la Gran Torre del Reloj.

DE LA FICCIÓN A LA REALIDAD

Perla y el Reino de los Sueños forman parte del libro *La otra Parte. Una novela fantástica* (1909), escrita e ilustrada por el autor expresionista austriaco Alfred Kubin (1877-1959). En la tradición de los oscuros relatos fantásticos de autores como Edgar Ellan Poe o E.T.A. Hoffmann, la obra de Kubin inspiró a surrealistas alemanes y austriacos, o al mismísimo Franz Kafka. *La otra parte* narra la historia de un ilustrador profesional invitado por el multimillonario Klaus Patera para que haga cuadros de la ciudad que ha creado en el Extremo Oriente.

Pndapetzim

La ciudad de los monstruos

Para llegar a Pndapetzim, la ciudad que sirve de entrada al Reino del Preste Juan, el único reino cristiano del lejano Oriente, tenemos que caminar cientos de jornadas por el este de Armenia. Tras atravesar el mítico río de piedras Sambatyón, nos encontramos con una interminable estepa repleta de helechos gigantes de la altura de un hombre. Atravesando este mar amarillo y verde llegamos a una zona cultivada con olivos y árboles frutales, donde viven los seres sin lenguas, los primeros seres monstruosos residentes de Pndapetzim. En la ciudad del Diácono Juan se concentran todos aquellos seres cristianos que no tienen lugar en las sociedades humanas, como esciápodos, blemias, gigantes, sátiros, poncios, panocios o pigmeos. Los únicos humanos de la ciudad son los gigantes nubios que guardan la Torre del Diácono y sus bellos servidores eunucos. Cada raza monstruosa de Pndapetzim tiene su propia creencia religiosa cristiana y siguen algunas de las muchas herejías que la Santa Iglesia ha ido prohibiendo a lo largo de los siglos. Los seres sin lengua son mesalianos, creen que se puede ir al cielo gracias a una plegaria silenciosa solamente.

Las casas de Pndapetzim están situadas en unos suaves montecillos amarillentos agujereados como paneles de abejas, con muchas aberturas al exterior, donde se hacinan las maravillosas criaturas de la ciudad. Albergues de piedra a los que se llega por su escalerilla de madera, que se conecta con otras escalerillas de rellano a rellano. Todas juntas forman una urdimbre aérea que sus habitantes recorren con agilidad arriba y abajo. Algunas de esas entradas están cubiertas por un cortinaje de color, otras por esterillas de paja trenzada. Entre estos montículos se encuentran muchos pequeños templetes cristianos, uno por cada herejía que los habitantes de la ciudad profesa. Al final de la ciudad, en la parte más montañosa de Pndapetzim, se alza imponente la Torre, sede del poder y casa del Diácono Juan. El visitante se sorprenderá con la gran vida que hay en las calles, con mercancías a la venta, animales fantásticos como los camelopardos, o tragafuegos que se exhiben con panteras atadas de una correa. En cualquier espacio libre de sus plazas y sus calles se extienden alfombras y se vende de todo, como si toda la ciudad fuera un gran zoco al aire libre. Los habitantes de esta ciudad fantástica desconocen el metal y todo está construido en madera y piedra.

En Pndapetzim no existe la uva, con lo cual la única bebida alcohólica se produce de la fermentación del burg, una baya muy común en la zona. La potencia del líquido es tal que se recomienda consumirla metiendo la lengua en la copa, sin beber. Los curas de Pndapetzim comulgan con esta bebida, por eso siempre acaban en la borrachera más indecorosa y les cuesta enormes esfuerzos llegar al amén final.

QUÉ VISITAR EN PNDAPETZIM

LA TORRE

Encajada a medias en la montaña encontramos la única construcción artificial de toda la ciudad. Una torre o, mejor dicho, la parte anterior de una torre de gradas, amplia en la base y cada vez más estrecha a medida que se sube. Caminos espiraliformes suben ininterrumpidamente de grada en grada penetrando dentro de la roca, envolviendo la construcción desde la base hasta la cima. Con sus grandes puertas de arco, la Torre parece un monstruo con mil ojos vista desde lejos. El Diácono Juan vive en la parte más alta de la Torre, en un espacio circular rodeado de puertas. El trono se encuentra en el centro, de madera oscura y cubierto por un baldaquín.

LA IGLESIA DE LOS BLEMIAS

La iglesia de los blemias (seres sin cabeza, con boca y ojos situados en el torax) se encuentra a ras del suelo; de una sola fachada con dos columnas y un tímpano. Su sacerdote convoca a los fieles golpeando un martillete sobre una losa de piedra. Dentro, solo se ve el altar iluminado por lámparas de mantequilla. En su interior no existe ni crucifijos ni otras imágenes porque los blemias creen que el verbo nunca se hizo carne y no adoran a ninguna imagen. Tampoco creen en la eucaristía o en los evangelios.

DE LA FICCIÓN A LA REALIDAD

Pndapetzim es una de las ciudades fantásticas que descubre una expedición de exploradores del siglo XIII. Se narra en el libro *Baudolino* (2000), del escritor y filosofo italiano Umberto Eco (1932-2016). Como ocurre en otros relatos de Eco, los debates filosóficos y religiosos se entremezclan con la historia. Más ligera que otras obras del italiano, en *Baudolino* hay espacio para la comedia, la aventura épica y un sinfín de criaturas fantásticas surgidas de los bestiarios medievales.

R'lyeh

Donde duerme Cthulhu

En las profundidades del Océano Pacífico, exactamente en la latitud 47º 9' S y la longitud 126º 43' O, encontramos la fantástica ciudad sumergida de R'lyeh, construida hace eones por una raza que procedía de estrellas sin luz para albergar la tumba del gran Cthulhu, uno de los antiguos dioses de la Tierra venidos del espacio exterior hace milenios, antes de la evolución de los homínidos. Toda esta maldita ciudad destaca por su aire onírico anormal, de construcción no euclidiana y asquerosamente impregnada de sensaciones malignas de otras esferas y dimensiones distintas a la nuestra.

Se puede bajar a las profundidades con un pequeño batiscafo. Tras un litoral de lodo y fango encontraremos la ciclópea mampostería de la ciudad, la sustancia tangible del terror supremo de la tierra, la ciudad cadavérica y de pesadilla de R'lyeh donde yace el gran Cthulhu y sus hordas, ocultos bajo bóvedas cubiertas de fango verdoso. Todos los edificios de R'lyeh parecen brillar en la oscuridad con una bioluminiscencia marina crepuscular, y uno no puede estar completamente seguro de que el mar y el suelo sean horizontales, de modo que la posición relativo de todo el resto parece variar fantásticamente. Es necesario controlar siempre la brújula, altímetro, variómetro e inclinómetro de nuestro batiscafo para no acabar volcando o chocando contra sus grandes casas de piedra de formas fantasmagóricas. En el interior de estas gigantescas construcciones duermen mediante conjuros los seguidores y sacerdotes de Cthulhu. Estos conjuros impiden que se descompongan y permanecen inertes, esperando a que despierte su señor. La parte más alta de la ciudadela es un enorme monolito donde reside este dios primigenio, construido como si su arquitectura no perteneciera a este planeta. En la entrada del monolito se pueden leer las palabras "Ph'nglui mglw'nafh Cthulhu R'lyeh wgah'nagl fhtagn", cuyo significado es: "En su morada de R'lyeh, el muerto Cthulhu espera soñando".

Cuando las estrellas vuelvan a ser favorables, los sacerdotes sacarán al gran Cthulhu de su tumba para que reviva a sus vasallos y vuelva a asumir su reinado en la Tierra. Ese tiempo será fácil de conocer, pues entonces la humanidad se parecerá a los Grandes Antiguos: salvaje y libre, más allá del bien y del mal, sin moral, y sin ley. Todos los hombres gritarían y matarían, y gozarían alegremente. Los Antiguos, liberados, enseñarían nuevos modos de gritar y matar y gozar, y el mundo entero arderá en un holocausto de libertad y éxtasis.

QUÉ VISITAR EN R'LYEH

LA TUMBA DE CTHULHU

El edificio principal de R'lyeh es el templo-tumba donde duerme Cthulhu. Podemos admirar la forma pétrea de este gran dios del caos con su gran mole, su inconfundible cabeza de pulpo y su descomunal cuerpo de dragón con sus alas rudimentarias y arcaicas. Resalta su cuerpo escamoso, que brilla con formas sobrenaturales en el fondo del templo. Se recomienda no hacer ni un solo ruido ni tomar fotos con flash en todo el recinto, no vayamos a despertar a este agente del Caos y desatar un apocalipsis sobre la tierra.

MONUMENTO DE LOS ANTIGUOS

Llamado así porque refleja como los profundos y los seguidores de Cthulhu se enfrentaron contra la raza de los Antiguos en una época antidiluviana, antes de la construcción de R'lyeh. Es un edificio que asemeja un templo de curvas imposibles donde están talladas en bajorrelieve parte de estas cruentas luchas por el poder en la Tierra. Los antiguos con su forma de barril monstruoso luchan contra hordas de marinos profundos. Es omnipresente la forma de Cthulhu, y también aparecen los Yith y los Mi-go.

DE LA FICCIÓN A LA REALIDAD

R'lyeh (que se puede pronunciar como Ru-Ii-eh o Rill-ieh) es una de las muchas ciudades fantásticas inventadas por el escritor de Providence H. P. Lovecraft (en este mismo libro podemos rastrear otras, como Arkham o Innsmouth). Apareció por primera vez en el relato de terror *La llamada de Cthulhu,* publicado en 1928 en la revista Weird Tales. R'lyeh forma parte de los llamados *Mitos de Cthulhu,* historias de terror que han inspirado a muchos otros escritores y de los que se han publicado varias antologías en varios idiomas y países.

Shangri-La

El pueblo más alto de la Tierra

Shangri-La no es el nombre de una ciudad, sino de un valle escondido cerca de la cima de la montaña Karakal, de 8535 metros de altura, que da cobijo a un monasterio tibetano, un pequeño pueblo y una zona fértil de unos treinta kilómetros cuadrado donde los campesinos plantan un excelente tabaco, cereales y frutos. Podemos encontrar a Shangri-La y Karakal en la parte china de la cordillera del Himalaya, y solo se puede llegar a ellos a pie, tras varios días de pesada y sufrida escalada. Toda la zona parece como surgida de un cuento, donde los aires fríos y la temperatura extrema no afectan al valle, protegido por varias paredes congeladas del Karakal. Durante el día la temperatura es bastante agradable, y solo refresca de noche. En Shangri-La destaca la presencia gigante del monasterio tibetano, un grupo de coloridos pabellones soberbios y exquisitos que se agrupan en la ladera de la montaña. Más allá, el monasterio está rodeado por los picos y pendientes nevados del Karakal. Aunque parece un paraíso verde en una de las zonas más indómitas para el ser humano, tendremos que acostumbrar nuestros pulmones a la falta de oxígeno en estas alturas.

Este monasterio está poblado por un grupo de elegidos de ambos sexos provenientes de distintas partes del mundo que son gobernados por el Dalai Lama François Perrault, un misionero católico de la orden de los Capuchinos que llegó al Tíbet en 1734. El aire mágico de Shangri-La produce que veinticinco años sea solo uno para nuestro cuerpo. Salir del valle para algunos de sus habitantes es una muerte rápida por envejecimiento. El interior del monasterio es espacioso, tibio, acogedor y perfectamente limpio. La comodidad en Shangri-La es bastante moderna y tienen calefacción central y bañeras de hierro de marcas americanas. Las habitaciones de los monjes están admirablemente proporcionadas, adornadas sin profusión con tapicerías y apenas un par de piezas de laca (escritorio y armario). El Monasterio ha sido descrito como una tibetana Oxford: con una excelente biblioteca, sala de música, jardines de césped mullido y flores exóticas, y varios pabellones donde los monjes meditan y rezan. En la parte exterior del monasterio se agolpan varias casas de tradición china donde viven unos mil habitantes a las ordenes de los lamas. En Shangri-La no existe policía ni crimen: si se produce algún delito, el autor sería expulsado inmediatamente del valle.

QUÉ VISITAR EN SHANGRI-LA

JARDÍN DE LOTO

Desde un pórtico de inmaculada blancura desciende unos escalones hasta un jardín lujurioso en el cual, por medio de una instalación hidráulica caprichosa, brota un surtidor en el mismo centro de un macizo de lotos, cuyas hojas están tan estrechamente apretadas que da la impresión de que

destilan rocío. Bordean el surtidor una serie de leones, dragones y unicornios, cada uno de los cuales ofrece un estilo distinto de ferocidad que acentúa, en vez de ofenderla, la paz del ambiente.

SALA DE MÚSICA

Los lamas de Shangri-La tienen en muy alta estima la música occidental, especialmente la de Mozart, y poseen una colección completísima de partituras de todos los grandes compositores europeos. Algunos de los religiosos son habilísimos ejecutantes de diversos instrumentos; entre ellos destaca la joven Le-Tsen. Para escuchar música se concentran en un pabellón donde tienen un clavicordio y un modernísimo pianoforte. Algunos de los alumnos de música pueden tocar canciones inédita de Chopin, aprendidas de oídas hace más de cien años.

DE LA FICCIÓN A LA REALIDAD

Aunque Shangri-La es el lugar ficticio surgido de la imaginación del escritor británico James Hilton (1900-1954) para su obra de ficción *Horizontes Perdidos* (1933), con el tiempo se ha convertido en una palabra para referirse a cualquier paraíso perdido en un lugar indómito. El famoso directo americano Frank Capra (1897-1991) adaptaría *Lost Horizon* a la gran pantalla en 1937 con Ronald Colamn y Jane Wyatt como protagonistas. En 1973, Liv Ulmann protagonizaría una nueva revisión musical de este libro dirigida por Charles Jarrott con música de Burt Bacharach y Hal David.

Villa Pingüino

El patio de juegos de Arale Norimaki

Creemos que no existe un lugar más alegre e idílico en todo Japón como Villa Pingüino, situada en una zona montañosa próxima al mar en la región de Chubu, el área central de la isla de Honshu. En Villa Pingüino hay apenas unos cincuenta habitantes entre humanos y otros seres fantásticos como cerdos radiofónicos o los propios Sol y Luna, que siempre saludan a sus habitantes con un "Buenos días" o un "Buenas noches".

En la Aldea Pingüino las casas habitadas se encuentran muy separadas unas de otras y destaca un centro donde podemos encontrar una estación de policía, un banco, una estación de ferrocarril, un colegio al que solo es obligatorio asistir, no estudiar, la cafetería Coffee Pot de la familia Kimidori, la peluquería de los Soramame (con su divertido cartel de un cangrejo con peine y tijeras), un zoológico con dinosaurios, un hospital, una mercería con algunas prendas íntimas de primera necesidad, unos apartamentos modernos donde viven los solteros de la ciudad, una librería, el bar de moteros Fly Milk, una gasolinera, la tienda de cigarrillos Tobacco, un supermercado y unos grandes almacenes donde la gente del pueblo puede comprar ropa u otros enseres. Lo divertido de Aldea Pingüino es que muchos de sus edificios tienen forma de lo que ofrecen: la librería son unos libros, la tienda de cigarrillos un paquete de tabacos, etcétera… En Villa Pingüino también podemos ver algunas casas con formas imposibles, como un zapato, una seta roja, la nave Enterprise de Star Trek, la cabeza de R2-D2 (casa del Dr. Mashirito), o una nave espacial con forma de bol de fideos chinos, propiedad de la familia Tsun.

Si te pasas por Villa Pingüino te recomendamos que le pidas al prestigioso científico Senbei Norimaki que te enseñe algunos de sus magníficos inventos, como la pistola grandepequeña (que afecta al tamaño de las cosas), la máquina del tiempo, la máquina de realidad (capaz de recrear realmente lo que solo existe en imagen), la poción de invisibilidad, o el robot ama de casa Akiko, una criada muy mandona. También puedes conocer a su encantadora y alegre familia, la señorita Midori, su hijo Turbo, las Gatchan y la siempre enérgica Arale Norimaki.

QUÉ VISITAR EN VILLA PINGÜINO

COFFEE POT

Si quieres disfrutar de un buen café, té, helado o refresco te recomendamos una visita al famoso Coffee Pot regentado por la familia Kimidori. Destaca en la parte norte del pueblo por su forma de cafetera grande de color blanco con una tapa de color rojo. Su dirección es 5 Platypus y podemos encontrarla al este de la peluquería Soramame y al sur de los apartamentos Anguirus.

EL CASTILLO DE TRAMPIRE

Trampire es la vampiresa oficial de Villa Pingüino. Ella ama la sangre y el dinero, y solo sale de noche, acompañada a veces de un torpe monstruo de Frankenstein con la capacidad de convertirse en hombre lobo en noches de luna llena. Su castillo está situado al norte, a las afueras de la aldea, y parece una versión reducida del famoso castillo de Drácula del vídeo-juego Castlevania. Dentro es bastante coqueto, aunque te recomendamos no bajar a sus oscuras mazmorras.

DE LA FICCIÓN A LA REALIDAD

Aldea Pingüino o Villa Pingüino es donde suceden la mayoría de aventuras del manga *Dr. Slump* (1980-1984) del dibujante Akira Toriyama (Nagoya, 1955). En un principio estaba situada cerca de Nagoya (la Gran Ciudad que sale en el cómic), pero más tarde se incluiría su localización en el mundo ficticio de *Dragon Ball* (1984-1995), otro cómic de Toriyama. El éxito del cómic fue tan grande que en 1981 Toei Animation comenzó la emisión de la serie *Dr. Slump Arale Chan*, la cual se alargó hasta 1986 con 243 episodios desternillantes.

OTROS MUNDOS

Adua

La ciudad de las torres blancas

Capital de La Unión y la segunda ciudad más grande del mundo después de Shaffa (del gran Imperio Gurkish del sur), Adua está situada en la gran isla de Midderland, en el centro del Círculo del Mundo. Ciudad costera y un importante puerto de comercio internacional, Adua es una ciudad de extremos contrastes, donde viven los más ricos y donde fallecen miserablemente los más pobres. Su fundación está muy bien documentada: Kanedias, segundo hijo del todopoderoso Euz (vencedor de demonios), eligió el centro de Midderland como su hogar construyendo la Casa del Hacedor. Hace seiscientos años, Harod el Grande unificó los diversos reinos de Midderland convirtiéndose en el primer rey de La Unión. En aquella época se establecieron los consejos cerrados y abiertos y la inquisición. Muchos de estas historias las podemos encontrar en los *Cinco Cuentos de Harod el Grande* de Spillion Sworbrek.

Adua se divide en tres zonas muy diferenciadas: el Agriont, el corazón de la ciudad, auténtica fortaleza donde podemos encontrar el Palacio, los cuarteles, la sede del gobierno y todos los grandes edificios de Adua que todo turista debe visitar; la Ciudad Interior, rodeada por la imponente Muralla del Rey Arnault; y la Ciudad Exterior, delimitada por la Muralla de Casamir. La Ciudad Exterior está dividido en cinco distritos, como Las Tres Granjas o Los Arcos. Entre los muros de Casamir se concentra la parte más pobre de la ciudad de Adua. En la Ciudad Interior encontramos el Agriont y las casas señoriales más antiguas de toda La Unión, considerado por muchos como el barrio burgués de la ciudad de las Torres Blancas. Existe un camino, la Vía Intermedia, que atraviesa toda la ciudad desde el Agriont hasta los muelles. En esta calle se concentra toda la vida comercial y nocturna de la ciudad, como la Plaza Grande del Mercado de las Cuatro Esquinas o las casas de los Gremios Mercantes.

Pero como ya hemos comentado anteriormente, toda la grandeza de Adua se concentra en el Agriont, la ciudad dentro de la ciudad, coronada, nunca mejor dicho con el Palacio, la gran residencia del Alto Rey de la Unión, la familia real y su corte, un caos arquitectónico de techos que caen a diversas alturas, torres de vigilancia y esculturas ornamentales. El centro de Agriont es la Plaza de los Mariscales, de donde surge el monumental Camino de los Reyes, y donde podemos encontrar el Salón Marcial (sede del ejército de la Unión), la gran cúpula de bronce de la Ronda del Señor (sede del Consejo Abierto), o la gigantesca Torre de las Cadenas. Es necesario visitar el Agriont y la Plaza de los Mariscales durante su famosa competición anual de esgrima. En el corazón de Adua también encontramos la Casa de las Preguntas, la sede de la Inquisición, donde recomendamos no pararse demasiado tiempo; y el edificio más reconocible y antiguo de toda La Unión, la estructura enorme, negra y sólida de la Casa del Hacedor, una vetusta torre sin ventanas a la que se puede acceder por la deteriorada Universidad de Adua.

QUÉ VISITAR EN ADUA

EL CAMINO DE LOS REYES

Los habitantes de Adua saben que la mejor manera de impresionar a los visitantes de La Unión o de otros reinos remotos es invitarles a dar un paseo por el Camino de los Reyes, una larga avenida que comienza en la Plaza de los Mariscales y atraviesa todo el Agriont. En las riberas de sus adoquines dorados podemos maravillarnos con las gigantescas estatuas de piedra de todos los Reyes Magos con más de seiscientos años de edad. Ligeramente más pequeñas, están también las estatuas de sus leales sirvientes. El camino comienza con las efigies de Harod el Grande y Bayaz.

LA TORRE DE LAS CADENAS

Uno de los edificios más altos de Adua. Cuenta con una escalera de caracol con 291 escalones y su parte más alta es un parapeto desde donde se puede admirar todas las bondades y miserias de la capital de La Unión. En la Torre de las Cadenas encontramos una serie de lujosas habitaciones donde suelen hospedarse dignatarios y delegaciones extranjeras que pisan Adua para negociar con el alto rey o alguno de los miembros del Consejo Cerrado y el Consejo Abierto.

DE LA FICCIÓN A LA REALIDAD

Adua, Midderlands, La Unión y todo el mundo donde ocurren las desventuras de Logen Ninefingers, Sand dan Glokta y Jezal dan Luthar están muy bien explicados en la serie *La Primera Ley* del escritor británico Joe Abercrombie (Lancaster,1974). La saga consta de una trilogía –formada por los libros *La voz de las espadas* (2006), *Antes de que los cuelguen* (2007) y *El último argumento de los reyes* (2008)–, cuatro libros independientes –como *Tierras rojas* o *Los héroes*– y varios relatos cortos.

Aldea oculta de la Hoja

La aldea ninja del País del Fuego

Konohagakure no Sato (literalmente, "Aldea entre hojas") es la ciudad más poderosa de las cinco capitales de las cinco grandes naciones shinobi. La podemos encontrar en el centro del reino shinobi del País del Fuego, cerca del Bosque de la Muerte y la ciudad de Shukuba. Los otros cuatro grandes reinos ninja son el País de la Tierra (Aldea Oculta de la Roca), País del Viento (Aldea Oculta de la Arena), País del Rayo (Aldea Oculta de la Nube) y el archipiélago del País del Agua (Aldea Oculta de la Niebla). Antiguamente, los ninjas estaban unidos en pequeños clanes que se fueron uniendo entre ellos. Los más fuertes del País del Fuego eran los clanes Uchiha y Senju, quienes lucharon entre ellos durante siglos. El Clan Senju le ofreció una tregua a los Uchiha, pero estos exigieron una muestra de confianza a su

líder: suicidio o asesinar a su hermano. Hashimara eligió el suicidio pero Madara Uchiha le detuvo a última hora, sabiendo que era un hombre noble. Muchos otros clanes se unieron a los Senju y los Uchiha para crear Konoha, la aldea ninja del País del Fuego. Actualmente encontramos varios clanes ninjas entre las murallas de la Aldea, como los Uzumaki, Aburame, Akimichi, Hyüga, Inuzuka, Kurama o Nara. El líder de la aldea es el Hokage (Sombra de Fuego), quien suele ser el shinobi más fuerte de la Aldea. Podemos observar la cara de los sietes hokages que han mandado sobre Konohagakure desde su creación esculpidas en la piedra de la Roca Hokage que domina gran parte de esta aldea amurallada.

En Konoha viven exclusivamente ninjas y aldeanos, estos últimos se dedican a llevar negocios y al funcionamiento básico de la ciudad. Todos los hijos de aldeanos reciben una educación ninja principiante y Konoha es una de las ciudades militares más poderosas del mundo. Se puede acceder a la ciudad atravesando la puerta principal de la muralla, de donde surge una larga calle que desemboca en la Roca Hokage. A sus pies podemos encontrar alguno de los edificios más importantes como la Academia Ninja o las cúpulas de la Mansión Hokage (donde reside el líder de la Aldea y se concentra las decisiones políticas de ésta). Entre la montaña y la muralla se aglutinan varias casas residenciales, edificios centrales como el Hospital (necesario para atender a los heridos ninjas), la Arena de Combate, donde se ponen a prueba las habilidades shinobi de los ninja, la base ANBU (organización de ninjas de élite) y las diversas casas de los clanes de Konohagakure. Entre los diversos parques de la Aldea se sitúan muchos campos de entrenamiento con diversas dificultades para el adiestramiento de sus guerreros. Un río atraviesa gran parte de la Aldea, aunque su residencia de aguas termales (el lugar de relajación de los ninjas tras un largo día de entrenamiento) no está regada por sus aguas. Recomendamos visitar la bella floristería del Clan Yamanaka o el puesto de ramen de Ichikaru, donde poder disfrutar de este plato exquisito.

QUÉ VISITAR EN ALDEA OCULTA DE LA HOJA

ACADEMIA NINJA

La famosa escuela de Konoha donde los estudiantes se forman para convertirse en genin, el rango más bajo entre los ninjas. El lema de la escuela es "Desarrollo como shinobi con respecto a la individualidad". La Academia tiene varios edificios y lugares especiales para el entrenamiento de los ninjas, como el taijutsu o el ninjutsu, pero también se imparten conocimientos básicos como escritura, matemáticas, ciencias o geografía.

ROCA HOKAGE

Esta montaña es, seguramente, el lugar más representativo de Konohagakure. La aldea se construyó a sus pies y destaca por tener esculpido en piedra al estilo del conocido Monte Rushmore de Dakota del Sur los rostros de todos los hokages que ha tenido la Aldea Oculta de la Hoja hasta la fecha: Hashirama Senju, Tobirama Senju, Hiruzen Sarutobi, Minato Namikaze, Tsunade Senju, Kakashi Hatake y Naruto Uzumaki. Encima de estas esculturas se sitúa un mirador con vistas espectaculares de la Aldea y los bosques que la rodean.

DE LA FICCIÓN A LA REALIDAD

Tras *Dragon Ball*, el manga más famoso de aventuras y acción es, sin lugar a dudas, *Naruto*, del ilustrador Masashi Kishimoto (Nagi, 1974). Aunque las aventuras del ninja adolescente Naruto Uzumaki nacieran en 1996 en la revista *Akamaru Jump*, no comenzaría su publicación periódica hasta 1999 en la archiconocida *Shonen Jump*. Entre 1999 y 2014 se han publicado 72 volúmenes de este cómic, más los 220 capítulos anime de *Naruto* (2002-2007) y los 500 de *Naruto: Shippuden* (2007-2017), convirtiendo al protagonista en una de las figuras más representativas del manga moderno. Muchas de sus aventuras transcurren en la Aldea Oculta de la Hoja.

Alifbay

Ciudad triste y sin nombre

En el país de Alifbay existe una ciudad triste, la más triste de las ciudades, una ciudad tan míseramente triste que hasta ha olvidado su nombre. Está situada junto a un mar lúgubre lleno de peces taciturnos que tienen un sabor tan insípido que provocan eructos de melancolía. Cerca de la Ciudad triste sin nombre encontramos la Ciudad de G, el Valle de K y los Montes M. En Alifbay se designa a los lugares con letras del alfabeto. Ello da lugar a confusiones, porque las letras son pocas y los lugares sin nombre, casi innumerables. Por tanto, muchos lugares se llaman de la misma manera, lo que hace que las cartas vayan siempre a direcciones equivocadas. Estos inconvenientes se agravan porque muchos sitios, como la Ciudad Triste, ha olvidado por completo su nombre. Los empleados del servicio postal tienen muchas dificultades, como podréis imaginar, y suelen estar casi siempre un poco irritables.

La ciudad está dividida según la riqueza de sus habitantes, desde los grises rascacielos para los más ricos, viviendas de paredes rosas, ventanas verde tilo y balcones azules con barandillas de hierro forjado para la escasa clase media y chamizos destartalados hechos con viejas cajas de cartón y placas de plásticos pegadas entre sí con desesperación para los pobres. Luego están los muy, muy pobres, que no tienen vivienda y duermen en las aceras y puertas de las tiendas, y hasta para eso tienen que pagar alquiler a los gangsters del barrio. En la ciudad triste casi todo el mundo tiene muchos hijos; pero los niños pobres enferman y mueren de hambre, mientras que los niños ricos comen en abundancia y se pelean por el dinero de sus padres.

Al norte de la ciudad triste hay grandes fábricas en las que se produce, envasa y despacha tristeza a todo un mundo que nunca parece tener bastante. Las chimeneas de las fábricas de tristeza vomitan un humo negro que se cierne sobre la ciudad como una mala noticia. Para evitar tanta tristeza y melancolía, lo mejor es asistir a alguna de las actuaciones del juglar Rasid Khalifa, hombre de jovialidad reconocida en toda esta infeliz metrópoli, cuya inagotable reserva de cuentos largos, cortos y tortuosos le han valido dos motes: el Océano de la Fantasía y el famoso Sha de Bla. Podemos encontrar su casa en lo más recóndito de la ciudad, más allá de una vieja zona de edificios ruinosos que tienen aspecto de corazones destrozados. Cuando la temporada de lluvias llega a la ciudad triste, la vida se hace un poco más soportable. En esa época del año, hay en el mar deliciosos pomfrits y la gente puede descansar de tanto pez taciturno. El aire es fresco y limpio porque la lluvia limpia casi todo el humo negro que surge de las fábricas de tristeza.

QUÉ VISITAR EN ALIFBAY

EL VALLE DE K

La ciudad triste sin nombre no tiene nada demasiado destacable para visitar, aparte de su centro de rascacielos grises y sin alma. Por eso recomendamos una excursión al Valle de K, donde encontraremos campos de oro y montañas de plata. En el centro del valle encontramos el lago hermoso llamado Dull o el Lago de los Mil Nombres. Alrededor de este bello lago hay construidas casas flotantes de superlujo para los más ricos de la ciudad triste de Alifbay.

RUINAS DEL PALACIO DE LAS HADAS

En el Valle de K, en las montañas de plata y los jardines de recreo construidos por los antiguos Emperadores, podemos encontrar las ruinas del Palacio de la Hadas en medio de la selva. Un paraje de intensa belleza con jardines con fuentes, terrazas y pérgolas, en las que los espíritus de los antiguos reyes vuelan todavía con forma de abubillas.

DE LA FICCIÓN A LA REALIDAD

La ciudad triste sin nombre de Alifbay es donde viven el joven Haroun y su padre Rashid en *Haroun y el mar de las historias* (1990), el libro infantil que Salman Rushdie (Bombay, 1947) escribió tras el éxito (bueno y malo) de *Los versos satánicos*. La historia fantástica de Haroun es una alegoría de los problemas de la sociedad moderna, concentrados en el subcontinente indio. Rushdie se inspiró en la zona de Cachemira para su Alifbay.

Altárea

Las islas flotantes

La ciudad de Altárea fue creada cuando El Heraldo de la Muerte comenzó a mandar hordas demoníacas para conseguir el poder dorado de la Trifuerza. Al final de la Era de la Diosa Hylia, las fuerzas del Heraldo lanzaron un ataque masivo contra los habitantes de Hyrule, destruyendo y matando todo lo que encontraron a su paso. La Diosa Hylia reunió a los supervivientes en un trozo de tierra y lanzó estos trozos de roca al cielo, donde permanecen flotando. La diosa también ocultó las diversas partes de la Trifuerza en la Torre Celestial y escondió la Espada Divina en el interior de la Efigie de la Diosa, esperando a un héroe que acabaría con las fuerzas del mal. Con el tiempo, todas estas historias se convirtieron en leyenda para los altáreos, quienes siguen adorando a la Diosa Hylia pero no recuerdan mucho sus orígenes. Altárea se encuentra en la tierra de Celestea, consistente en cientos de islas flotantes de diversos tamaños inmóviles en un inmenso cielo azul por encima de densas nubes blancas impenetrables. Altárea es la isla poblada más grande, pero también encontramos edificios en otras islas, como Calabia, donde se encuentra la fonda Calabarza's (imprescindible pasar una noche en sus mullidas camas y probar una nutritiva sopa de calabaza), Insectia, la Isla de los Cantares o la pequeña Isla Bambú.

Altárea consiste en tres grandes islas flotantes unidas con tres puentes. En la isla más pequeña, la que da el noroeste, encontramos los terrenos de la Academia de Caballeros, fundada hace 25 años para formar a los jóvenes altáreos en varias disciplinas como la lucha o la doma y monta de los pelícanos gigantes, únicos vehículos para trasladarse entre las islas de Celestea. Solo se puede acceder a la sagrada isla de la Efigie de la Diosa y los templos abandonados que allí se encuentran por un puente que parte desde la isla de la Academia. En esta isla se respira una paz increíble y es la parte más antigua de Altárea. La isla más grande de la capital de Celestea es donde se concentra la mayoría de casas de Altárea, cabañas muy cómodas y hogareñas, algunas de ellas construidas en el interior de la tierra, con techos de hierba. La Gran Plaza es el punto más al sur de Altárea, con la gran Torre de la Luz dominando toda la plaza. Encima, sobre una colina, encontramos el bazar, donde podrás comprar todo lo necesario para la vida, y para el combate. Si quieres saber algunas buenas historias de Altárea, alguno de los lugareños del bar del bazar te pueden contar muchas por una copa. En la parte este de la isla encontramos un pequeño lago de aguas cristalinas y la gruta de la cascada, muy peligrosa, repletas de bichos peligrosos y prohibida por las autoridades de Altárea.

QUÉ VISITAR EN ALTÁREA

ISLA DE LA DIOSA

La isla más pequeñas de Altárea está ocupada por unas viejas ruinas de templos y la gigantesca Efigie de la Diosa, una estatua de la la Diosa Hylia. Cuando un joven estudiante de la Academia gana el Torneo Celeste (carreras con pelícanos), la Princesa Zelda le hace entrega del manto sagrado en la terraza que queda sobre las manos de la estatua de la diosa. En su interior se encuentra una sala con la Espada Divina, donde vive el espíritu Fay, quien ayudará al héroe elegido a acabar con la oscuridad en Hyrule.

ACADEMIA DE CABALLEROS

El lugar donde los jóvenes de Altárea estudian historia, letras, ciencias, manejo de la espada y monta de los pelícanos. La Academia de Caballeros es el recinto más grande de toda Altárea y ocupa varios edificios. El principal tiene dos plantas con diversas aulas, cocina-comedor y habitaciones para los estudiantes y el profesorado. El actual director de la Academia de Caballeros es el sabio Gaepora, guardián de las leyendas de Altárea y padre de la Princesa Zelda.

DE LA FICCIÓN A LA REALIDAD

En 1986, Shigeru Miyamoto (Kioto, 1952) y Takashi Tezuka (Osaka, 1960), sacaron uno de los vídeojuegos más famosos de Nintendo, *The Legend of Zelda*, donde seguíamos al héroe Link intentando rescatar a la Princesa Zelda en el mundo de fantasía de Hyrule. La décimo quinta aventura de Link de la serie principal ocurriría en el pasado de Hyrule. Publicada en 2011 para la consola Wii, *The Legend of Zelda: Skyward Sword*, dirigida por Hidemaro Fujibayashi (Kioto, 1972), es uno de los capítulos más recordados de los fans de Zelda y Link junto a *Ocarine of Time* (1998). En este vídeojuego, Nintendo introducía Celestea y la ciudad flotante de Altárea.

Amarganz

La ciudad de plata

Podemos encontrar la ciudad de plata de Amarganz, que reluce tanto como la luz del Sol, en medio de un lago de color violeta rodeado por colinas boscosas en el interior del extenso e inacabable reino de Fantasía. Toda la ciudad está formada por palacios, puentes y casas de plata construidas sobre superficies flotantes sobre el Murhu, el Lago de las Lágrimas. Amarganz es como una gran Venecia flotante de brillante plata. Pero antiguamente no era así: Amarganz era una ciudad completamente corriente, con casas de piedra y madera situada en un valle, entre colinas de bosques. En aquella ciudad vivía la Anciana de Plata Quana y su hijo Qüin, un gran cazador que mató a un unicornio en los bosques vecinos al pueblo y trajo la desgracia sobre Amarganz. Sus habitantes tenían cada vez menos hijos, y si no encontraban la salvación estarían condenados a extinguirse. Amarganz solo podría subsistir si se convertía en la ciudad más hermosa de toda Fantasía. Únicamente de esa forma quedaría reparado el crimen de Qüin. Los amargancios solo podrían lograrlo con ayuda de los ayayai, los seres más feos de Fantasía, cuyas lágrimas lavan la plata del centro de la tierra y la convierte en filigrana preciosa. Con sus lágrimas, el valle se llenó de aguas amargas y se convirtió en Murhu, el Lago de las Lágrimas, en el que flotó el primer palacio de plata.

Todas las casas de Amarganz están situadas sobre pequeñas embarcaciones: los grandes palacios sobre anchas gabarras, los pequeños sobre barcas y botes. Y cada casa y cada embarcación son de plata, de una plata finamente cincelada y artísticamente decorada. Las puertas y ventanas de los palacios grandes y pequeños, las torrecillas y los balcones son de filigrana de plata de una clase tan maravillosa que no tienen igual en toda Fantasía. Las aguas color violeta del Murhu son tan saladas y amargas que, a la larga, nada puede resistir su poder destructor salvo la plata.

Las embarcaciones pequeñas están unidas entre sí por pasarelas: unas estrechas y frágiles, de forma que solo puede pasar por ellas una persona, y otras anchas y espléndidas como calles, en las que se apretuja la multitud. Hay también puentes colgantes cubiertos; y en los canales, entre los buques-palacio, se mueven cientos de canoas de plata. El visitante notará enseguida bajo los pies un suave subir y bajar del suelo, que recuerda que la ciudad entera flota sobre el agua. Los amargancios son fáciles de reconocer, todos llevan trajes de tejido de plata, sus cabellos son plateados, son altos y bien parecidos y tienen los ojos de un color tan violeta como el Lago de las Lágrimas. Los amargancios son conocidos por ser los cantores y cuentistas de Fantasía. Son iniciados muy pronto en ese arte desde críos, y cuando son adultos deben viajar muchos años por todos los países y ejercer esa profesión para utilidad y provecho de todos.

QUÉ VISITAR EN AMARGANZ

BIBLIOTECA

Edificio grande y redondo de plata, por supuesto, que estuvo cerrada durante largos años. Fundado por los primeros habitantes de Amarganz, Aqüil y Muqua, para guardar todas las historias contadas por los amargancios. Consta de una sala central rodeada de paredes repletas de miles de libros. Las estanterías están divididas por diversos estilos, como historias divertidas, emocionantes, serias o cortas, pero la sección más famosa es la de las Obras Completas de Bastián Baltasar Bux, salvador de Fantasía.

PALACIO DEL ANCIANO DE PLATA

A simple vista, el palacio del líder de los amargancios no resulta más espectacular que el resto de casas y palacetes de plata del resto de Amarganz, pero en él reside el poder de la ciudad. Se puede encontrar en la gran plaza circular que marca el centro de esta brillante polis flotante. El Anciano de Plata es el hombre o mujer más viejo o vieja de la ciudad. Actualmente el rey es Qüérquobad, de ciento siete años de edad.

DE LA FICCIÓN A LA REALIDAD

Amarganz y Fantasía son lugares ficticios que podrás encontrar en el libro del autor alemán Michael Ende (1929-1995) *La historia interminable*, publicado en 1979. La cuarta novela de Ende alcanzó más éxito que su anterior *Momo* (1973) y ha sido llevada al cine en tres ocasiones, siendo la primera la más famosa, dirigida por Wolgang Petersen en 1984. Pudimos ver una versión muy libre de Amarganz en *La historia interminable 2: el siguiente capítulo*, dirigida por George Trumbull Miller en 1990.

Ámbar y Rabma

La capital del Orden

Ámbar es la ciudad más grande que hubiera existido jamás o que fuera a existir. Ámbar siempre había sido y siempre sería, y cualquier otra ciudad, en cualquier lugar, que existiera, no sería más que un reflejo de una sombra de alguna fase de Ámbar. Podemos encontrar a esta divina ciudad de muros plateados y edificios medievales decorados con torres en el mundo paralelo del Ámbar, el mundo del orden, siempre en constante disputa con las Cortes del Caos. La ciudad está situada entre el mar y la falda de la gigantesca montaña Kolvir y destaca por sus verdes y dorados capiteles, sus majestuosas terrazas, sus anchos paseos, los campos de flores doradas y rojas, sus templos suntuosamente decorados y un palacio maravilloso repleto de salones donde las fiestas y los banquetes se celebran todos los días.

El lugar más importante de Ámbar es una habitación en el interior más profundo de su palacio, en una sala especial, es el Camino de Fuego y es el punto de intersección entre diferentes mundos. En las Cortes del Caos este centro se llama Logrus, pero existen varias reflexiones entre los diferentes mundos paralelos de Ámbar, caminos para pasar entre realidades que solo pueden atravesar seres especiales. Algunos de esos caminos se pueden encontrar en Rebma, Avalón, la ciudad-voladora de Tir-na Nog'th, nuestra Tierra, Begma, Kashf o Lorena.

Rebma es la ciudad fantasma, el reflejo de Ámbar en el interior del mar de color turquesa. Se accede a ella por la escalera-camino submarino Faiella-Bionin, bajo el agua, que llega a las doradas puertas de la ciudad, envuelta en una neblina verde. Una ancha avenida iluminada por columnas con llamas de colores espaciadas lleva hasta el palacio real. Las casas de Rebma tienen ventanas octogonales y solemos encontrar nadando peces brillantes entre sus calles.

En Ámbar y las Cortes del Caos las leyes físicas y químicas son diferentes a las de la Tierra. No utilizan armas de fuego, electricidad o computadoras, aunque conocen estas técnicas. El príncipe de Ámbar, Corwin, descubrió un polvo rosado en Avalón con propiedades parecidas a la pólvora terráquea, cosa que cambió la cultura militar de Ámbar. Su hijo Merlín aprendió programación en la Tierra y creó la Rueda-Fantasma, computadora que escanea las reflexiones.

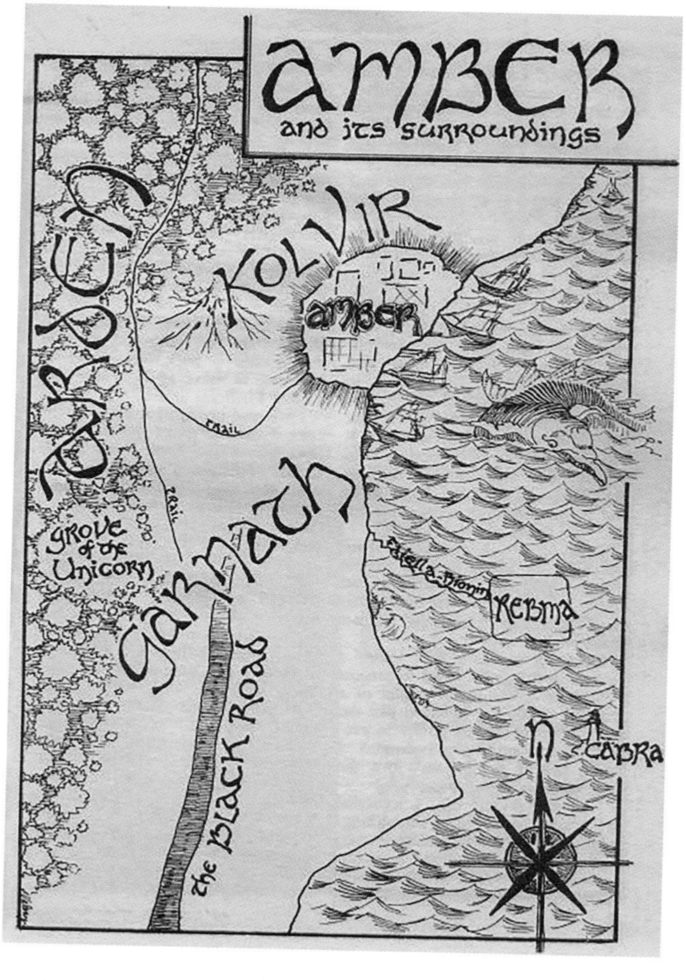

QUÉ VISITAR EN ÁMBAR Y RABMA

CAMINO DEL FUEGO

El patrón o reflexión que podemos encontrar bajo el castillo de Ámbar se encuentra en una caverna enorme y luminiscente bajo la Montaña Kolvir. Se trata de una única curva entrelazada, dispuesta en forma de telaraña. Un miembro de la familia real de Ámbar puede caminar a lo largo del Camino de Fuego hasta su centro para ganar el poder, moverse entre sombras u mundos paralelos. Una vez que el caminante ponga el pie sobre el patrón debe continuar siempre siguiendo su camino laberíntico hasta llegar al centro. Si se detiene demasiado o abandona el sendero sufriría una muerte terrible.

PALACIO DE RABMA

Reverso submarino del Palacio de Ámbar. Aunque su homólogo aéreo es una de las maravillas del mundo, su versión submarina es mucho más fantasmagórica y espectacular. Será por encontrarse en el fondo del mar, su oscuro brillo verde, o por estar decorado con espejos situados extrañamente en el interior y exterior de sus muros y murallas, cosa que le da una presencia casi sobrenatural, el Palacio de la Reina Moire es una experiencia arquitectónica difícil de superar.

DE LA FICCIÓN A LA REALIDAD

Ámbar surge de la imaginación desbordante del escrito estadounidense Roger Zelasny (1937-1995) para su serie de diez libros de *Las Crónicas de Ámbar*. La primera pentalogía narra las aventuras del príncipe Corwin y su viaje desde la Tierra a su querida Ámbar: está compuesta por *Los nueve príncipes de Ámbar* (1970), *Las armas de Avalón* (1972), *El signo del unicornio* (1975), *La mano de Oberón* (1976) y *Las Cortes del Caos* (1978). Existe una segunda pentalogía, publicada entre 1985 y 1991, protagonizada por el hijo de Corwin, Merlín, hechicero y experto en ordenadores.

Ankh-Morpork

La gran polis del Mundodisco

Podemos encontrar a Ankh-Morpork a orillas del Mar Circular entre las regiones de Klatch y Lancre, rodeada por los campos de coles de las llanuras Sto. Aunque tiene un pasado militar, como todos los reinos o ciudades-estado del Mundodisco, esa tierra plana que descansa sobre cuatro enormes elefantes apoyados sobre la concha de la gran tortuga estelar A'Tuin (de quince mil kilómetros desde el pico hasta la cola) en su eterno camino por el espacio, hace años que el Patricio Lord Vetinari comprendió que era mejor dejarse invadir por todo el mundo y convertir a Ankh-Morpork en la gran polis del Mundodisco, donde humanos, barbaros, trolls, enanos o trasgos pueden progresar juntos en busca de un futuro mejor… o robar un futuro mejor, si la Guardia de la Noche no te pilla.

Ankh-Morpork está atravesado por un río sucio lleno de basura y lodo, el Ankh, un lodazal insano que es el único río del universo en el que los investigadores pueden dibujar con tiza el contorno de un cadáver. Llamamos la gran ciudad de Ankh-Morpork a la parte amurallada (alrededor de 1,6 Km), a los suburbios y granjas que la rodean. Las puertas de la ciudad siempre están abiertas para todo el mundo, y los diversos Gremios se encargan de proteger sus intereses. Lo primero que hay que hacer nada más llegar a la ciudad es sacarse un permiso al Gremio de Ladrones para que los hurtos sufridos durante su visita no sean desmesurados. La Torre del Arte de la Universidad Invisible domina todo el skyline de Ankh-Morpork, dividida entre la zona rica de Ankh, y sus casas señoriales, y la pobre de Morpork, donde encontramos Las Sombras, un barrio muy peligroso que ningún turista debería visitar. La ciudad está construida sobre la misma ciudad. Mucha gente tiene sótanos que se pierden en las profundidades y no lo saben. Toda esta red subterránea es donde se concentran la mayoría de enanos de la ciudad, y puedes visitarla junto al interesante Museo del Pan de los Enanos, donde existen réplicas de los bollos más preciados para esta raza del Mundodisco.

El centro de Ankh-Morpork, al que se llega desde cualquier calle de la ciudad, está dominado por la Isla de los Dioses, en medio del Ankh, con Pseudopolis Yard y la Casa de la Ópera como edificios más significativos. Al noreste encontramos el Palacio del Patricio y sus jardines, la Plaza de las Lunas Rotas, la Universidad Invisible, casa de los magos de la ciudad, y la famosa Calle de los Dioses Menores, donde encontramos templetes dedicados a todas las deidades del Mundodisco. Para olvidarse del penetrante y desagradable olor del Ankh recomendamos una visita al Hide Park o a la colina que encontraremos sobre el barrio de Ankh, al pie de las ruinas de un antiguo castillo, donde podremos apreciar la arquitectura medio medieval medio decimonónica de esta maravilla del Mundodisco.

QUÉ VISITAR EN ANKH-MORPORK

UNIVERSIDAD INVISIBLE

El fundador de la más grande escuela de magia del Mundodisco fue Malich el Sabio, creador de su lema *Nunc id Vides, Nunc ne Vides* (*Ahora la ves, ahora no la ves*). Debido a la gran concentración de magia, se sabe que las dependencias de la Universidad son mucho más grandes por dentro. El caso más claro es sus mágica biblioteca, donde el poder de todos los textos arcanos han creado un laberinto de libros y papiros insondable. Aparte de las dependencias para estudiantes y profesorado

y las clases, encontramos la sala No-Común (donde se sirven pantagruélicas comidas a todas horas), la enorme Torre del Arte o el Edificio de Magia de Altas Energías, donde se encuentra Hex, un gigantesco ordenador mágico. Actualmente, el Archicanciller de la Universidad Invisible es el jovial Mustrum Ridcully el Marrón.

OBRAS ARQUITECTÓNICAS DE JODIDO ESTÚPIDO JOHNSON

En un cruce escondido de Ankh-Morpork nos encontramos con el Señor Escaso, Mantenedor Oficial de los Monumentos de Jodido Estúpido Johnson, uno de los inventores y arquitectos más infames del disco. Para Johnson las medidas precisas eran una cosa ocurría a otras personas, por eso su

Coloso de Morpork o el famoso arco conmemorativo de la batalla de Crumhorn miden apenas un par de centímetros. Aunque también es el autor de una vinagrera para Lord Espasmo el Loco que da cabida a varias familias. No perderse los Jardines del Palacio del Patricio con una colmena para abejas de 10 pies de largo, un reloj de Sol que explota al mediodía, sus famosos muebles de jardín de hierro fundido (derretidos) o ese lago ornamental para truchas de 150 yardas de largo y una pulgada de ancho, hogar de una trucha que vive cómodamente siempre que no intente darse la vuelta.

DE LA FICCIÓN A LA REALIDAD

Ankh-Morpork es la gran ciudad del Mundodisco donde ocurre muchos de los libros escritos por el brillante autor satírico británico Terry Pratchett (1948-2015). Aunque la saga del *Mundodisco* tiene unos cuarenta libros, los más importantes para entender la geografía de Ankh-Morpork son los dos primeros –*El color de la magia* (1989) y *La luz fantástica* (1991)– y casi todos los centrados en la Guardia de la Noche –*Hombres de armas* (2003), *Ronda de Noche* (2010)– o *Húmedo von Mustachen* –*Cartas en el asunto* (2011), *Dinero a Mansalva* (2012)–. Todas las historias del Mundodisco están repletas de humor, aventuras y magia, y son un satírico reflejo de nuestra sociedad.

Anvard

El castillo rojo

El castillo-ciudad de Anvard es la capital del pequeño país de Archenlandia, situada al sur de Narnia y separado de esta por las altas cumbres de una cordillera donde podemos encontrar grandes montañas como la Cabeza Tormentosa o el Monte Pire, el punto más alto de este país. El límite meridional de Archelandia está marcado por el río Flecha Sinuosa, que separa los verdes bosque de este fantástico país del desierto del sur, frontera con Calormen. La residencia de los reyes de este pequeño país está situada en el castillo-ciudad de Anvard, que probablemente fue fundado en algún momento a finales del segundo siglo o principios del tercero, aunque algunos eruditos señalan que su fundación exacta fue en el 180 del calendario narniano. En el año 1006, el príncipe de Calormen Rabadash intentó sin éxito tomar el castillo para contar con una base de avanzada para atacar Narnia. Los archenlandianos fueron ayudado por un ejército de apoyo de Narnia bajo las órdenes de la Reina Lucy y el Rey Edmund, acompañados de Lord Peridan, portador del blasón de Narnia. En la gran batalla también participó el príncipe Corin de Archenlandia. El gran ejército de Narnia que fue a defender el castillo del Rey Lune estaba compuesto por jinetes, caballos parlantes, centauros, osos, perros, leopardos, panteras, enanos y seis impresionantes gigantes. Archenlandia está habitada, sobre todo, por seres humanos, a diferencia de la gran comunidad antropomórfica de Narnia.

Anvard es famoso por sus muchas torres y su falta de foso. Es llamada la capital roja porque está enteramente hecha de piedras de color marrón rojizo. Podemos encontrarla frente a una alta cordillera leñosa al norte de Archenlandia, flotando sobre un mar de césped verde delante de un frondoso bosque arbolado. Sus torres altas de color rojo parecen fundirse con el azul del cielo y el verde de lo prados. Tras atravesar el gran portalón, dedicado a Cor de Archenlandia (también conocido como Shasta), encontraremos el gran patio central con las dos fuentes que abastecen la fortaleza y donde se suele plantar un mercado improvisado de alimentos, telas y artesanía. Alrededor del gran patio central encontramos las viviendas de los habitantes de Anvard, amables con el viajero, siempre que no seas calormeno, claro. Tras atravesar unas cuantas callejuelas cubiertas por edificios de madera encontramos la gran Plaza Real que nos lleva a los edificios del gobierno deArchenlandia, las dependencias reales y diversos edificios militares para albergar el pequeño pero valiente ejercito de la ciudad.

QUÉ VISITAR EN ANVARD

DEPENDENCIAS REALES

Situado en la parte más alta de la fortaleza de Anvard encontramos las dependencias reales de los reyes de Archenlandia. Actualmente, el Rey de este verde reino es Nain, descendiente de Cor y Aravis. Aunque las dependencias no son muy grandes, están decoradas con mimo con cortinajes amarillos adornados con la cruz roja de Archenlandia. En un patio interior de las dependencias todavía encontramos las grandes perreras del Rey Lune, muy aficionado a la caza, con sus familias de beagles, setters o pointers que aman al Rey Nain con locura.

CASA DEL ERMITAÑO

En los pantanos del Sur, cerca del río Flecha Sinuosa y la frontera con Calormen, encontramos la casa del Ermitaño, el único habitante de esta región. Este interesante anciano reside en una casita baja de piedra con techo de paja espesa y antigua. Su jardín está rodeado por un muro circular de follaje verde y contiene uno de los objetos más mágicos de Archenlandia, un estanque en cuyas aguas se reflejan los acontecimientos presentes de cualquier parte del mundo.

DE LA FICCIÓN A LA REALIDAD

Anvard y Archenlandia son los protagonistas de *El caballo y su niño* (1954), quinto libro de la heptalogía de *Las crónicas de Narnia* del escritor irlandés-británico C. S. Lewis (1898-1963). En él se narra la historia de un niño de Calormen, Shasta, y Bree, un caballo parlante. Shasta resultará ser el hijo perdido del rey de Archenlandia. Gracias a su intervención, Calormen no invadirá este reino para tomar Narnia.

Arbolon

La casa de los elfos de Shannara

Arbolon se encuentra en el Reino del Oeste de los elfos, el más antiguo de todos los cuatro reinos de la Tierra. Se sitúa encima de la roca alta y plana conocida como el Carolan, que se levanta abruptamente sobre la orilla este del río Song, limitando al oeste con el Bosque de Drey. Los otros tres reinos son las Tierras del Norte, habitadas por los trols y donde podemos encontrar Paranor, la ciudad de los druidas; las tierras humanas del Sur, con el reino de Callahorn y la Comunidad del bosque de Valombre; y las tierras del Este, habitadas por enanos y gnomos, dominada por el reino enano de Culhaven. También existe el mundo de los demonios, repletos de dragones, furias y goblins, detrás de la barrera mágica de las llanuras de Hoare. En el 2100 dC, la civilización actual se destruyó en las Grandes Guerras y algunos humanos mutaron en trols, enanos y gnomos. Los elfos decidieron dejar de ocultarse del mundo, y en el 3100 la elfa Galáfila creó el consejo de druidas de Paranor para conservar los conocimientos antiguos.

Arbolon es la gran capital del reino de los elfos, pero existe otras ciudades élficas como Embraise, Beleal, Syrioned o el Pico de las Águilas al sur, la ciudad de los caballeros elfos del cielo. La primera Arbolon estaba situada en los bosques de Oregón, oculta de la vista humana. La ciudadela donde se encuentra el palacio está en el lado este del Carolan, con los Jardines de la Vida y otras casas aisladas al oeste. En los Jardines de la Vida está el gran árbol Ellcrys, quien protege mágicamente los cuatro reinos de los ataques de los demonios. El Carolan proporciona una medida de seguridad a la ciudad, sirviendo como límite de la ciudad en el este, norte y sur. Las entradas a Arborlon están al oeste y al este, con montañas impasibles al norte y al sur. En el lado oeste del Carolan, está el

Elfitch, una serie de siete rampas de piedra y puertas de hierro que conducen desde la parte superior del Carolan hasta la base del faro en la orilla este del río Song. En el lado este hay escaleras más pequeñas que conducen hasta el valle de Rhenn. Todas las casas de Arbolon son de marfil blanco, integradas en el paisaje y decoradas con motivos naturales imitando la forma de los árboles. En la cima, enfrente de los Jardines de la Vida, destaca el edificio casi vivo de la Gran Mansión de Arbolon, desde donde se puede admirar el gran Valle de Sarandanon, el granero de la nación élfica.

QUÉ VISITAR EN ARBOLON

ELLCRYS

Una de las maravillas del reino de los elfos, el grandioso árbol Ellcrys, creador del muro mágico de la Prohibición que impide el retorno de los demonios. Su perfecto tronco de color blanco plateado se arquea en el cielo creando una red simétrica de ramas ahusadas recubiertas de hojas anchas de-

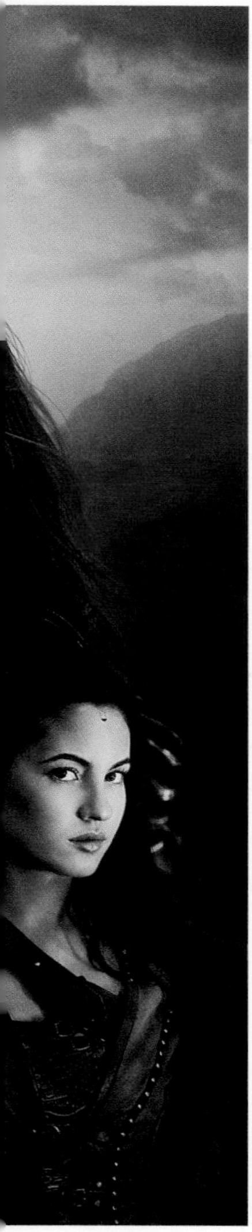

cinco puntas de color rojo sangre. Mientras Ellcrys esté sano, el mundo resistirá. A los pies del árbol sagrado de los elfos se encuentra una pequeña casa que alberga a la orden de los Elegidos, jardineros y guerreros que cuidan el árbol sagrado.

LA GRAN MANSIÓN

El Palacio o Castillo de los elfos de Arbolon recibe el nombre de la Gran Mansión y se encuentra en la parte más superior de Carolan, enfrente de los Jardines de la Vida y Ellcrys. Sus inclinados tejados blancos la asemejan a una gran ballena blanca que haya surgido de entre la verdura del bosque. Sus salones son de decoración sencilla, pero sus muros de piedra blanca están decorados con filigranas que imitan las hojas de los árboles. En la sala del trono podemos encontrar reproducciones pictóricas de Ellcrys. En la Gran Mansión de Arbolon reside la familia Elessedil, los reyes de la nación elfo tras la tercera Guerra de las Razas.

DE LA FICCIÓN A LA REALIDAD

La serie de libros de Shannara que nos cuentan las aventuras de la familia Ohmsford, descendientes de la dinastía Shannara, en un futuro post-apocalíptico donde la magia ha sustituido a la tecnología, se compone hasta la fecha por tres novelas, una guía, 24 cuentos y un cómic. Obra de la fértil imaginación del escritor norteamericano Terry Brooks (Sterling, 1944), todo comenzó con los tres libros de la trilogía original, *La espada de Shannara* (1977), *Las piedras élficas de Shannara* (1982) y *El cantar de Shannara* (1985). Hemos visto la grandeza de Arbolon y Ellcrys en la serie de la MTV *Las crónicas de Shannara* (2016), inspirada en *Las piedras élficas de Shannara*.

Asgardia

El hogar de los dioses

Asgardia es el nombre que recibe la actual sede de los asgardianos, una raza casi inmortal que fueron adorados en la Tierra como dioses en la antigüedad. Está situada en un gigante satélite con atmósfera propia que flota en el espacio cerca de Saturno. Su skyline destaca por el gigantesco y dorado palacio de Odín y las hojas verdes y áureas de Yggdrasil, el Gran Árbol de Mundo que conecta todo el universo y los nueve planos conocidos: Asgard, Alfheim (hogar de los elfos de la luz), Hel (el reino de los muertos), Jotunheim (casa de los gigantes de hielo), Midgard (el plano terrenal, nuestra realidad), Muspelheim (hogar de los demonios), Nidavellir (casa de los enanos, donde se forjó el poderoso martillo Mjölnir, arma de Thor, el Dios del Trueno), Svartalfheim (hogar de los elfos oscuros) y Vanaheim (hogar de los vanir, raza hermana de los asgardianos). Aunque actualmente se ha descubierto un décimo mundo, el de Heven, quien ya es miembro del Congreso de los Mundos.

Asgard, y su capital del mismo nombre, estuvo durante muchos milenios oculta en otro plano de existencia y solo se podía acceder a ella a través del puente arco iris Bifröst, protegido por Heimdal. Pero llegó el Ragnarök por culpa de Loki, el hermanastro de Thor e hijo adoptado de Odín, el Padre de Todos de los dioses asgardianos, y destruyó Asgard y a todos sus habitantes. Thor pudo volver y reconstruyó Asgard a las afueras del pueblo de Broxton, en Oklahoma. Muchos de los asgardianos renacieron en cuerpos de hombres y mujeres mortales. Tras los eventos de la invasión secreta de los Skrulls, Asgard fue invadida y vuelta a ser destruida por Norman Osborn y sus Vengadores Oscuros. La compañía de Tony Stark reconstruyó Asgard rebautizándola como Asgardia, equipada con una gran tecnología para poder flotar y moverse por el espacio.

Tras algunas revoluciones internas, Odín ha nombrado a su hermano Bor Burison como gobernador de Asgardia y no podrás obtener un permiso de visita al menos que la actual embajadora de Midgard en el Congreso de los Mundos, Jane Foster, no te lo pueda conseguir. Aunque ya no disfrutemos de los brillantes colores del Bifröst, Asgardia sigue albergando a Yggdrasil y el gran Palacio de Odín, con su gigante Gran Salón, el comedor más grande de los diez mundos, donde siempre serás bienvenido si tienes una buena historia que contar. Durante el gobierno femenino de Freyja, Gaea e Idunn se podía visitar el Hlidskjalf, el trono del Padre de Todos, pero Bor ha prohibido este gran privilegio. No os preocupéis, observar el Palacio con sus resplandecientes capitales y sus espectaculares estatuas con dioses y héroes es una experiencia única en la vida. Te recomendamos buscar al gran Volstagg, amigo de los midgardianos, y parar en su Club del León de Asgard, donde disfrutarás de algunas de sus muchas historias y los mejores platos cocinados por su mujer Hildegund. A las afueras de Asgardia puedes encontrar la gran cúpula dorada del Congreso de los Mundos, donde podrás ver delegaciones de elfos blancos, enanos y vanir.

QUÉ VISITAR EN ASGARDIA

EL ÁRBOL DEL MUNDO

Yggdrasil, el gran Árbol del Mundo, el fresno cósmico del universo que mantiene unidos los diferentes mundos con sus ramas y sus raíces, tiene su representación física en Asgardia, elevándose por encima del áureo palacio de Odín, con sus gigantes hojas doradas y verdes. De su raíces emana la

fuente que llena el pozo del conocimiento, que durante muchos milenios fue custodiado por Mímir Borison, padre de Odín y Bor, en la antigua Asgard.

LA CÁMARA DE ODÍN

Situada en el interior más profundo del Palacio de Odín, custodiado por algunos de los mejores guerreros asgardianos, se encuentra la cámara de los secretos del Padre de Todos, un cubículo dorado donde Odín guarda objetos y armas maravillosas como el Cofre de los Antiguos Inviernos, la Llama Eterna, el Ojo del Brujo y la indestructible armadura del Destructor, el terror de todos los dioses de Asgard y de los habitantes de los nueve mundos.

DE LA FICCIÓN A LA REALIDAD

Aunque el poderoso Thor fuera creado por Stan Lee, su hermano Larry Lieber (Nueva York, 1931) y Jack Kirby en el número 83 de *Journey into Mistery* (1962), la mítica ciudad de los dioses de Asgard no aparecería hasta dos números después, el 85. Inspirada en los mitos nórdicos, Kirby la convirtió en una de sus deslumbrantes ciudades futurísticas, llena de edificios imposibles. Asgardia, la nueva sede de Thor, Odín y los suyos, apareció por primera vez en el *Mighty Thor número* 8, obra de Matt Fraction (Chicago, 1975) y Pasqual Ferry (Barcelona, 1961). También hemos podido disfrutar de Asgard en las películas de Marvel *Thor* (Kenneth Branagh, 2011), *Thor: El mundo oscuro* (Alan Taylor, 2013) y *Thor: Ragnarok* (Taika Waititi, 2017).

Bekla

La cárcel del gran Shardik

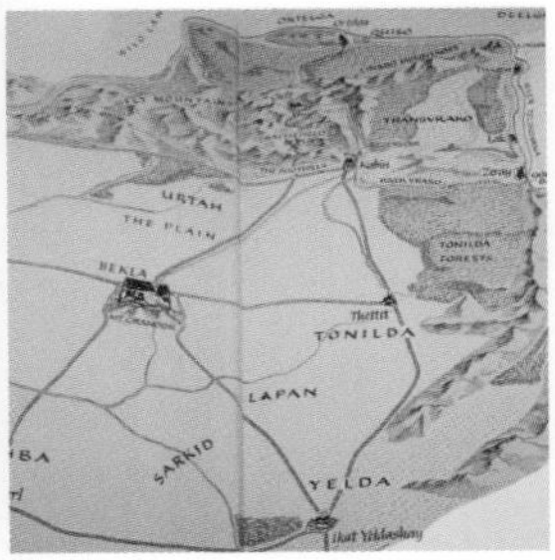

La gran capital del Imperio Beklano está situada en la región conocida como la Llanura, una zona muy plana y seca que suele ser arrasada por violentas tormentas de polvo. Rodeada de algunos pueblos dispersos dedicados a la cría y cuidado de ganado, largas carreteras de piedra que comienzan en las Montañas de Gelt y otras ciudades y capitales provinciales llegan hasta Bekla, una ciudad amurallada situada en la ladera del monte Crandor. Aunque casi toda la ciudad fue saqueada e incendiada tras la invasión del ejercito de la Isla de Ortelga, muchos de los supervivientes adquirieron las costumbres y políticas de los sus conquistadores. Hace años, Bekla aguantó durante cuatro meses el asedio, pero el comandante Santil-Ke Erketlis rindió la inexpugnable ciudad cuando los ortelganos comenzaron a ahorcar dos niños beklanos cada día. El ejercito de Erketlis pudo salir ileso con el pacto, pero la población sufrió la ira de la armada invasora. Durante este sitio, y su posterior reconstrucción, se impuso el culto al oso divino Shardik, quien permaneció encerrado en la Casa del Rey.

Durante el yugo de la política ortelgana, Bekla se ha convertido en una inexpugnable plaza militar que contiene muchas de las bellezas del Imperio Beklano, pero se han destruido edificios

valiosos como el Templo de Cram, culto que ha sido eliminado para potenciar la dictadura del rey-sacerdote de Shardik, conocido como El Ojo del Diablo. Las murallas de la ciudad tienen unos diez kilómetros de perímetro y suben por el sur del monte Crandor, coronado por la Ciudadela y las antiguas canteras de piedra con la que se construyeron la mayoría de edificios regios de Bekla. Al otro lado de la Ciudadela encontramos la Puerta Roja, que baja hasta las cataratas Niñas Blancas. La parte más alta de Bekla pertenece a la Ciudad Alta, separada de la Ciudad Baja por una muralla. Para moverse entre las dos ciudades necesitaremos un permiso especial que nos suministraran en la caserna de la Puerta del Pavo Real, que separa las dos partes de la ciudad. En la Ciudad Alta encontramos un gran bosque al este de la Ciudadela y un arroyo que alimenta un lago llamado El Anzuelo (el arroyo continuará por la Ciudad Baja). En la zona noble de Bekla encontramos la

Colina del Leopardo (al oeste del lago) coronada por la Casa de los Barones, la Casa del Rey, los jardines reales y varias residencias de altos nobles de Bekla. La Ciudad Baja es donde se concentra la mayoría de habitantes de la Capital; un laberinto de calles y plazas, parte activa del imperio comercial con el siempre bullicioso Mercado de las Caravanas, en medio de la Calle de los Armeros, como eje central. Existen varias torres de ignoto origen como la Torre de los Huérfanos, la Torre de las Hojas o la Torre del Reloj, situadas en las oscuras plazas de la Ciudad Baja, aunque también recomendamos visitar los antiguos templos de Lespa de las Estrellas, Frella-Tilheh el Inescrutable (deidad de Bekla hasta la llegada de Shardik) o Canathron, la Serpiente Alada. Si eres de corazón sensible, recomendamos no acercaros mucho por el Mercado de Esclavos, en el noroeste de la ciudad, cercana a la Puerta de los Lirios, punto de partida del camino de Dori Paltesh.

QUÉ VISITAR EN BEKLA

CASA DEL REY

Este sombrío edificio fue construido originalmente como cuartel, pero fue transformado por la ocupación de Ortelga en la cárcel donde se guardó a Shardik, adorado en toda la ciudad. Allí podremos visitar el profundo pozo que este oso divino excavo con sus zarpas en la roca, un lúgubre templo dedicado a su plantígrada divinidad repleto de trofeos de guerra y una sala especial donde están expuestas las calaveras de los enemigos de Shardik.

MERCADO DE LAS CARAVANAS

El lugar más poderoso de toda Bekla, el sitio donde se verifican y pesan todas las mercancías que pasan por la ciudad. Desde aquí se distribuye a Bekla, el Imperio Beklano o los países fronterizos. Quien esté acostumbrado al bullicio de un zoco árabe se sentirá agobiado por los colores, olores, y cantidad de mercancías que se mueven a velocidad de vértigo por esta gran plaza de la ciudad. Alimentos, artesanía y animales son tasados en un continuo ir y venir de productos.

DE LA FICCIÓN A LA REALIDAD

Bekla, el Imperio Beklano, la Isla de Ortelga, Ikat Yeldashdy, Kabin o Thettit son muchos de los lugares que podremos visitar en los dos libros sobre el Imperio Beklano del novelista inglés Richard Adams (1920-2016), un reconocido autor juvenil e infantil que triunfó en 1972 con la fábula *La Colina de Watership*. *Shardik* (1974) fue el primer libro de esta dupla, pero la gran ciudad de Bekla es protagonista de gran parte de *Maia* (1984), publicado diez años después, que trata sobre una campesina que es vendida como esclava y cuyo alto contenido sexual no lo convierte en un libro muy recomendable para los infantes.

Bowerstone

Albión y los héroes

Bowerstone es la ciudad más grande de Albión, situada en el centro de este país mágico y encantado. Tiene un muelle fluvial que lo comunica comercialmente con otras grandes ciudades de Albión como Oakvale (al sur), la ciudad salvaje de Knothole Glade o las alejadas Hook Coast o Snowspire (en las islas del oeste). La ciudad es uno de los lugares más seguros del reino porque está protegida por un gran muro exterior en su parte sur, su cercanía al Gran Gremio de Héroes y su guerrera guardia, continuamente patrullando. En Bowerstone están prohibidas las armas, que serán custodiadas en la garita de guardia de la entrada sur. La historia de esta ciudad amurallada de Albión no siempre ha sido amable y sufrió mucho con la oscura época de la Corte, la asociación de tres héroes malvados llamados el Caballero, Jack of Blades y la Reina de Espadas que dominaron Albión con terror. Tras siglos de guerras y oscuridad, Nostro fundó el Gremio de Héroes, devolviendo un poco de esplendor a las maltrechas tierras de Albión. Lastima que Magdalena, una de las primeras alcaldesas de Bowerstone, corrompiera a tan grande héroe.

Al menos que no vengas en barco desde Oakvale, se puede acceder a Bowerstone por la entrada principal del sur de la ciudad. Estarás de inmediato en la parte más pobre pero más alegre y llena de vida de esta gran ciudad: tabernas, casas de madera y tejados de paja, tiendas con ropa, pociones o regalos y fraguas donde se venden las más maravillosas armas de Albión, el sur de Bowerstone es un hervidero de vida que se abre con los brazos abiertos al visitante si se llevan bastantes piezas de oro en el monedero. El turista se puede alojar en las cómodas habitaciones de la taberna del centro de la ciudad. Al este de la zona comercial encontramos varias casas y cobertizos de gente humilde y bondadosa, con una escuela repleta de niños alegres jugando en el centro de una gran plaza. El muro de esta parte tienen una puerta que comunica con el muelle de Bowerstone, donde llegan productos de todas partes de Albión o donde puedes pescar algún sabroso pez en sus transparentes aguas. La parte noble de Bowerstone está en su parte más septentrional, pero solo podrás acceder si la alcaldesa Lady Elvira Grey o algunos de sus residentes te invita. Las casas de Bowerstone Norte son de piedra y tiene un aspecto mucho más salubre y señorial que las cabañas de Bowerstone Sur. Esta parte de la ciudad está decorada con jardines muy hermosos donde destaca Bowerstone Manor, la casa de la antigua alcaldesa Magdalena y de los Grey. En esta parte de la ciudad encontramos una cuidada tienda donde podremos admirar la legendaria espada Solus, que solo se puede adquirir por una cantidad desorbitante de piezas de oro, o las extrañas rosas negras, de pétalos oscuros, solo apreciadas por mujeres de sombrío corazón.

QUÉ VISITAR EN BOWERSTONE

BOWERSTONE MANOR

Hogar de los Gray de Bowerstone. Es un edificio sobrio de piedra maciza con dos torres que se alzan al este y oeste de la construcción. Se accede a él por una puerta grande que va a dar a un jardín que destaca por una gran estatua de Magdalena. Cuatro ventanales con bellas vidrieras y un gran reloj decoran la fachada del edificio. Su interior siempre está en penumbras, iluminado por grandes antorchas encendidas y decorado con maderas y tapices de color carmesí intenso como la sangre. Antes de llegar a los dormitorios de la alcaldesa de Bowerstone en la segunda planta encontraremos una de las misteriosas piedras de Albión que brillan con luz sobrenatural en el centro mismo de la Mansión de los Gray.

GREMIO DE HÉROES

Seguramente el edificio más importante de todo Albión. No está situado exactamente en el interior de Bowerstone, sino en las afueras. Se compone de varios edificios rodeando un jardín mimosamente decorado con estatuas de antiguos héroes y sepulcros de maestros ancestrales donde los aprendices del gremio son entrenados antes de estar listos para aventurarse solos por el mundo. Aparte de comedor, habitaciones, tiendas para comprar armas e instalaciones para entrenar, el Gremio es importante por su gran Biblioteca donde podrás encontrar detalles sobre el Reino Antiguo y las criaturas mágicas de Albión, la Sala de Mapas, donde los héroes recogen sus misiones, y la Cámara del Destino, donde los héroes reciben su sello del gremio.

DE LA FICCIÓN A LA REALIDAD

Bowerstone, Oakvale, Hook Coast y otras localizaciones de Albión se pueden encontrar en el vídeojuego *Fable* (2004), diseñado por el británico Peter Molyneux (Guildford, 1959) para Lionhead Studios y distribuido por Microsoft Games Studios. Se trata de uno de los juegos más famosos de la primera generación de la Xbox de Microsoft, que tendría una continuación en PC y Mac llamada *Fable: The Lost Chapters* (2005). Bowerstone también saldría en *Fable II* (2008) y *Fable III* (2010), para Xbox 360. El juego es un rol de acción donde puedes desarrollar a tu héroe a través de varias aventuras y campañas por Albión. La diferencia con otros vídeo-juegos de la época es que podías crecer como un héroe bueno o malo.

Braavos

La ciudad libre de las mil islas

Braavos es una de las nueve Ciudades Libres que se encuentran a lo largo de la costa occidental del gran continente de Essos, donde el Mar Agosto se encuentra con el Mar de los Escalofríos. La diferencia entre esta ciudad, construida sobre un tupido archipiélago de islas interconectadas entre ellas por un millar de puentes, con sus ocho hermanas es que la esclavitud está prohibida. Es la primera ley de Braavos, grabada a piedra en el arco de entrada al Canal Largo. Otra característica de esta ciudad-estado es que nunca formó parte del Feudo Franco de Valyria, fundada en el 500 aC por ladrones, esclavos, prostitutas y mercenarios que huyeron de sus amos esclavistas buscando el confín más lejano del mundo. Lo encontraron en el norte de Essos, en una extensa red de islas escondidas en una bahía protegida por un muro natural de piedra con un par de entradas practicable por un barco y frecuentes nieblas. Los nuevos braavosis mantuvieron oculta la ciudad a los valyrios durante un siglo, pero nadie supo de sus ubicación durante tres siglos más hasta el Desenmascaramiento de Uthero, fecha en la que los braavosis se mostraron al mundo, y que es conmemorada cada año en la ciudad con celebraciones, banquetes y un festival de máscaras. Braavos es también llamada como el Hijo Bastado de Valyria por esta razón.

Se accede a Braavos en barco a través del paso de la gigantesca estatua del Titán que da la bienvenida al visitante si éste tiene buenas intenciones. En Braavos se habla una variante del alto valyrio y sus barcos navegan hasta las islas del Mar de Jade, convirtiendo a la ciudad en un importante puerto mercante repleto de mercancías preciosas de Essos y Poniente. También es famosa por tratarse de una de las ciudades más ricas del mundo, con muchos prestamistas, incluido el Banco de Hierro, quien suele prestar dinero a los Siete reinos de Poniente. Tras pasar el Arsenal, la isla de defensa de la ciudad, entraremos por el Canal de los Héroes, que atraviesa la ciudad hasta llegar a una gran laguna interior donde podremos encontrar la Isla de los Dioses, llamada así por contener muchos de los templos de Braavos: desde el santuario de la Dama Doliente de Lys, el Pabellón de madera del Señor de la Armonía o la Casa de las Mil Habitaciones. Cerca encontraremos otras pequeñas islas donde se ubican el Templo del Señor de Luz, el Templo de las Cantores Luna-

res, la Casa de Blanco y Negro, el Septo-Más-Allá del Mar o las impresionantes cúpulas verdes del Palacio de la Verdad. Si aún te quedan fuerzas (y dinero), te recomendamos pasar por la noche por el Puerto Púrpura o el Puerto del Estanque de la Luna, donde encontrarás las mejores tabernas y burdeles de Braavos. Pero tendrás que hablar alto valyrio para que no te timen. También existen buenos establecimientos en el Puerto del Trapero, más humilde, pero donde podrás comunicarte mejor en la lengua común. Además, podrás disfrutar de las obras que se representan en el Barco de los Cómicos. Aunque si adoras la tragedia y la comedia, pásate por el Teatro Farol Azul en el Puerto Púrpura, al norte de la ciudad.

QUÉ VISITAR EN BRAAVOS

TITÁN DE BRAAVOS

Una de las nueve maravillas (como el Muro, las Carreteras Valyrias o el Puente Largo de Volantis) creadas por el hombre según el libro de Lomas Pasolargo, la gigante estatua de piedra y bronce que guarda la laguna interior de Braavos es una imagen que suele dejar sin aliento al visitante, con sus piernas abiertas que salvan la distancia entre las montañas que esconden Braavos y esas hogueras enormes que brillan en sus ojos. Es la primera línea de defensa de Braavos, y tiene un ingenio sonoro en su interior que es activado durante la salida y la puesta de sol o si hubiera una invasión proveniente del mar. Nadie sabe muy bien dónde para la hoja de la espada rota que el Titán alza en el aire.

CASA DE BLANCO Y NEGRO

Es el Templo del Dios de Muchos Rostros, centro religioso y de entrenamiento de los mejores asesinos de Poniente y Essos, los hombre sin rostro. Es un monolito blanco sin ventanas con un techo de tejas negras. Tiene dos puertas de entrada de doce pies de alto, la izquierda es de madera blanca y la derecha es de ébano negro. En el centro del salón principal se encuentra una piscina de diez pies de ancho rodeada por las estatuas de muchos dioses. Como visitante, puedes visitar la sala o pedir consejo a un sacerdote, pero tienes prohibida la entrada al tercer subterráneo, donde los hombre sin rostros guardan celosamente los rostros recolectados para realizar mejor su funesto trabajo.

DE LA FICCIÓN A LA REALIDAD

Braavos es una de las muchas localizaciones de la extensa heptalogía *Canción de Hielo y Fuego* que el escritor norteamericano George R. R. Martin (Bayonne, 1948) lleva escribiendo desde 1993. Hasta la publicación de este libro lleva publicado cinco: *Juego de tronos* (1996), *Choque de reyes* (1998), *Tormenta de espadas* (2000), *Festín de cuervos* (2005) y *Danza de dragones* (2011). Todavía no han visto la luz *Vientos de invierno* y *Sueño de primavera* (alguno de ellos debería publicarse en 2018). El éxito la saga literaria permitió la realización de la serie de la HBO *Juego de Tronos* de ocho temporadas (con siete emitidas ya), uno de los mayores éxitos televisivos de las últimas décadas.

Caer Dathyl

El castillo dorado

Caer Dathyl es una ciudad fortaleza dorada situada en las Montañas del Águila del norte de Prydain, un país repleto de bosques y montañas escasamente poblado y desierto. Los campesinos, soldados y artesanos suelen vivir dentro o alrededor de las grandes construcciones-fortaleza de los señores feudales, como la dorada Caer Dathyl o la pétrea Caer Cadarn. En los alrededores de Caer Dathyl crecen dos ríos que pueden llevar a navegantes desde el centro de las Montañas del Águila al Mar del Norte o al Océano Meridional. La ciudadela dorada se construyo sobre la antigua fortaleza de los Hijos de Don y es donde residen actualmente los grandes reyes de Prydain. Según las escrituras, las Montañas del Águila fueron las elegidas por los Hijos del Don para construir su casa tras su regreso de la Tierra del Verano, donde lucharon incontables jornadas para expulsar a las fuerzas malignas de Achren y Arawn.

Pero el mal no había desaparecido de las tierras de Prydain; siglos más tarde, Arawn volvería a sitiar Caer Dathyl en dos ocasiones: primero, por los ejércitos del Rey con Cuernos (vencido por Dyrnwyn, la espada encantada) y, finalmente, por el mismísimo Señor de la Muerte en persona, que acabó con gran parte de la ciudad. El actual rey de Caer Dathyl, Taran, comenzó su reconstrucción enseguida tras al final de la guerra, convirtiéndola en la joya dorada de Prydain que todos conocemos en la actualidad.

Caer Dathyl es cuatro veces más grande que la segunda ciudad de Prydain, Caer Cadarn, rodeada de murallas doradas y edificios que parecen brillar entre la negrura de las piedras de la montaña. Para pasear por las calles de Caer Dathyl hay que tener buenas piernas, pues la mayoría de su trazado es cuesta arriba, con cuestas empinadas de más del 20 por ciento de desnivel. La mayoría de casas, plazas y calles tienen privilegiadas vistas a un valle de oro lleno de claros arroyos creado por el río Ystrad. En días despejados podemos ver la silueta del Monte del Dragón o el brillo áureo del desierto de Red Fallows. Sus patios amplios están llenos de tiendas de armadores, establos, cervecerías, cámaras de tejidos y gente muy amable. La parte más importante de Caer Dathyl es el Castillo Real. En sus pasillos de madera adornadas con armas antiguas de un linaje largo y noble podemos visitar varias dependencias como la biblioteca del Salón del Saber o el Gran Salón, tapizado con blasones de todos las grandes casas de Prydian. Lastima que la gente común tengamos prohibida la entrada al Salón de los Bardos, donde se crean las epopeyas épicas y donde se atesora la mejor colección de instrumentos musicales de toda Prydain. En el vestíbulo del Salón del Saber encontramos una escalinata de piedra que conduce a la azotea más alta de la ciudad, con vistas increíbles. Recomendamos también la visita a los ornamentados jardines de los Montículos del Honor, situado en la parte más baja de la fortaleza, dentro de un claro viviente de árboles antiquísimos. En este sitio de paz es donde se encuentran enterrados los reyes antiguos y los héroes más famosos.

QUÉ VISITAR EN CAER DATHYL

SALÓN DEL SABER

Una de las cámaras de la ciudad-fortaleza de Caer Dathyl, mantenida por el jefe de los bardos Taliesin. Es una de las bibliotecas más grandes y bien documentadas de todo Prydain, formada por una espaciosa cámara siembre caliente por una chimenea gigante, constantemente alimentada y ardiendo, en la que encontramos una larga mesa de madera robusta barnizada, algunas sillas y cientos de estanterías tapizadas con rollos de pergamino, volúmenes antiquísimos y libros cuya altura se pierde en el oscuro techo del Salón.

CAER CADARN

Si el presupuesto nos alcanza, no descartamos que el viajero alquiler una embarcación para bajar por el río Ystrad y quedarse un par de días en la impresionante fortaleza de Caer Cadarn, al sur de Prydain. Como las cejas de su amo y señor, el Rey Smolt, las puertas y muros de la ciudad del verde y extenso Valle de Cantrev Cadiffor están abollados y marcados por muchas batallas y asedios. Su gente siempre está de fiesta y celebración, y sus mercados son los más coloridos de toda Prydain.

DE LA FICCIÓN A LA REALIDAD

Las crónicas de Prydain son una saga de novelas de fantasía mágica y heroica escritas por el autor americano Lloyd Alexander entre 1964 y 1968. Alexander se inspiró en la mitología galesa para desarrollar la saga del joven Taran, un aprendiz de porquerizo en la guerra del reino de Prydain y la oscura tierra de Annuvin. Las novelas publicadas son cinco: _El libro de los tres_ (1964), _El caldero negro_ (1965), _El Castillo de Llyr_ (1966), _Taran el Errante_ (1967) y _El gran rey_ (1968). En 1985, Walt Disney realizó la película de animación _Tarón y el caldero mágico_, inspirada muy libremente en los libros de Lloyd Alexander.

Cair Paravel

La casa de los reyes Pevensie

La Ciudadela y el Castillo de Cair Paravel son la capital del Reino de Narnia, una espectacular ciudadela de muros dorados situado en una Península frente el Gran Río de Narnia, también llamado río de Beruna, que desemboca en el Océano Oriental. Narnia es un reino formado por dos grandes valles entre tres cordilleras: hace frontera con una región de escarpadas montañas al oeste, el Océano Oriental al este, Archenlondia al Sur y los grandes pantanos y la tierra estéril de Ettinsmoor al norte. Narnia fue creada por el Gran León Aslam frente al llamado Erial del Farol, el occidente de Narnia, rodeado de bosques sin fin. Sus habitantes son seres humanos, criaturas míticas como sátiros o centauros y animales parlantes. El río de Beruna es el corazón económico del país y todas las grandes ciudades y pueblos se alimentan de él. Tras ser creada por Aslam, el primer rey fue Frank I, un taxista británico que llegó a Narnia desde la Tierra. Sus herederos gobernaron durante novecientos años hasta que Jadis, la Bruja Blanca, Reina de Charn, desterró su linaje e impuso el largo invierno sin Navidad. Sería vencida por los niños Pevensie, quienes gobernaron durante 15 años.

La Ciudadela de Cair Paravel se construyó, seguramente, durante el reinado de los reyes Frank I y Helen, pero fue abandonado por Jadis, quien situó su ciudadela en el norte. Durante el reinado de los Pevensie recuperó su esplendor hasta convertirse en la sede de los reyes del linaje de los Caspian.

Como otras ciudades fantásticas situadas en una península, el castillo real se encuentra en el punto más alto y alejado de la entrada del oeste, rodeada por las casas de los nobles de Narnia y un acantilado de altos muros blancos con terrazas desde las que se pueden ver en un día sin niebla la Isla de Galma, al este. Toda la vida se desarrolla en los barrios inferiores de las murallas, más cercanos a las puertas que dan a la entrada la ciudad. Entre sus mercados y tiendas podemos encontrarnos con centauros, faunos, sátiros, gigantes,

enanos, ninfas o algún extraño Marsh-Wiggles. Con algunos leones en nuestros bolsillos (la moneda oficial) podemos comprar algunas de las maravillas que ofrecen, pero recomendamos contratar carruaje y guía para no perderse algunos de los lugares fantásticos de Narnia: como el Dique de los Castores, el Castillo de Miraz, el Puente de Beruna, la Mesa de Piedra de Altozano o llegar hasta los Bosques del Oeste y perderse por el Erial del Farol, donde podremos encontrar el vetusto armario que nos llevará de vuelta a Inglaterra.

QUÉ VISITAR EN CAIR PARAVEL

GRAN SALÓN

Es la sala más majestuosa del Castillo de Cair Paravel, donde los reyes y reinas del trono de Narnia se sientan y reciben a sus invitados. En el Gran Salón se realizan celebraciones, banquetes y fiestas. Destaca por su techo de marfil, su pared oeste decorada con plumas de pavo real, la gran puerta redonda oriental que da a una gran terraza con vistas al mar y, por supuesto, los cuatro tronos de piedra blanca con incrustaciones doradas de los cuatro reyes Pevensie.

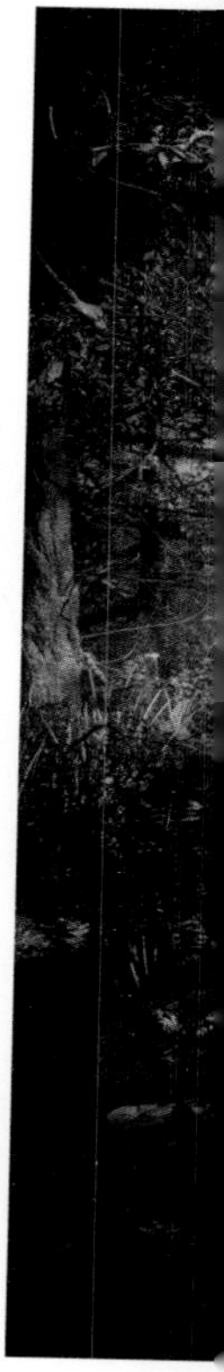

HABITACIÓN DEL TESORO

Está escondida en el interior del Castillo de Cair Paravel y se puede acceder a a ella al final de un pasaje en el patio central, donde bajaremos dieciséis escalones hasta una robusta puerta cubierta de hiedra… si los vigilantes nos dan permiso, claro. Aparte de oro y plata, la Sala del Tesoro de Cair Paravel es famosa por guardar las preciadas armas que Papa Noel regaló a los Pevensie para luchar contra la Bruja Blanca: la espada y el escudo de Peter, el arco y flechas de Susan, y la poción mágica y la daga de Lucy.

DE LA FICCIÓN A LA REALIDAD

Narnia y Cair Paravel son los lugares donde transcurre la heptalogía de *Las crónicas de Narnia* del escritor irlandés-británico C. S. Lewis: *El león, la bruja y el ropero* (1950), *El Príncipe Caspian* (1951), *La travesía del viajero del alba* (1952), *La silla de plata* (1953), *El caballo y su niño* (1954), *El sobrino del mago* (1955) y *La última batalla* (1956). Hemos podido disfrutar de los dorados muros de Cair Paravel en las dos películas de Andrew Adamson, *Las crónicas de Narnia: El león, la bruja y el armario* (2005) y *Las crónicas de Narnia: El Príncipe Caspian* (2008), y en *Las crónicas de Narnia: La travesía del viajero del alba* (2010) de Michael Apted.

Ciudad Esmeralda

El centro de Oz

La Ciudad Esmeralda es la capital del vasto país de Oz, situada en su centro exacto. Oz es un gran país de forma casi rectangular rodeado por el Desierto Infranqueable, las peligrosas arenas movedizas, el Gran Yermo Arenoso y el Desierto Mortal. Está dividido en cuatro estados más pequeños que rinden pleitesía a la corona y mandato del Palacio Real de la Ciudad Esmeralda: el País de los Quadlings, al sur; el País de los Gillikings, al norte; el País de los Winkies; al oeste y el más conocido País de los Munchkin, al este, de donde surge el famoso Camino de Baldosas Amarillas que lleva hasta la Ciudad Es-

meralda. En Oz gobernó durante mucho tiempo el Rey Pastoria, que fue destituido por el Mago, un prestidigitador y ventrílocuo de un circo de Omaha que acabó por error en las tierras de Oz y que se llamaba Oscar Zoroaster Phadrig Isaac Norman Henkle Emmanuel Ambroise Diggs. Como tenía miedo de los poderes de las brujas del norte, sur, este y oeste (Locasta, Glinda, Nessarose y Elphaba), el Mago se encerró en su Palacio Real de la Ciudad Esmeralda y escondió su verdadera forma con trucos de prestidigitación hasta la llegada de otra niña de la Tierra, la pequeña Dorothy. El Mago cumplió su promesa de llevar a Dorothy de vuelta a su casa y dejó al Espantapájaros de monarca hasta que se descubrió que el Rey Pastoria tenía una legítima heredera, la Princesa Ozma, quien gobierna Oz con sabiduría y benevolencia desde su coronación.

Ciudad Esmeralda es, como su propio nombre indica, una ciudad fantástica de color verde brillante gracias a las miles de esmeraldas y mármol de color verde que decoran sus 9.654 edificios donde viven sus 57.318 habitantes. Para protegerse de todo este intenso brillo de color verde, se necesitan unas gafas especiales de vidrio verdemar que te subministrará el soldado encargado de la puerta de entrada, en la gran sala de la muralla gigantesca verde que rodea Ciudad Esmeralda. Ésta es la puerta del Camino de Baldosas Amarillas, único punto de acceso a la ciudad, aunque se rumorea que existen algunos túneles subterráneos de salida y entrada, creados por el Mago en persona. Las calles y aceras de Ciudad Esmeralda son de mármol pulido, y las juntas entre los bloques se hallan tachonadas de esmeraldas, como los bordillos de las aceras. Las casas son edificios grandes e imponentes, con muchas torres y cúpulas con motivos naturalistas al estilo de los modernistas catalanes Gaudi, Jujol o Puig i Cadafalch. En el interior de estas espectaculares construcciones se emplean todo tipo de piedras y metales preciosos como oro o plata. Los árboles que rodean los cuidados prados alrededor de la Ciudad Esmeralda no crecen en ninguna otra parte, sus hojas son suaves y orladas como plumas de avestruz y resplandecen con todos los colores del arcoíris.

QUÉ VISITAR EN LA CIUDAD ESMERALDA

PALACIO REAL

Si la Ciudad Esmeralda es el centro de Oz, el Palacio Real es el centro de la Ciudad Esmeralda. Residencia del poder de Oz (casa de la Princesa Ozma), el Palacio está rodeado de un muro y de extensos jardines. Obra de la arquitectura modernista catalana, es el lugar más lujoso de la ciudad, con cientos de hermosas habitaciones y pasillos. En sus dormitorios de invitados encontraremos sabanas de seda verde y libros verdes repletos de ilustraciones que hacen reír. Se conserva el antiguo laboratorio del Mago, donde inventaba sus famosos artilugios de prestidigitación.

PRISIÓN

La prisión de Ciudad Esmeralda es un edificio tan lujoso como la mayoría de casas de esta verde ciudad. Está coronado por una cúpula de cristal de color (verde, por supuesto) y sus paredes están tapizadas de brocado. Los prisioneros disponen de libros y de una colección de objetos curiosos y divertidos para entretenerse. Se puede acceder a la prisión por cualquiera de sus tres puertas, siempre abiertas para salir o entrar. Pero se rumorea que existe otra prisión en las profundidades de Ciudad Esmeralda, Southstairs, que funcionaba como una cruenta prisión política durante el mandato del Mago.

DE LA FICCIÓN A LA REALIDAD

Ciudad Esmeralda es el centro de Oz, surgida de la imaginación desbordante del escritor estadounidense L. Frank Gaum (1856-1919) en su libro El maravilloso *Mago de Oz* (1900). La Ciudad Esmeralda era el sitio donde la niña perdida Dorothy y sus compañeros (León, Espantapájaros y Hombre de Hojalata) viajaban para pedirle un deseo al Mago de Oz, el monarca de estas tierras fantásticas. Gaum escribió trece libros más sobre Oz, como *Ozma de Oz* (1907) o *La Ciudad Esmeralda de Oz* (1910). El último, *Glinda de Oz* (1920), se publicó después de su muerte. El ilustrador W. W. Denslow se inspiró en la arquitectura de Gaudi para dibujar Ciudad Esmeralda, algo que se ha reflejado en la serie *Esmerald City* (2017) de la NBC. Se ha llevado muchas veces Oz al cine, pero sigue sin superarse la película de 1939 de Victor Fleming con Judy Garland como protagonista.

Chandilar

La ciudad-planeta del Imperio Shi'ar

El Imperio Shi'ar (también llamado Imperium o Aerie) es uno de los tres imperios intergalácticos más poderosos y peligrosos de universo junto a los imperios Skrull y Kree. Aunque con el tiempo hayan absorbido a muchas especies de diversos mundos, los auténticos Shi'ar son humanoides de sangre fría de ascendencia aviar que se asemejan a los seres humanos, pero llevan crestas emplumadas en lugar de cabello. Los miembros de la aristocracia tienen plumas que les crecen en forma de triángulo sobre su cabeza. Los Shi'ar tienen huesos ligeramente huecos y suelen ser muy fuertes. El Imperio nació en el planeta Aerie de la Galaxia de Andrómeda, pero gracias a sus avances tecnológicos y una ambición expansiva sin límite lograron aumentar la influencia de su imperio muy rápidamente. La capital del Imperio Shi'ar es el planetario artificial Chandilar, un planeta-ciudad-capital no muy grande construido en el corazón de su galaxia. Tras un tiempo tortuoso con el villano de los X-Men Vulcano como emperador de Shi'ar, el pretor de la Guardia Imperial Gladiator es el nuevo Majestor de Chandilar.

Chandilar es una eterna ciudad plateada de tecnología superior con naves estelares y vehículos espaciales siempre danzando sobre sus brillantes tejados. Toda la ciudad se articula alrededor de tres grandes edificios: la bóveda gigante de la Sala del Tribunal, donde se reúnen todos los delegados de cada planeta que forma parte del extenso Imperio Shi'ar y donde son tratados los temas políticos y judiciales del imperio; el Palacio del Majestor, una torre plateada que parece perderse en las alturas, de estilo muy art-déco futurista; y el templo dedicado al matrimonio de los dioses vivientes Sharra y K'ythri, quienes juegan a capricho con la sociedad Shi'ar y que son capaces de destruir planetas solo para demostrar que son más poderosos que el dios Thor. Necesitaremos muchas semanas para visitar a fondo Chandilar, como las extensas granjas de crías (los Shi'ar nacen de huevos que son criados en estas granjas especiales), el edificio donde se custodia el Cristal M'Kraan, la Academia de Guardianes Imperiales o el Museo de Historia Shi'ardiana. Los Shi'ar tienen una increíble tecnología holográfica instalada en muchos de sus hoteles, tecnología de luz sólida que te permite la capacidad de dormir cada noche en cualquier rincón de la galaxia. Eso sí, no te esperes mucha diversión en Chandilar, para los Shi'ar las artes y la imaginación son una perversión de la naturaleza.

QUÉ VISITAR EN CHANDILAR

CRISTAL M'KRAAN

Aunque antiguamente estuviera ubicado en un planeta abandonado, se trajo a la capital del Imperio Shi'ar para custodiarlo mejor. M'Kraan es un gigante diamante de color rosáceo tan hermoso como letal, porque en su interior se aloja una estrella de neutrones que enlaza todas las realidades. Si es destruido, produciría un agujero negro que consumiría toda la existencia. La Majestrix Lilandra Neramani se alió con los X-Men para que el emperador loco D'Ken no acabase con el universo utilizando el poder tenebroso de este cristal.

ACADEMIA DE GUARDIANES IMPERIALES

Ciudadela futurista plateada flotante sobre Chandilar donde estudian los aspirantes a la Guardia Imperial de Shi'ar, la legión de héroes superpoderosos. Fue creada hace siglos para parar a Rook'shir, un shi'ar que se convirtió en el anfitrión de la Fuerza Fénix. Liderados por Kallark el Gladiador, actual Emperador de Shi'ar tras lo sucedido en la Guerra de Reyes, en la Academia se entrenan y se preparan los impresionantes Pájaros de Guerra, los soldados más letales del Imperio Shi'ar.

DE LA FICCIÓN A LA REALIDAD

Tras los Kree y los Skrull, las dos razas extraterrestres del universo Marvel creadas por Stan Lee y Jack Kirby, la raza alienígena más famosa de la casa del Capitán América es la Shi'ar, creada por Chris Claremont y Dave Cockrum (1943-2006) en el número 97 de *X-Men* de 1976 (aunque solo aparecería en forma de sueños y visiones). No sería hasta el número 107 donde veríamos en todo su esplendor el Imperio Shi'ar, la Majestrix Lilandra Neramani, Gladiator, la Guardia Imperial y los corsarios espaciales de Starjammers, tan importantes para la franquicia mutante.

Desembarco del Rey

La capital de los Siete Reinos

Desembarco del Rey es la capital de Poniente, sede del gobierno de los Siete Reinos (Reino del Norte, de la Roca, de la Islas y los Ríos, de la Montaña y el Valle, del Dominio, de la Tormenta y Dorne) y del Trono de Hierro. Podemos encontrarla en las Tierras de la Corona, en el sureste de Poniente, bañada por la bahía de Aguasnegras.

Desembarco del Rey y Antigua (en el Dominio) son las dos ciudades más grandes de Poniente. Hasta medio millón de desembarqueños se hacinan entres sus murallas, pero en los largos inviernos puede llegar a contener hasta un millón de habitantes. En la antigüedad, las Tierras de la Corona era una zona de disputa entre los reyes del Dominio, los Ríos y la Tormenta, hasta que Aegon I Targaryen comenzó la Guerra de la Conquista con sus poderosos dragones y se convirtió en el rey de los Siete Reinos. Fuerte Aegon se convirtió en Desembarco del Rey, la capital, que ha

sufrido varias guerras y revoluciones como la Danza de los Dragones, la Rebelión Fuegoscuro o la Rebelión de Robert o Guerra del Usurpador, en el 282 aC, que acabó con la dinastía de los Targaryen con la llegada de Robert I Baratheon.

Desembarco del Rey tiene una forma rectangular y está defendido por altas murallas. Se puede acceder a la ciudad por siete puertas: las tres más importantes son la Puerta de los Dioses, la Puerta del Rey y la Puerta del Dragón, que da al Camino Real del norte, el más largo de Poniente. Se asienta sobre tres colinas con los nombres del primer rey Targaryen y sus dos hermanos: Aegon, Rhaenys y Visenya. En la Colina de Aegon, sobre el acantilado que da a la bahía de Aguasnegras, encontramos la Fortaleza Roja, casa de los reyes de Poniente, y el comienzo del Paseo del Río, que nos llevará a la Puerta del Río (aunque todo el mundo la conoce como la Puerta del Lodazal), que se abre al Mercado del Pescado, el puerto de Desembarco del Rey, siempre lleno de barcos que viajan con mercancías o personas a todas partes del mundo. Desde allí podemos coger la Calle del Lodazal que nos lleva al centro. A nuestra izquierda nos quedará la Colina de Visenya, donde encontramos el Gran Septo de Baelor, el Gremio de Alquimistas o la calurosa Calle del Acero, donde se fabrican las mejores armas de Poniente, algunas de ellas con el preciado acero valyrio. En el centro de la ciudad podemos coger la Calle de las Hermanas para subir la Colina de Rhaenys. A sus pies encontramos el miserable barrio de Lecho de Pulgas, pero no recomendamos su visita. En esta colina podemos encontrar restos del desaparecido Septo de la Conmemoración, pero se impone el edificio enorme y cavernoso de Pozo Dragón, con su cúpula ennegrecida por el tiempo, construida por Maegor I, donde se crió a dragones hasta los tiempos de Aegon III (131-157 aC), fecha en la que se extinguieron estas temibles criaturas que deberían haber volado siempre en libertad.

QUÉ VISITAR EN DESEMBARCO DEL REY

GRAN SEPTO DE BAELOR

Sede de le fe de los Siete de Poniente donde reside el Septón Supremo. Destaca por sus siete torres de cristal y su planta de mármol blanco brillante. En el Gran Septo de Baelor se venera a los sietes, el Padre, el Guerrero, el Herrero, la Madre, la Doncella, la Vieja y el Desconocido, y podemos encontrar representaciones pictóricas y esculturas en varias salas de sus arquitectura. El centro del templo es una gran sala central bajo una cúpula de oro y cristal donde se encuentran los siete cruceros con los altares de los siete. El suelo de mármol de esta gran sala representa una gran estrella de siete puntas, símbolo de la fe de Poniente.

FORTALEZA ROJA

En la Colina de Aegon encontramos la increíble fortaleza construida con piedra de color rojo, sede de los Siete Reinos y del Trono de Hierro, que ocupa el lugar donde se encontraba el mítico Fuerte Aegon, el lugar donde Aegon I Targaryen comenzó la Guerra de la Conquista en el 2 BC y desde donde conquistó todo Poniente. Sus murallas se alzan sobre la desembocadura del río Aguasnegras, y se puede acceder a la fortaleza por la entrada de bronce de la Puerta del Rey. El interior tiene multitud de patios, pasillos, edificios y habitaciones. Destaca por sus siete espectaculares torres, como la de Maegor o la Torre de la Mano, pero la visita más importante es la del Salón del Trono, donde podemos encontrar el Trono de Hierro, forjado con fuego de dragón con las espadas de los enemigos derrotados en la Guerra de la Conquista.

DE LA FICCIÓN A LA REALIDAD

Desembarco del Rey es otra de las muchas localizaciones de la extensa heptalogía *Canción de Hielo y Fuego* del escritor norteamericano George R. R. Martin. Hasta la publicación de esta guía se han publicado cinco libros: *Juego de tronos* (1996), *Choque de reyes* (1998), *Tormenta de espadas* (2000), *Festín de cuervos* (2005) y *Danza de dragones* (2011). Todavía no han visto la luz *Vientos de invierno* y *Sueño de primavera* (alguno de ellos debería publicarse en 2018). El éxito la saga literaria permitió la realización de la serie de la HBO *Juego de Tronos* (67 capítulos emitidos), uno de los mayores éxitos televisivos de las últimas décadas de ocho temporadas (con siete emitidas ya).

Elantris

Ciudad de Maravillas

Podemos encontrar Elantris en el continente Opelon del planeta Sel. Casi todas las tierras están dominadas por el Imperio Fjordell, pero Arelon, situado al oeste del imperio, es la única nación independiente que queda en todo Opelon. Elantris es la capital de Arelon, una monarquía a la que rinde pleitesía varias casas de nobles que se encargan del pueblo. La capital está rodeada por cuatro ciudades, cada una en un punto cardinal: Ake, Ato, Kae y Toa. En Opelon se descubrió una nueva escritura llamada Aon, una forma de logográficos que representan palabras y significados (no sonidos). Esta nueva "escritura" relacionada con la geografía de Aelon sirvió como germen de todo el sistema mágico Aon Dor usado por los elantrianos. Esto implica el uso de aons de formas variadas que extraen energía del Dor. Este tipo de magia convirtió a Elantris en una ciudad magnifica y a los elantrianos en dioses vivientes. Aunque estos no fueron los fundadores de Elantris: en la antigüedad, los pueblos aeónicos, con el Rey Rhashm a la cabeza,

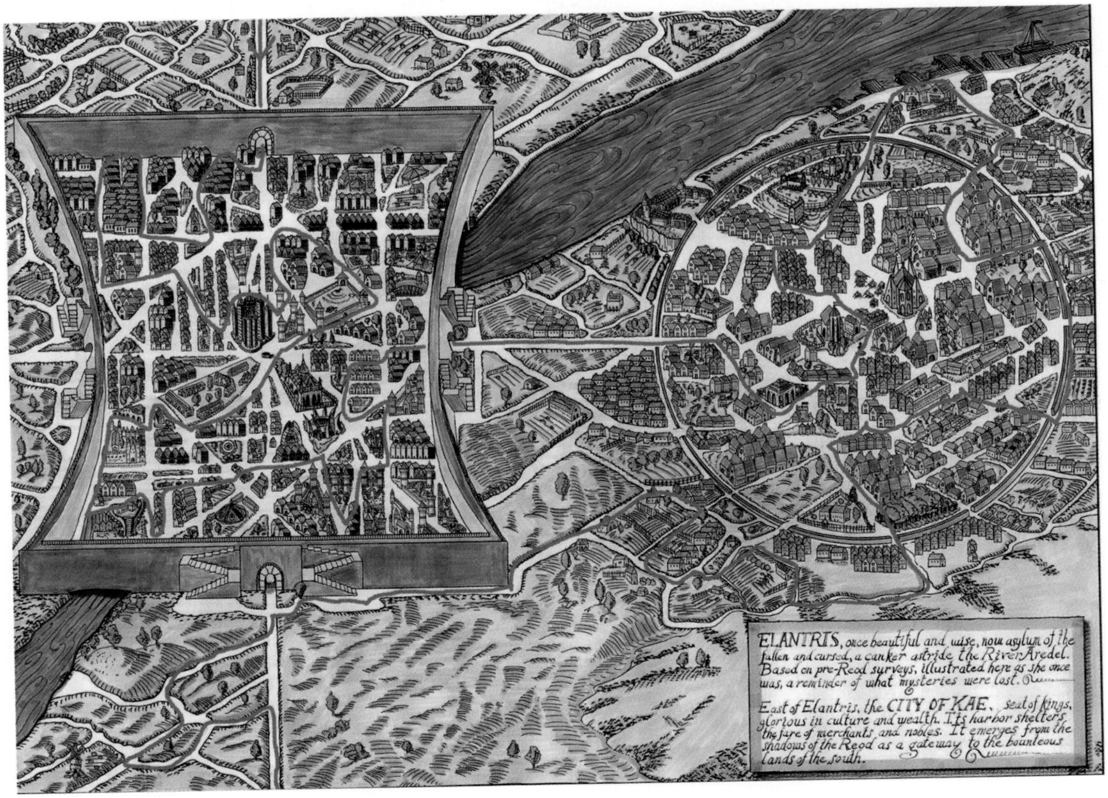

descubrieron la ciudad abandonada y la situaron como su nueva capital comenzando un periodo de reconstrucción y esplendor que duró cientos de años. Pero llegó el gran terremoto y el castigo del Reod, influyendo en el Aon Reo que se usaba en Elantris, oscureciendo la ciudad y dejando malditos a los elantrianos, quienes cayeron bajo una cruel enfermedad. Su piel plateada se volvió gris y muchos murieron. Los que sobrevivieron fueron masacrados por sus sirvientes. Los nuevos gobernantes pusieron a Elantris bajo cuarentena, abandonando a los elantrianos enfermos sobrevivientes dentro de sus murallas, y convirtieron Kae en la nueva capital. Tras enfermar y ser recluido tras las murallas de la ciudad, el príncipe Raoden pudo restaurar el Aon Reo, curar a los elantrianos y devolver Elantris a su brillo natural.

La llamada ciudad de dioses es cuadrada, rodeada por altas murallas y atravesada por el río Aredel, a la que se puede acceder por alguna de sus cuatro grandes puertas. Toda la ciudad rodea el Palacio Real, situado en el centro, con sus grandes torres en forma de aguja. Al lado del palacio encontramos la famosa universidad de Elantris, con sus seis edificios largos y sus jardines. Recomendamos la visita a la biblioteca oculta, donde el príncipe Raoden hizo sus investigaciones sobre el Aon Reo durante su enfermedad. Al este encontramos el distrito del mercado y el área comercial de Elantris, donde se maneja todas las finanzas del Reino de Arelon y un lugar de reunión para todos los comerciantes de Opelon. En una plaza encontraremos el distinguido edificio del banco, centro de este distrito. Al otro lado de la ciudad podremos admirar la preciosa Iglesia Korathi, donde Raoden comenzó a construir su Nueva Elantris antes de la restauración del Aon Reo, o el curioso edificio llamado el Gallinero (por las delicadas tallas de pájaros que decoraban sus paredes), que sirvió como hogar de niños elantrianos durante la restauración de Raoden y su Nueva Elantris.

QUÉ VISITAR EN ELANTRIS

PALACIO REAL

Ubicado en el centro exacto de Elantris, el Palacio Real es uno de los edificios más grandes de la capital y uno de los más magníficos de todo Arelon. Dividido en cinco alas abovedadas rematadas con altas torres acabadas en agujas infinitas, el Palacio sirve como casa del Rey de Arelon y como sede del consejo de sabios elantrianos que gobiernan la ciudad y las tierras. Se puede subir los escalones inacabables de la torre central, la más alta, para poder admirar las impresionantes vistas de la ciudad, el río Aredel y las cuatro poblaciones que rodean la ciudad de los dioses.

IGLESIA DE KORATHI

Aunque los elantrianos originales eran considerados dioses por el resto de habitantes de Arelon, ellos nunca se opusieron a la libertad de credo. Incluso construyeron el más maravilloso templo conocido en todo Arelon dedicado al dios bondadoso Domi. Adorado en Teod por los Shu-Korath, su religión tenía buenas relaciones con el culto de los elantrianos y llegaron a incluir símbolos aones en sus puertas. El edificio es una mezcla de elementos teodianos y la magnificencia elantriana. Durante los oscuros años del Reod perdió el techo de la cúpula principal, pero Raoden mandó restaurarlo con el comienzo de la nueva era.

DE LA FICCIÓN A LA REALIDAD

La ciudad de los dioses de Arelon da título al libro *Elantris* (2005) del escritor norteamericano Brandon Sanderson (Lincoln, 1975), una de las grandes figuras de la literatura fantástica mundial. Elantris y Arelon se encuentran en el mismo universo fantástico de Cosmere donde transcurren otras novelas de Sanderson. En el mismo planeta Sel de Elantris transcurre la acción del relato corto *El alma del emperador* (2012), pero no sale ninguna referencia a lo sucedido en Elantris. Sanderson está escribiendo una secuela que se situará diez años después de la trama principal.

Gilead

La casa de Arthur Eld

Gilead, o Galaad, es la capital de la baronía de Nueva Canaán, una de las zonas más fértiles del Mundo Medio, conocida como la Tierra de la Leche y la Miel. Gilead fue fundada por el mismísimo Arthur Eld, el antiguo rey de todo el mundo tras el Gran Cataclismo y uno de los más grandes héroes míticos del Mundo Medio, guerrero de los Blancos y guardián de la Torre Oscura. También es la sede de La Afiliación, donde residen los famosos Pistoleros. Aparte de Galaad, podemos encontrar en Nueva Canaán otros asentamientos como Hemphill, Kingstown, Pennilton o Taunton. La gran ciudad de Gilead se encuentra en el centro de la baronía, rodeada por los Campos de la Reunión, grandes plantaciones de manzanas. Al oeste tiene el Bosque del Bebé, tierras de la ciudad; al este encontramos el gran Bosque de Blosswood; al norte se encuentra la ciudad de Hemphill y el Lago Soroni; y el sur delimita con la peligrosa falla de la Tumba del Dragón. A diferencia del resto de baronías, los gobernantes de Gilead son los Pistoleros y no alcaldes y otros funcionarios electos por el pueblo. Cuenta la leyenda que Galaad ya había sido una ciudad importante para los Antiguos antes del Gran Cataclismo, pero nadie sabe realmente el nombre que Gilead tenía en la antigüedad.

La ciudad está rodeada por una muralla exterior que la protege de ataques extranjeros; también tiene una pared interior que protege el castillo-palacio de la ciudad. En la ciudad viven unas diez mil almas y está dividido en dos partes: el Barrio Antiguo y la Ciudad Baja. Evidentemente, la parte más visitada de Galaad es el Barrio Antiguo, la parte occidental de la ciudad y distrito comercial de Galaad. También llamada Ciudad Occidental, se encuentran las casas de los ciudadanos más respetados de Gilead, con sus calles llenas de negocios, calles pavimentadas y grandes árboles frondosos que dan sombra en los meses del verano. En este barrio encontramos el Gran Mercado Central, donde llegan todos los productos y comerciantes de Mundo Medio. La arquitectura de Gilead sorprenderá al visitante con esa mezcla entre la madera del viejo oeste y la piedra y los arcos románicos de la época medieval, una mixtura que convierte a Galaad en única con sus grandes arcos de piedra que coronan las torres más alta de la ciudad, uniéndolas entre sí. Si quieres respirar el auténtico aire nocturno de Gilead, te recomendamos una visita a los salones, restaurantes y burdeles del laberinto de calles de la Ciudad Baja, con su olor a pescado característico por muchas pescaderías que encontramos en sus calles. Amurallado, en la parte norte de la ciudad, hallamos el complejo del Castillo Real, donde reside la clase noble de Gilead, con sus setecientas habitaciones ubicadas en varios edificios alrededor de un gran patio central, y el edificio del Gran Salón, la única parte del Palacio que pueden visitar los habitantes no nobles de Galaad. En el interior del castillo se encuentra el famoso patio cuadrado donde se juzga si un estudiante tiene el derecho a convertirse en todo un Pistolero enfrentándose a su maestro.

QUÉ VISITAR EN GILEAD

GRAN SALÓN

Conocido como el Salón de los Abuelos o el West'rd Hall, el Gran Salón se encuentra dentro de los terrenos del Castillo de Gilead y es un espacio grandioso con balcones, luces eléctricas y una gran pista de baile donde se celebran la grandes fiestas de los Días de Feria, como los bailes del

Cotillón de la Noche de Siembra o los concursos de enigmas entre los iniciados a Pistolero. Los alumnos tratan de cruzar su ingenio con el Maestro de Enigmas, uno de sus profesores.

BOSQUE DEL BEBÉ

Aunque el Bosque del Bebé se encuentre en el este, a las afueras de Gilead, sus terrenos forman parte del complejo del Castillo. El Bosque del Bebé es un sitio de entrenamiento de los Pistoleros. Un coqueto bosque agradable de día, pero de noche parece un lugar muy peligroso. El maestro Cort no creía en relojes (de cualquier clase), un Pistolero tenía que poseer un reloj interno mental. Para conseguir esto, abandonaba a los alumnos en el Bosque del Bebé en la fría noche y ellos tenían que regresar al patio detrás del Gran Salón exactamente en el momento que Cort especificó.

DE LA FICCIÓN A LA REALIDAD

La Torre Oscura es una saga del autor estadounidense Stephen King con ocho libros escritos entre 1982 y 2012, varios cómics y una adaptación cinematográfica de 2017 dirigida por Nikolaj Arcel, protagonizada por Idris Elba y Matthew McConaughey. Mezcla de fantasía, ciencia-ficción y western, los Pistoleros de esta serie habían estudiado en Gilead, ciudad que lamentablemente está destruida al principio de la historia, pero a la que Roland Deschain regresa en forma de flashbacks. Es importante en _Mago y Cristal_ (1997), donde se narra la juventud del protagonista.

Inganok
En el País de los Sueños

Inganok o Inquanok es una de las muchas grandes ciudades del País de los Sueños. Está situada en una región fría y umbrosa cerca de la Meseta de Leng, separada de la vecina ciudad de Sarkomand por una cadena montañosa agreste donde podemos encontrar caseríos y tétricos monasterios. Inganok es un famoso puerto del Mar Cerenario, en la parte norte del País de los Sueños, un vasto y casi inexplorado continente de las regiones meridionales que cuenta con grandes ciudades como Dylath-Leen, Sarkomand, Barhana, Utnar Vehi, Thorabon, Lelag-Leng o Celephais. Una de las cosas más raras de Inganok para cualquier conocedor de estas tierras es que no existen gatos en toda la ciudad. Extraño para tratarse de una raza tan respetada en el País de los Sueños y adorada en lugares como Ulthar o Celephais. Lo primero que destaca de esta gran y rara ciudad erigida sobre muelles y muros es que toda ella está construida con ónice negro, cosa que le da su fantástico aspecto fantasmagórico y casi irreal.

Las casas son altas, con muchas ventanas, con fachadas esculpidas con flores y dibujos de oscuras simetrías que son las delicias de los instagramers de todo el mundo. La mayoría de viviendas de Inganok están coronadas con domos abultados que terminan en punta, o en forma de pirámides, con terrazas rematadas con minaretes. Aunque la ciudad esté amurallada, estas murallas parecen más ornamentales que de defensa, pues son bastante bajas y tienen muchas puertas y oberturas a lo largo de todo su recorrido. La puerta más grande de Inganok está decorada con la gran cabeza de un gran dios del País de los Sueños. El barrio más cercano a los muelles tiene las casas más humildes y bajas, pero los arcos de sus puertas están decoradas con signos desconocidos grabados con oro. Los lugareños te contarán que se trata de una oración para honrar a los dioses familiares que protegen el hogar.

No existe ni un solo rincón en Inquanok que no sea bello e indescriptiblemente hermoso y maravilloso. Desde el Palacio del Rey Velado, situado en la parte más alta de la ciudad, al que se puede llegar subiendo la empinada Carretera del Rey, hasta los muelles encontramos plazas cerradas de negros pilares, columnatas y estatuas de seres fantásticos compartiendo espacio con monumentos dedicados a prohombres de la ciudad fallecidos hace tiempo. Las puertas labradas, sus balcones bellamente esculpidos y los miradores de cristal negro con vistas al Mar Cerenario invitan al turista a perderse días y días disfrutando de la ciudad y de su música mística de cuerno, violas y cantos espirituales que escucharás en muchas plazas de Inganok

QUÉ VISITAR EN INGANOK

TEMPLO DE LOS DIOSES ARQUETÍPICOS

Uno de los edificios más altos de Inganok, con una inmensa torre de dieciséis caras, una cúpula achatada y un esbelto campanario rematado con un capitel negro y brillante como el fuego. El Templo está rodeado por un gran jardín amurallado redondo con siete puertas siempre abiertas por donde los habitantes de la ciudad suelen pasear entre sus senderos arbolados y estanques de aguas claras. Las siete puertas del muro se comunican con las siete puertas del templo por unos caminos dispuestos

como si fueran los radios de una gran rueda. Cuando tañe la campana del templo, los sacerdotes encapuchados y enmascarados siguen estos caminos portando vasijas de oro hasta el interior del templo. Algunos habitantes de Inquanok sospechan que estos sacerdotes no son humanos.

PALACIO DEL REY VELADO

Construido de negro y brillante ónix, como el resto de la ciudad, el Palacio del Rey velado se alza imponente en la colina que domina Inquanok. Una de las maravillas del País del Sueño, está coronado por cúpulas maravillosas y está decorado con urnas de bronce y trípodes ornados con bajorrelieves magníficos, estatuas de mármol de vetas negras que parecen vivas, fuentes de basalto con peces de vivos colores, puertas de bronce labradas con filigranas de oro, templetes diminutos rodeado de aves, y árboles y parras que dan sombra en todos sus jardines interiores.

DE LA FICCIÓN A LA REALIDAD

Inganok forma parte del fantástico País de los Sueños, que el aventurero Randolph Carter atraviesa para llegar a Kadath, la ciudad donde habitan los dioses del sueño, en el libro del escritor americano H. P. Lovecraft *La búsqueda onírica de la desconocida Kadath*, escrita en 1927 (y publicada en 1943). Se podría hacer una guía de todas las ciudades fantásticas que Carter visita en su búsqueda de Kadath y sus incontables maravillas. Este libro forma parte del Ciclo Onírico de Randolph Carter, como *El caso de Charles Dexter Ward* (1927) o *A través de las puertas de la llave de plata* (1933).

Kree-Lar

Sede del Imperio Kree

Kree-Lar es la ciudad-estado más grande del planeta Hala. Abarca la mayor parte del planeta y es la sede del Imperio Kree. Aunque en Hala existen otras ciudades, como Rad-Nam, donde nació Mar-Vell, el primer Capitán Marvel, héroe del Imperio Kree y de la Tierra. Este imperio tan poderoso como el Skrull o el Shi'ar se extiende a lo largo de casi mil mundos en el lóbulo noroccidental de la Gran Nube de Magallanes, aunque tienen algunos puestos avanzados en otras galaxias. Hala es un planeta situado alrededor de la órbita de la estrella Pama. Es un planeta con una gravedad mayor que en la Tierra y una concentración de nitrógeno parecida a la nuestra. En la antigüedad vivían dos razas en Hala, los Kree, humanoides de color azul, y los Cotati, una raza vegetal pacífica y telépata. Hace milenios fueron visitados por los skrulls, quienes buscaban socios comerciales. Hicieron competir a las dos razas para ver cuál de ellas era digna de viajar al espacio y los Kree perdieron. Como represalia, mataron a todos los skrulls y casi exterminaron a los Cotati, quedándose con la tecnología de los dos, iniciado una guerra eterna contra los skrulls, conquistando otras estrellas y subyugando a las especies de sus planetas creando el Gran Imperio Kree.

Kree-Lar es una ciudad grandiosa, una enorme red de edificios de metal, cristal y luz que ocupa gran parte de Hala. Los Kree, además, son una sociedad nacionalista, imperialista y militarista, con la única religión de la adoración a la Inteligencia Suprema, la computadora viviente que guía toda la vida de los Kree, aunque todavía quedan templos a ídolos como Tam-Borr, Zo, o la religión pacifista de Pama, que fue erradicada hace tiempo. Uno de sus mejores hoteles es el Supremor, aunque no está recomendado para todos los presupuestos. La zona antigua o central de Kree-Lar incluye sitios muy bonitos como el cementerio de la Arboleda del Honor, donde están enterrados muchos héroes Kree en barrocos mausoleos y la heroína americana Heather Douglas, más conocida como Dragón Lunar; la cúpula negra del Consejo Galáctico (con representación de muchos imperios extraterrestres, incluido Asgard o la Zona Negativa); o el edificio redondo del Salón de los Acusadores, que son el equivalente Kree de los gobernadores militares y juristas, gente muy estricta con la que no es conveniente cruzarse. Alrededor del Salón de los Acusadores hay flotando gigantes estatuas de algunos de sus más famosos miembros. Al tratarse de una civilización muy militar no pararás de encontrarte con estatuas de héroes, militares y arcos conmemorativos a mil y una batallas gloriosamente ganadas.

QUÉ VISITAR EN KREE-LAR

SEDE DE LA INTELIGENCIA SUPREMA

La Inteligencia Suprema fue diseñada originalmente por el Consejo Científico Kree cuando intentaban clonar un cubo cósmico, un poder desarrollado por sus enemigos, los skrull. Cuando esta inteligencia artificial, mitad viviente mitad electrónica, fue operativa, comenzó como consejero del Senado Kree, hasta que llegó a convertirse en el gobernante de todo el imperio. La Inteligencia Suprema no es un potente ordenador, sino una cabeza gigante verde gigante flotando en un gran contenedor de líquido vital.

TEMPLO DE PAMA

Aunque los kree pacifistas fueron expulsados por la Inteligencia Suprema, aún queda en Kree-Lar el Templo de Pama donde se reunían los Sacerdotes de Pama, la rama pacifista de este belicoso imperio. En sus sótanos encontraremos las habitaciones donde estos nobles habitantes de Kree escondían a los últimos Cotati, la raza perdida de Hala. Se sabe que estos sacerdotes eran expertos en muchas luchas que solo utilizaban para defenderse. Los telépatas cotatis ayudaron a estos krees a evolucionar su mente para convertirse en unos adversarios temibles.

DE LA FICCIÓN A LA REALIDAD

Aunque ya habíamos conocido a los Kree en la serie *Fantastic Four* de Stan Lee y Jack Kirby, no aparecería Hala, el planeta natal de los Kree, hasta el número uno de Capitán Marvel (1968) con guion de Roy Thomas y arte de Gene Colan. Kree-Lar haría su primera aparición diez años después, en 1978, en el número 18 de Ms. *Marvel*, con guion de Chris Claremont y dibujo de Jim Mooney (1919-2008).

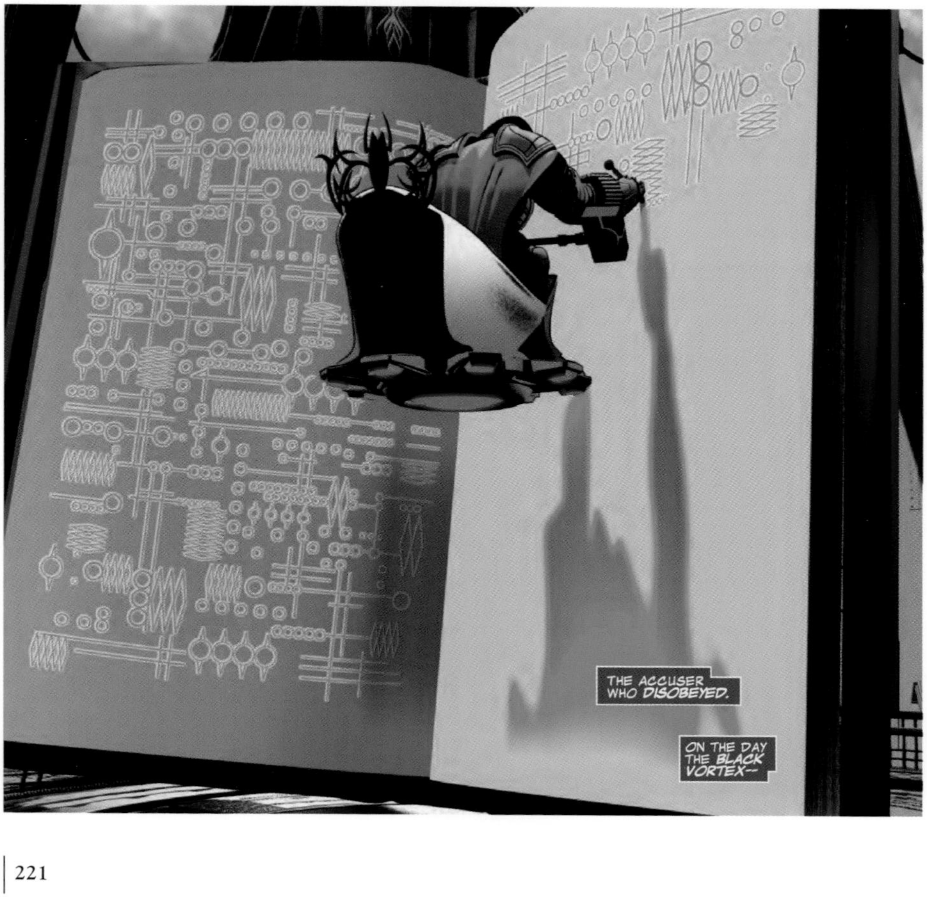

Lancre Town

Tierra de brujas

Lancre Town es la capital del pequeño reino de Lancre, situado en las Montañas del Carnero, cerca del eje y de las montañas del Cori Celesti. La encontramos al norte de Ankh-Morpork y las Llanuras de Sto, y al oeste de Überwald. Aunque Lancre tiene unas dimensiones de 40 por 10 millas, parece mucho más grande desde dentro. Esto es debido al alto nivel de magia que se encuentra en todo el territorio, que produce que dos objetos que parecen cercanos estén separados por más de dos millas de distancia. Atravesado por el traicionero río Lancre y su afluente Floove, en Lancre viven unos 500 habitantes, pero la mayoría se concentran en Lancre Town, la capital, llamada simplemente Lancre por sus vecinos, a los pies del humilde Castillo del Rey. El resto de la población se reparte en pequeñas aldeas con nombres como Culo de Mar Asiento, Armiño Loco (que podría ser parte de la misma Lancre Town si no fuera por el escarpada acantilado que las separa), o Slippery Hollow, una colección de cabañas famosa por su fantasmagórico caballo sin cabeza (que no tiene nada que ver con el otro jinete sin cabeza). La lengua oficial de Lancre es el Morporkiano, y no existe una religión muy definida en esta ignota parte montañosa del mundo. Eso sí, los lancrenianos creen en todo aquello que no pueden ver y siempre hacen caso a sus brujas, que ejercen como médicos, confesoras y, en muchas ocasiones, como las verdaderas dueñas de Lancre, por encima del Rey. Los caminos de este reino están bien marcados cada diez árboles, aunque no es muy difícil perderse en la montaña. Esto se hizo para encontrar el camino cuando la nieve es muy profunda en invierno… o a altas horas de la madrugada cuando la posada ha cerrado y llevas unas cuantas pintas en el cuerpo.

Lancre Town destaca, sobre todo, por su amplia plaza, donde cada sábado hay mercado de productos del campo. Todas las familias de las poblaciones de alrededor bajan (o suben) al pueblo para vender los sobrantes de leche, productos de la huerta, alimentos varios o piezas de artesanía en el mercado de forma pentagonal que hay en el centro de la Plaza. En la plaza encontramos varios establecimientos como la famosa fragua de Jason Ogg, uno de los mejores herreros del Mundodisco (con clientes tan importantes como la mismísima Muerte); la posada Goat And Bush, donde podrás disfrutar, brevemente, de un chupito de Esfumino, bebida alcohólica de altísima graduación hecha, sobre todo, de manzanas auténticas de Lancre, como la Lancre Blackheart, la Golden Disagreeable o la Green Billet; el almacén general de los Quarney; la tienda de prendas de Obidiah Carpenter; la peluquería de la Señora Diacon; o la panadería

de Bestiality Carter, donde puedes comprar los famosos pastelitos de manzana de Lancre. El Castillo Real se sitúa al oeste del pueblo, sobre un risco atravesado por un puente de piedra. Lancre no tiene ejercito, así que los hombres del pueblo se turnan para hacer guardia en la puerta. A las afueras de Lancre Town, al norte, encontramos monumentos antiquísimos de origen incierto como las ocho piedras circulares de los Danzarines (portal que conecta con el mundo de las hadas), o la piedra grande y erguida del Hombre Largo… existen algunos recuerdos muy vulgares e inapropiados a la venta en Lancre Town que "presuntamente" representan este monumento y algunas de las leyendas indecorosas que circulan sobre él.

QUÉ VISITAR EN LANCRE TOWN

CASTILLO

El hogar de los reyes de Lancre es el orgullo arquitectónico de la nación, aunque mucho de los habitantes de este pequeño país hagan más caso a las brujas de la zona que al legítimo Rey. Poco espectacular, de planta cuadrada, con cuatro torres coronadas (Hubward, Widdershins, Turnwise y Rimward, dos de ellas dan a un acantilado insondable), el Castillo de Lancre tiene un bello jardín amurallado donde encontramos la pajarera de los halcones reales de cetrería (siempre picando a su cuidador), o la famosa Galería Larga, donde podemos admirar todos los cuadros de los grandes monarcas de Lancre.

EL POZO DE CABB

Uno de los muchos espectáculos mágicos de Lancre: un pozo de piedra rodeado de monedas que nadie toca. Cabb, el granjero propietario de las tierras, vio en alguna ocasión como esas monedas salían del agua con fuerza y aterrizaban en la tierra. Magos de la Universidad Invisible estudiaron el raro evento y llegaron a la conclusión que este pozo conecta con un pozo de los deseos de un mundo alternativo. El bueno de Cabb no coge nunca ninguna moneda, no vayan a responsabilizarle de los deseos que piden los habitantes de ese otro mundo. Si tienes suerte, verás como sale alguna moneda mágicamente de su interior.

DE LA REALIDAD A LA FICCIÓN

Junto a Ankh-Morpork, Lancre Town es la ciudad del Mundodisco que más veces aparece en los 41 libros que Terry Pratchett escribió sobre este divertido y mágico mundo. Lancre protagoniza casi todos los libros de las Brujas: *Ritos Iguales* (1991), *Brujerías* (1992), *Brujas de viaje* (1994), *Lores y Damas* (2002), *Mascarada* (2006) y *Carpe Jugulum* (2008), aunque también sale nombrado en muchos libros de la serie, como los más juveniles dedicados a la joven bruja Tiffany Dolorido.

Lankhmar

Ciudad de los ciento cuarenta mil humos

Lahkhmar, capital del reino mítico de Nehwon, es conocida como la Ciudad de los ladrones, la Ciudad de los ciento cuarenta mil humos (por su densa niebla), la Ciudad de la Toga Negra o, si quieres ser blasfemo, la Ciudad de los malditos huesos negros. Situada en el oeste de Nehwon, tiene por frontera natural en el norte y el oeste al Mar Interior y al río Hlal. Al este encontramos varios pantanos de sal, e interminables campos de grano y una extensa llanura al sur. Se puede acceder a las murallas de Lahkhmar por el Muelle Real del Palacio de Arco Iris, los dos muelles del río Hlal, la tres puertas del sur (Grano, Grande y Final), o la Puerta del Pantano en el este, por la Carretera del Patio. La ciudad se ha mantenido en su actual emplazamiento durante más de tres siglos, y es la más antigua y más grande de Nehwon… aunque también es la más decadente y peligrosa. La riqueza de Lankhmar está en el grano, grandes campos de trigo ocupan las tierras fértiles del sur de la ciudad. Todo el cereal cosechado es traído a Lankhmar y almacenado en varias torres del grano, distribuidas alrededor de los dos muelles del río Hlal.

Ciudad populosa y laberíntica, es bueno que el viajero no se interne en algunas de sus muchas callejuelas oscuras y siga la senda de sus calles más populares: como la Calle de los Dioses, que atraviesa toda Lankhmar desde la Puerta del Pantano hasta los Muelles del Norte; la Calle de los Pensadores, paralela más al sur de la anterior, donde podemos encontrar el famoso Merca-

THE SILVER EEL

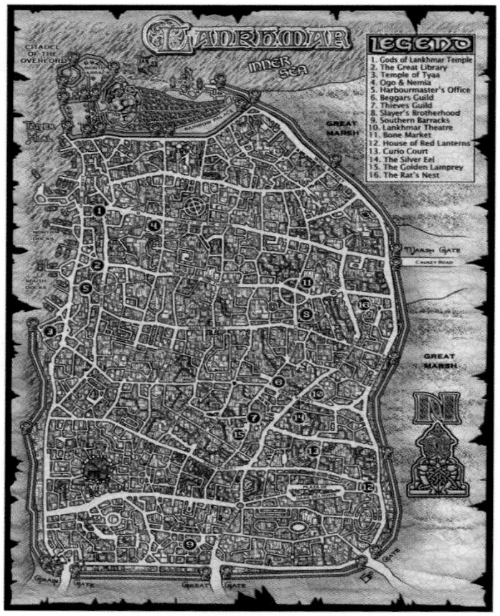

do de Huesos o la Gran Biblioteca, con libros antiquísimos de incalculable valor; o la vertical Calle del Carretero, que comienza en el sur, en la Puerta Grande, y muere en la Calle de los Dioses, donde encontraremos la famosa taberna La Anguila de Plata y el Teatro de Lankhmar. Si el viajero tiene buen acero y es ducho en el manejo de este no tendrá ningún problema en pasearse a lo largo y ancho de la Ciudad de los Ladrones y visitar lugares como el maldito Templo de Tyaa, cerca de los Muelles del Sur, el Templo de Aarth, al final de la Calle de los Dioses, el Santuario de la Virgen Negra y la Fuente de la Oscura Abundancia, en la peligrosa Plaza de las Delicias Oscuras, o algunos de sus pintorescas pero poco recomendadas tabernas, como la Lamprea Dorada o el Nido de la Rata. Al Norte de Lankhmar se alza el centro de poder del Imperio de Nehwon, el edificio amurallado de la Ciudadela del Señor, con el Bosque Real, el Palacio de Arco Iris, los Barracones del Norte o el Muelle Real.

QUÉ VISITAR EN LANKHMAR

PALACIO DEL ARCO IRIS

Este espectacular palacio se encuentra en el interior de la Ciudadela del Señor, en el norte de Lankhmar, rodeado de murallas que dan al Mar Interior y al río Hlal. La belleza de este palacio de estilo barroco no es su arquitectura, sino los elementos utilizados en su construcción, con piedras de muchos colores que dan la sensación de parecer un gran arco iris pétreo y viviente de noche, cuando es iluminado con linternas de varios colores. El Palacio está rematado con varios minaretes cuadrados y es el hogar del Señor Supremo de Lankhmar y los miembros del Consejo Interno.

TEMPLO DE LOS DIOSES

El edificio principal de la Calle de los Dioses podemos encontrarlo en la parte oeste de la ciudad, cercano al Muelle del Norte y a las grandes torres de cereales del puerto. Es un edificio negro, de una sola planta redonda desproporcionadamente baja comparada con la alta torre del campanario que surge de uno de sus laterales. La profecía dice que el sonido de su campana despertará a los dioses muertos de Nehwon... por eso permanece en silencio.

DE LA REALIDAD A LA FICCIÓN

Lankhmar y la tierra de Nehwon es donde suceden las mayorías de aventuras fantásticas de Fafhrd y el Ratonero Gris, creados por el escritor norteamericano Fritz Leiber (1910-1992) y su amigo Harry Otto Fischer (1910-1986) en 1934. Fischer fue el inventor de la geografía de Lankhmar. La primera novela de Fafhrd y el Ratonero Gris escrita por Leiber fue *Gambito del adepto* (en 1936) y la última colección de cuentos se publicó en 1988. Leiber y Fischer se inspiraron en la Sevilla del siglo XVI para la particular geografía de Lankhmar.

Luthadel

El centro del Imperio Final

Ubicado en el centro del Dominio Central, Luthadel es el centro cultural y político del Imperio Final del Scandrial. Atravesado por el río Channerel, es la única ciudad amurallada de todo el Imperio, aunque se trata más de una muralla ornamental, de prestigio. La mayoría de ciudades de los diversos Dominios del Imperio (Central, Sur, Norte, Occidental y Oriental) han construido sus ciudades en fortificaciones naturales; como Fadrex, que está rodeada por afloramientos rocosos que actúan como barrera natural contra los ataques externos. En el 1022 FE, Rashek de Terris era un poderoso mago allomancer que pudo controlar el Pozo de la Ascensión convirtiéndose en un inmortal protector de la humanidad contra la Ruina gracias al poder de la Preservación. Ya como Señor Regente del Imperio Final, Rashek cambió la geografía de la zona, quitando las montañas que rodeaban el Pozo y construyendo encima el Palacio de Kredik Shaw y parte de la ciudad de Luthadel. Los viejos barrios de la Capital del Imperio rodean la gran plaza de los negros pinchos del Palacio, aunque ha desaparecido la pri-

mera muralla que guardaba estos barrios. Por ejemplo, el distrito de Old Gate al oeste se llama así porque albergaba parte del muro y una entrada desde el exterior. Al norte de la ciudad encontramos los Pozos de Hathsin, donde se recoge el preciado Atium.

Se puede acceder a esta gran ciudad a través de una de las ocho puertas que la rodean, con nombres como Acero, Hierro, Bronce, Cobre, Latón, Zinc, Peltre y Estaño, denominaciones provenientes de las diversas minas cercanas que convierten a Luthadel en la capital metalúrgicas del Imperio. Aparte de la eterna ceniza que proviene del cercano Tyrian, Luthadel también produce humo negro de las miles de chimeneas de las diversas fraguas del Distrito Industrial, al este de Kredik Shaw. Alrededor de la ciudad vieja se concentra la mayoría de los mejores barrios, como el Distrito Hotel, el Distrito Comercial que nunca cierra, o Blockstreet. Aunque también encontramos barrios laberínticos y oscuros llenos de construcciones insolubles como Los Gemelos, Brassgate o Sootwarrens, nada recomendados para el visitante. En la capital encontramos varios edificios importantes dedicados al Ministerio del Acero, organización gubernamental del Imperio, como el religioso Cantón de la Ortodoxia, el financiero Cantón de las Finanzas, el comercial Cantón de los Recursos y el peligroso Cantón de la Inquisición, brazo armado del gobierno. Todos están cerca de Kredik Shaw, menos el Cantón de Finanzas, en pleno Distrito Comercial, por supuesto. También es imprescindible visitar alguna de los edificios de las grandes casas de nobles, como los Venture, Hasting, Elariel o Tekiel. Aunque Luthadel esté repleta de lugares impresionantes en cada esquina, siempre puedes alquilar una barca en el Canal de Luth-Davn, en la orilla occidental del Channerel, y hacer una visita relámpago a la ciudad vecina de Haverfrex, situada más al norte.

QUÉ VISITAR EN LUTHADEL

KREDIK SHAW

También conocida como la Colina de las Mil Agujas, es el palacio del Lord Gobernante del Imperio Final. Está situada en el centro de Luthadel y todas las calles principales que surgen de las ocho puertas de entrada desembocan en la gran plaza redonda que lo aloja. Kredik Shaw tiene muchos picos de torres de diversos volúmenes que se elevan en el aire. Algunos son suficientemente grandes para albergar habitaciones y escaleras, pero muchos son únicamente barras delgadas de metal negro. En el interior más profundo de Kredik Shaw se encuentra el Pozo de la Ascensión, la manifestación del poder de la preservación, un fragmento del Adonalsium, piezas del poder de la creación.

LAGO TYRIAN

Situado al oeste de Luthadel, frontera entre los Dominios Central, Occidental y Sur, encontramos el gran Lago Tyrian, y una oportunidad única para apreciar en vivo y en directo el poder increíble de una Montaña de Ceniza, el volcán Tyrian. Para evitar el calentamiento del planeta al estar demasiado cerca del sol, Rashek creó siete Montañas de Ceniza, quienes no paran de expulsar al cielo nubes masivas de ceniza para impedir el recalentamiento global. Aparte de Tyrian, están Zerinah y Doriel (Dominio del Sur), Faleast (Dominio Oriental), Morag y Rorinost (Dominio Occidental), y Kalling (Dominio del Norte).

DE LA REALIDAD A LA FICCIÓN

Como Elantris, también en esta guía, Luthadel, el Imperio Final y el planeta Scandrial forman parte del universo Cosmere, creado por el escritor norteamericano Brandon Sanderson. Los podemos encontrar en la serie *Nacidos de la Bruma*, con siete libros publicados entre 2006 y 2016. Luthadel era importante en la primera trilogía de esta serie, compuesta por los libros *El Imperio Final* (2006), *El pozo de la ascensión* (2007) y *El héroe de las eras* (2008). En 2019 se publicará el octavo libro de la saga: *The Eleventh Metal*.

Minas Tirith

La torre de guardia

Capital de Gondor, el gran mundo de los hombres entre la Tercera y la Cuarta Edad del Sol de la Tierra Media, Minas Tirith está situada en el este de la Montaña Mindolluin, la última de las Montañas Blancas, rodeada por el Rammas Echor, una gran pared anillada que circunda los Campos del Pelennor. Al norte encontramos el Bosque Gris, y al este está el Gran Río Anduin, la ciudad de Osgiliath y la gran muralla de montañas que separa Mordor de Gondor. Minas Tirith se encuentra emplazada donde antiguamente se encontraba Minas Anor (La Torre del Sol), construida en el 3320 SA por Anárion, cuando Osgiliath era la capital de Gondor. Fue el rey Taondor quien trasladó la casa del Rey a Minas Tirith en el 1640 TA, que comenzó a crecer como uno de los referentes arquitectónicos de la Tierra Media. Llamada la Torre de Guardia, la Ciudad de los Reyes o la Ciudad Blanca, sus primeros muros fueron edificados por Ecthelion II, padre de Denethor II. Tras lo acontecido en la Guerra del Anillo, el rey Elessar-Aragorn comenzó la restauración de la Ciudad Blanca y refundó la línea de los reyes de Gondor, en una nueva era de plenitud para el hombre.

Minas Tirith está dividida en siete niveles de cien pies de altura cada uno rodeados de murallas blancas de piedras. Las puertas que conectan cada nivel están situado en el lado contrario de la puerta anterior, así que el paseo desde la Gran Puerta de entrada a la Ciudad Blanca hasta legar al Séptimo Círculo, donde encontramos la Ciudadela y la Casa del Rey, a 180 metros de altura, te permitirá visitar todas las calles principales de la ciudad en un camino que hace zigzag cuesta arriba. La gente de Gondor está acostumbrada, pero te hará falta tener buenas piernas para subir y bajar tantas escaleras. La nueva Gran Puerta fue reconstruida con acero y mithril al inicio de la Cuarta Edad y brilla con

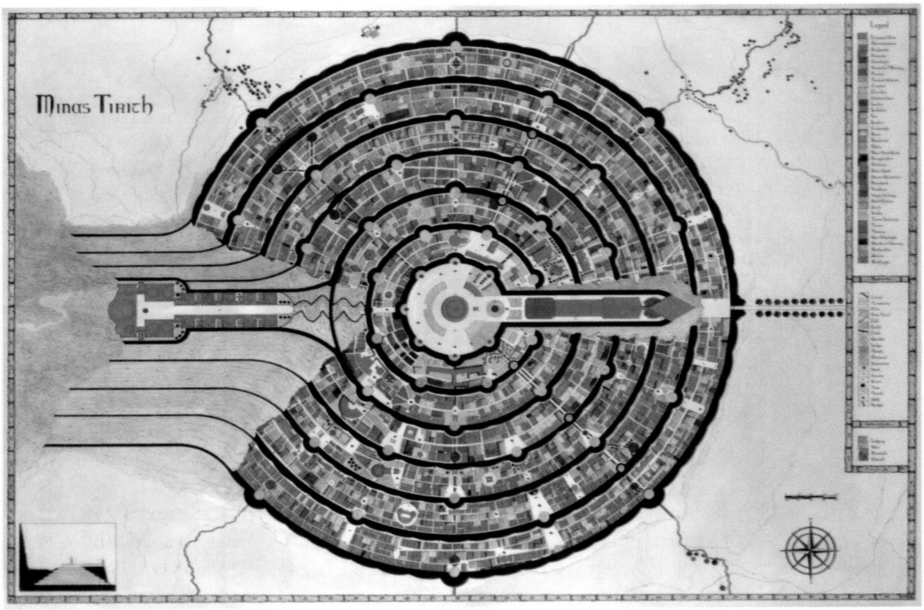

intensidad sobre los Campos del Pelennor. En el Primer Círculo encontramos una gran plaza justo detrás de la Gran Puerta y la calle Rath Celerdain, que recorre toda la muralla. En esta primera planta se concentra casi todos los edificios del ejercito de Gondor, caballerizas, fraguas, almacenes de almas, etc., pero también está el famoso Mercado del Sur, donde los gondorianos compran y venden sus productos, aunque existen tienda de alimentos en casi todos los círculos. La mayoría del pueblo llano de Minas Tirith vive en los tres primeros círculos, pero los viajeros suelen quedarse en la Hostería Vieja de la Calle de los Lampareros en el Primer Círculo, un gran edificio de piedra con numerosas ventanas y un pórtico con columnas. En el Cuarto y Quinto Círculo se encuentra las grandes mansiones de la gente más noble de Gondor, con sus amplias terrazas con vistas a la extensa llanura. En el Sexto Círculo podemos visitar el sereno edificio de las Casas de Curación, casi lindando con el muro sur, el hospital de la Ciudad Blanca, rodeada de jardines y un prado arbolado que invita al descanso y la sanación.

QUÉ VISITAR EN MINAS TIRITH

LA CIUDADELA

El lugar más alto de Minas Tirith, ubicada en el séptimo círculo de la ciudad. En este punto privilegiado de la Ciudad Blanca se encuentran la Casa del Rey, la Torre Blanca de Ecthelion de noventa metros de altura, la Casa de los Huéspedes, el Gran Salón de Merethrond y varios edificios para la Guardia Real de Gondor. Pero el lugar favorito de los visitantes de Minas Tirith es la Plaza del Manantial, donde se alza el Árbol Blanco, símbolo de los Reyes de Gondor, y desde donde se puede admirar una vista espectacular de los Campos del Pelennor, el Gran Río y Osgiliath a 180 metros de altura.

CEMENTERIO DE REYES Y SENESCALES

Uno de los lugares más santos de Minas Tirith. Situado en el Sexto Círculo, se accede a él a través de Fen Hollen, la puerta cerrada custodiada por la Guardia de las Tumbas que solo se abre durante los funerales. Una angosta lengua de tierra comunica Mindolluin con el sexto muro. Siguiendo la

Calle del Silencio, Rath Dínen, entre cúpulas pálidas, salones vacíos y efigies de hombres muertos en días lejanos, podemos admirar las tumbas de los reyes de Númenor hasta llegar a la Casa Mortuoria de los Senescales, una larga cámara de techo abovedado, decorada con tapices, sudarios y estatuas de antiguos senescales fallecidos.

DE LA REALIDAD A LA FICCIÓN

La Tierra Media es el mundo surgido de la increíble imaginación del escritor británico J. R. R. Tolkien (1892-1973) donde se desarrollan las aventuras de *El Hobbit* (1937), la trilogía de *El Señor de los Anillos* (1954-1955) y *El Silmarillion* (1977), tres obras canónicas de la literatura fantástica. Minas Tirith y Gondor son los protagonistas del tercer volumen de *El Señor de los Anillos, El retorno del rey* (1955). Los artistas gráficos Alan Lee (Middlesex, 1947) y John Howe (Vancouver, 1957) plasmaron muy bien la arquitectura de Minas Tirith en las películas de Peter Jackson (Pukerua Bay, 1961) sobre la trilogía del anillo, sobre todo en *El retorno del rey* (2003) .

Munchkin Village

El reino del este

La Villa de los Munchkin es la capital del País de los Munchkin, situada el este de Oz, un gran país de forma casi rectangular rodeado por el Desierto Infranqueable, las peligrosas arenas movedizas, el Gran Yermo Arenoso y el Desierto Mortal. Oz está dividido en cuatro estados más pequeños que rinden pleitesía a la corona y mandato del Palacio Real de la Ciudad Esmeralda: el País de los Quadlings, al sur; el País de los Gillikings, al norte; el País de los Winkies al oeste; y nuestro País de los Munchkin, conocido como el granero de Oz, en el este. Gran parte del país está cubierto de una extensa pradera de césped del color de la esmeralda, y en los alrededores se elevan majestuosos árboles cargados de sabrosos frutos maduros. Abundan extraordinariamente las flores multicolores, y entre los árboles y arbustos revolotean aves de raros y brillantes plumajes. Munchkinland está habitada por gente amable y servicial, la parte occidental de la provincia (la región bordeada por el gran bosque que rodea a la Ciudad Esmeralda) es salvaje, áspera y peligrosa. Ciertas áreas de esta tierra son densamente boscosas, y suelen estar habitadas por bestias feroces. El País de los Munchkin fue gobernado con mano dura por Nessarose Thropp, la Maligna Bruja del Oriente, quien no dudó en utilizar la magia para imponer su férreo gobierno. Nessarose murió aplastada por la casa de la extranjera Dorothy Gale, quien heredó sus mágicos zapatos plateados. Desde entonces, el poder recae sobre el alcalde de Munchkin Village, una de las ciudades más grandes del País de los Munchkin, junto a la ciudad de Sapphire de las Islas de Ozure en el Lago Orizon o la extraña ciudad de Dicksy Land, gobernada por el dictador Dickus Tercero, un reino de Munchkinland donde solo se permite la entrada a la gente rara.

En Munchkin Village todos los edificios son viviendas de una o dos plantas, redondas con grandes techos abovedados de color azul. A plena vista, se asemeja a un campo de champiñones azules. Cada casa tiene un jardín mimosamente decorado con flores exóticas protegido por una valla de color azul celeste. El azul es el color oficial del País de los Munchkin y sus habitantes suelen ir vestidos con unos sombreros cónicos de unos treinta centímetros de altura en la copa, adornados con campanillas que tintinean suavemente con cada uno de sus movimientos. Todas sus ropas son de color celeste, por supuesto. El interior de estas casas están esplendorosamente bien decoradas con telas de diversos tonos cerúleos. Existen pocos edificios importantes en Munchkin Village, hasta su Ayuntamiento es similar a muchas de las casas del resto del pueblo. Siempre puedes encontrar alguna cena y fiesta en alguno de sus jardines cuando el Sol se pone; las más famosas son las que da uno de los hombres más ricos del pueblo, el sabio Boq. El famoso Camino de Baldosas Amarillas nace en la Plaza Central de Munchkin Village, y se recomienda seguirlo si quieres viajar a la Ciudad Esmeralda.

QUÉ VISITAR EN MUNCHKIN VILLAGE

MONTE MUNCH

Aprovecharemos el viaje a Munchkin Village para visitar algunas de las maravillas del País de los Munchkin como el río Munchkin, el Lago Orizon o el Monte Munch, una colina grande y alta loca-

lizada en el extremo más oriental de este país, colindando con el Desierto Mortal. En los más alto del monte hay una zona plana donde viven los Hyups, pero solo se puede contactar con ellos en mensajes portados por águilas pues la montaña es imposibles de escalar, tanto para subir como para bajar.

COLEGIO DE ARTE Y PERFECCIÓN ATLÉTICA

A las afueras de Munchkin Village, en el sudoeste, existe el Colegio de Arte y la Perfección Atlética, fundada por el prestigioso profesor Wogglebug. En este prestigioso college los profesores administran píldoras a sus estudiantes para que adquieran todo el conocimiento intelectual que necesitan. Como se educan por pastillas, el resto del tiempo lo pasan dedicándose a las actividades atléticas, con decenas de campos de atletismo y otras disciplinas deportivas conocidas y desconocidas para los terráqueos. De esta universidad surgen los mejores deportistas de todo Oz.

DE LA FICCIÓN A LA REALIDAD

Munchkin Village es el lugar donde comienza las aventuras en Oz de Dorothy Gale, la protagonista de *El maravilloso Mago de Oz* (1900), escrito por el estadounidense L. Frank Gaum, cuando su casa aterriza sobre la Maligna Bruja del Oriente tras un ciclón que la transporta desde Kansas. Gaum escribió trece libros más sobre Oz, como *Ozma de Oz* (1907) o *La Ciudad Esmeralda de Oz* (1910). El escritor Gregory Maguire (Albany, 1954) desarrolló Munchkinland es su libro *Wicked: Memorias de una bruja mala* (1995), que narra la vida de Elphaba, la futura Malvada Bruja de Occidente. Se ha llevado muchas veces Oz al cine, pero sigue sin superarse la película de 1939 de Victor Fleming con Judy Garland como protagonista.

North Village

El pueblo del Rey Aeolus

North Village es un pueblo situado a varios días de viaje al norte de Gap Chasm, en la tierra de Xanth, una península con la misma masa y forma que el Estado de Florida. De hecho, la tierra de Xanth es un universo alternativo por el que se puede entrar desde algunos puntos claves de Florida, nuestra Tierra, a la que los oriundos de Xanth llaman Mundania. Esta península es un lugar altamente mágico y cada habitante de sus tierras tienen algún talento mágico único, desde los seres vivos hasta los inertes: montañas, espadas, lagos, etc. Aparte de humanos, viven en Xanth muchas especies míticas que ya no tienen un lugar en nuestro mundo, como dragones, quimeras, ninfas, arpías, grifos, centauros, goblins y muchos más. North Village se encuentra en el llamado Xanth Norte, separado del Xanth Sur por

el gran cisma del Gap Chasm protegido por el Gap Dragón, que impide que la gente lo cruce alegremente. Al este de North Village encontramos las cinco regiones prohibidas (Vacío, Agua, Fuego, Tierra y Aire), dominadas por un elemento clave de la naturaleza y la magia. Rodeado por el río With-a-cookie y el río Fish, North Village es famoso por haber sido el lugar de nacimiento del rey Aeolus, quien se convirtió en el decimoctavo rey humano de Xanth en el 971, sucediendo a Humfrey. Los centauros cerca de North Village respetaban a Aeolus y éste les había ayudado en más de una ocasión. Durante una infestación de luciérnagas en la zona, Aeolus invocó mágicamente una tormenta de cinco días que ahogó a las luciérnagas. Durante su reinado, North Village fue la capital de Xanth. Actualmente, la capital se encuentra situada en el Castillo de Roogna, al sur del Gap Chasm.

North Village es un pequeño pueblo amurallado con empalizada con unas cincuenta casas, dispuestas alrededor de cinco grandes calles, construidas con arcilla, piedra o madera. Casi todas tienen una letrina situada al aire libre. A las afueras de este asentamiento norteño se pueden encontrar a los famosos Cactus de Aguja, que pueden mágicamente lanzar sus peligroso dardos a los visitantes no deseados si no se pronuncia antes la palabra clave (que es "Hold, Friend" para el turista). Aunque North Village haya perdido la gracia de los tiempos del Rey Aeolus, aún queda en la ciudad la vetusta mole de piedra de la mansión del rey o el gran anfiteatro al sur, donde se realizan obras de teatro u otros espectáculos. Fuera de la empalizada existen varias granjas de cultivo de bulbos de luz o semillas de leche, y la caza no escasea nunca en los bosques del sur.

QUÉ VISITAR EN NORTH VILLAGE

EL ÁRBOL DE JUSTIN

Justin era un habitante de North Village que fue transformado en árbol por el Mago Trent. Conserva algunas características humanas como hojas con forma de manos y corteza del color de la piel humana. Está plantado en el borde de North Village y se dedica a dar consejo a muchos pueblerinos de esta villa que se sientan a su sombra para comentarle sus problemas. Su experiencia como hombre y como árbol le han dado una perspectiva y objetividad muy apropiadas para el cargo que desempeña con orgullo.

LOOKOUT ROCK

Lookout Rock es un promontorio ubicado cerca de North Village. Aunque no se trate de un monte muy elevado, la magia situacional de Xanth lo convierte en uno de los sitios estratégicos más importante de la Península, pues al subir a su cima veremos una cuarta parte de las tierras mágicas de Xanth, cosa sorprendente porque no tiene mucha altura. Visto desde lejos es un promontorio ralo y desnudo en el que no encontraremos ni un mísero liquen.

DE LA FICCIÓN A LA REALIDAD

North Village y el mágico reino de Xanth, tan parecido a la Florida terrestres, son obra de la imaginación del autor británico Piers Anthony (Oxford, 1934) que comenzó con *Un hechizo para camaleón* (1977) y que lleva 41 novelas publicadas (y creciendo): la última ha sido *Ghost writer in the sky* (2017). Como Terry Pratchett con su Mundodisco, Xanth es también una saga literaria donde el humor se encuentra con la fantasía. Anthony ha escrito muchos más libros fantásticos con otros mundos, pero el éxito de las novelas sobre Xanth le obligan a entregar una por año.

Nueva Crobuzón

Llegando a la Estación de la Calle Perdido

Podemos encontrar a la ciudad-estado de Nueva Crobuzón en el continente Rohagi del mundo Bas-Lag. Situada a una diez millas tierra adentro de la costa oriental de Rohagi, toda la ciudad ha crecido alrededor de los ríos Tar y Canker, repleto de muelles navegables. Al este de Nueva Crobuzón se encuentra el Océano Hinchado, limita al sur con las Colinas Mendicantes, las Colinas Bezhek al norte (con las ruinas de Suroch) y las Montañas del Zapato Danzante al oeste (y el gigante Lago de la Garra Fría mil millas más allá). Aunque la ciudad es grandiosa en extensión, existen varios asentamientos agrícolas a sus alrededores, como Tarmuth. La ciudad es capaz de controlar el clima gracias a su motor aeromórfico, aparato prodigioso que lleva sin funcionar demasiado bien los últimos doscientos años. Crobuzón era un pequeño pueblo en el estuario del río Tar que fue atacado por piratas alrededor del año 100. Los supervivientes huyeron río arriba y crearon Nueva Crobuzón, donde está situado el barrio de Brock Marsh. Alrededor del año mil comenzaron las negociaciones mercantiles con los khepri y emergió victoriosa de las Guerras del Pirata en el 1544. Un poco más tarde comenzarían la gran migración de los khepri, situándose en guetos alrededor de la ciudad. Aunque los humanos de Nueva Crobuzón son la especie dominante, encontramos khepis, cactacaes, garudas y otras razas increíbles de Bas-Lag. El gobierno de la ciudad-estado se define como república parlamentaria pero en realidad es una oligarquía autoritaria, colonialista, corrupta y mercantilista.

Una ciudad tan grande está llena de maravillas, con barrios ricos y acomodados como Chnum o Canker Wedge, y barrios pobres y peligrosos como Los Chimer, Dog Fenn o Las Salpicaduras. Necesitaremos una buena guía, o un buen guía, y varias semanas para apreciar toda su belleza: como las zonas de cactacaes de Abrogate Green o Glasshouse; la carcasa gigante mágica del esqueleto de Bonetown; los laboratorios necroquímicos o taumatúrgicos de Brock Marsh, el distrito científico; guetos khepis como Creekside o Kinken; las suntuosas casas escarpadas de las calles del barrio financiero de Flag Hill; las nobles calles anchas y los edificios barrocos elegantes de Gidd; el teatro y el ambiente liberal homosexual de Howl Barrow; los muelles concurridos de Kelltree; la prestigiosa Universidad de Nueva Crobuzón en Ludmed; el barrio antiguo de Nigh Sump con el famoso Glasheim y sus bellas fachadas de vidrieras en la Piazza della Settimana di Polvere; las casas antiquísimas de Petty Coil, con mil años de antigüedad; el barrio bohemio de

Salacus Fields; las catedrales y rascacielos de Saltbur; los jardines y el monasterio en ruinas del pobre barrio de Sobek Croix; o Strack Island, el pequeño islote del río Tar donde está situado el Parlamento de Crobuzón y la sede del Alcalde.

QUÉ VISITAR EN NUEVA CROBUZÓN

ESTACIÓN DE LA CALLE PERDIDO

Situado en el barrio del Cuervo, la Estación de la Calle Perdido es el edificio más alto de Nueva Crobuzón, una gigantesca construcción coronada con la Aguja, una torre que se pierde en el infinito. Es el eje ferroviario donde acaban los carriles aéreos y los railes de tierra de toda la ciudad. Es también un edificio del gobierno central, donde se concentran las suites de embajadores de todo Rohagi. Varios barrios viven bajo su sombra, como Spit Hearth, Gidd Oeste, Rim o Sheck.

GLASSHOUSE

Suburbio y gueto de esos humanoides con rasgos de cactus llamados cactacae consistente en un invernadero gigante redondo para preservar los niveles de temperatura y humedad de los desiertos de esta raza vegetal. Aunque solo un tercio de la población de cactacaes de Nueva Crobuzón pueden vivir en su interior y muchos se concentran en el barrio de Riverskin, alrededor de Glasshouse. Tendrás que contentarte con verlo desde fuera porque solo se permite la entrada a los cactacaes. quienes tienen bastante independencia política con el resto de la ciudad-estado.

DE LA FICCIÓN A LA REALIDAD

El planeta de Bas-Lag, los continentes de Rohagi y Bered Kai Nev y la ciudad-estado de Nueva Crobuzón se pueden rastrear en los libros del autor británico China Miéville (Norwich, 1972), un mundo con varias razas donde coexisten la magia y la tecnología de estilo steampunk. Por ahora, Miéville ha publicado tres novelas, *La Estación de la Calle Perdido* (2000), *La cicatriz* (2002), *El Consejo de Hierro* (2004), y el relato corto *Jack*, que se puede encontrar en el libro de cuentos *Buscando a Jake* (2005). El primer libro ha ganado diversos premios, como el August Derleth de la Sociedad Fantástica Británica, el Arthur C. Clarke de 2001 y el español Premio Ignotus de 2002.

Oxford

La gran universidad de Brytain

No debemos confundir Oxford con nuestro Oxford británico aunque tenga muchos puntos en común con él. Para empezar, este Oxford está situado en una tierra paralela en la isla europea de Brytain, regida por el Magisterio, quien vela por la seguridad, el estado y las creencias religiosas de sus habitantes. Todos los humanos de Brytain y la tierra paralela que le dan cobijo van acompañados de un daimonion, una porción de su alma externalizada en un cuerpo zoomórfico que puede cambiar de forma en la juventud hasta que llega a la edad adulta, cuando mantiene una única forma. Los daimonion son parte de los habitantes de Oxford, Brytain y esta tierra, y son una simbología de la personalidad del individuo. Cuando viajes a Oxford te mirarán raro porque no tienes daimonion, y puede que te consideren una verdadera aberración. Eso sí, te recomendamos ni tocar ni hablar con el daimonion de una persona, se considera de muy mala educación y es un gran tabú. Brytain está menos evolucionada tecnológicamente que nuestra Inglaterra y parece estancada a principios del siglo XX o a finales del XIX: cuentan con grandes zeppelines como medio de transporte, por ejemplo.

El Oxford de Brytain es, también, una ciudad universitaria y el centro de la investigación y el saber de todo el imperio. Oxford lleva habitada desde la época romana y se puede admirar parte de un templo de Mithra en los subterráneos del edificio del Fell Press. Oxford está rodeado por tres ríos, el Canal de Oxford, el río Isis y el Cherwell. Se puede acceder a ella por tren (con llegada a la Oxford Railway Station en el este de la ciudad), por el canal de Oxford en barco o en zeppelín con amaraje en la Royal Mail Zeppelin Station del sudoeste. La zona universitaria se concentra en el centro de la ciudad, entre las calles St Giles, Cornmarket Street y Hight Street, y está compuesta por 23 colegios. El más grande y rico es el Jordan College, en High Street, entre el St. Michael College, el Gabriel College y la Biblioteca de Bodley. Es recomendable un paseo guiado por las catacumbas de este gran college, tan grande bajo su interior como en su exterior. En la parte sureste, cercana al río Cherwell, encontramos el segundo college de Oxford, el Madgalen, con su gran torre gótica y su claustro medieval. También está el precioso puente neo-clásico Magdalen que cruza el Cherwell y su excelso Jardín Botánico. En la rivera del Cherwell, a las afueras de Oxford, acampan el pueblo nómada de los giptanos, gente muy fiel que montan unas fiestas nocturnas fantásticas.

QUÉ VISITAR EN OXFORD

OBSERVATORIO RADDCLIFFE

Situado en pleno centro de Oxford, en los jardines entre Woodstock Road y Walton Street, encontramos el Observatorio astronómico de la Universidad de Oxford desde 1773. Un bello edificio consistente en una larga planta principal, una gran planta circular central con varios terrazas para situar estratégicamente los grandes telescopios y una larga planta en forma de decágono con grandes ventanales con vistas en todas dirección y una escalera de caracol de bronce que lleva al tejado superior. El techo está decorado con una estatua de dos grandes Atlas sujetando el mundo.

MUSEO ASHMOLEAN

Como nuestro Museo Ashmolean, este bello edificio neo-clásico alberga parte de la colección que el anticuario, astrólogo y alquimista Elias Ashmole donó a la Universidad de Oxford en 1677. Ob-

jetos que había adquirido a lo largo de su vida como monedas antiguas, libros, grabados y especímenes geológicos y zoológicos. Pero también encontramos cosas fantásticas de este Oxford paralelo, como armaduras de los panserbjyrne u osos acorazados, o espadas y otros objetos de lo giptanos. En su día también albergó algún aletiómetro, hasta que fue prohibido por el Magisterio.

DE LA FICCIÓN A LA REALIDAD

El Oxford de Lyra Belacqua o el Oxford de William Parry son dos mundos paralelos a nuestro Oxford británico creados por el autor Philip Pullman (Norwich, 1946) para su trilogía *La materia oscura*, compuesta por los libros *Luces del norte* (1995), *La daga* (1997) y *El catalejo lacado* (2000). El primer libro de la trilogía sería llevado al cine con el título americano de *La brújula dorada* (2007), donde muchas escenas del Oxford alternativo fueron rodada en el Oxford actual. La película fue dirigida por Chris Weitz y protagonizada por Nicole Kidman, Daniel Craig y Eva Green.

Rivendel

El valle de los elfos

En el año 1697 de la Segunda Edad del Sol, Elrond, el medio elfo, medio hombre peredhil, hijo de Eärendil, abandonó Eregion con lo que quedaba de los herreros elfos Gwaith-i-Mírdain tras la Guerra de Sauron y los Elfos para fundar el refugio de Rivendel (Imladris en élfico, valle estrecho) en un aislado y escarpado valle en la parte más oriental de Eriador (donde se encuentra la Comarca, Bree y el reino desaparecido de Arnor), a los pies de las Montañas Nubladas, sobre la unión entre los ríos Sonorona y Fontegrís. La Gran Casa de Elrond se considera la última casa acogedora al este del Mar, un lugar respetado, refugio para elfos, hombres y otras especies de la Tierra Media de buena voluntad. Rivendel es también un gran pozo de sabiduría con bibliotecas y conocimiento de todas las edades de la Tierra Media. Elrond es un peredhil respetado en todo el mundo conocido: magos, reyes y elfos de Lothlórien o del Bosque Negro piden consejo a Elrond, uno de los más sabios entre los Eldar. Elrond fue uno de los consejeros de Isildur durante la Guerra de la Última Alianza (3430 SE) de los hombres y los elfos contra Sauron de Mordor, y aconsejó a éste la destrucción del Anillo Único, pero Isildur se lo quedó, haciendo caso omiso a su consejo. Thorin Escudo de Roble y su compañía pararían en Rivendel camino de Erebor para enfrentarse al dragón Smaug. Pero el hecho más importante de Rivendel sucedería en el 3018 TE cuando se celebró el Concilio de Elrond que iniciaría la gran Guerra del Anillo y la destrucción definitiva de Sauron y el comienzo de la Cuarta Edad del Sol. El pueblo más cercano a Rivendel es Bree, a dos semanas de camino a caballo.

El Valle de Rivendel está protegido por encantamientos élficos aunque su principal poder es el de la curación y la conservación. Si vienes desde el oeste, a través del Bosque de los Trolls, verás como hayas y robles van sustituyendo a los pinos, mientras el crepúsculo tiene una atmósfera de serenidad y bienestar. Lo primero que sorprende de Rivendel es la paz, solo interrumpida por el continúo rumor del agua de las cascadas donde se encuentran el Sonorona y Fontegrís. La mayor parte de casas del Valle de los elfos están construidas en madera blanca imitando formas de la naturaleza integrándose con el paisaje y los árboles de manera prodigiosa. Se accede a la Gran Casa de Elrond por una pasarela abovedada que la separa de los edificios situados sobre el río y las preciosas cascadas, como los salones de entrada a Rivendel, la espectacular Pasarela de la Cascada y el Salón del Río con la Torre Este, la segunda torre más alta de Rivendel tras la Torre Oeste de la Casa de Enrold. Siguiendo el río llegamos a un pequeño puente que cruza al pequeño bosque que da al gran porche donde se celebró el Concilio de Elrond, situado tras la Gran Casa del medio elfo, la construcción más espectacular de Rivendel con sus torretas y su gran tejado blanco a dos aguas que se mezcla entre las ramas de las hayas del valle. Enfrente de la Última Casa Hogareña se encuentran otras cabañas élficas para hospedaje de los visitantes de Rivendel. Detrás de estos edificios encontraremos la gran fragua donde todavía hacen magia los herreros elfos Gwaith-i-Mírdain.

QUÉ VISITAR EN RIVENDEL

EL SALÓN DEL FUEGO

Aunque en Rivendel existen algunos edificios donde se alojan los elfos de la casa de Elrond, ninguna es tan magnífica como la Última Casa Hogareña, hogar del señor de Rivendel. Una de las partes mas importantes de esta gran casa es la Sala del Fuego, una gran habitación circular rodeada de columnas que desemboca en una gran chimenea siempre encendida todo el año. Decorada con tapices y las alfombras, sillones y sillas más cómodas de toda la Tierra Media, es un lugar de tranquilidad y recogimiento para los elfos y sus visitantes. En las grandes ocasiones se cantan canciones y se cuentan relatos a la luz del gran fuego hasta que amanece.

LA SALA DE NARSIL

En un lugar privilegiado de la Casa de Elrond, rodeada de tapices que cuentan la historia de la destrucción de Saruman por el rey númenóreano de Gondor y Arnor Isuldur, quien despojó del Anillo Único al jefe de Mordor con la espada Narsil de su padre. En un rincón, sobre una estatua, encontramos los pedazos de esta mítica espada forjada por los elfos. Más tarde, cuando la Compañía del Anillo partió para destruir el Anillo Único, Narsil fue reconstruida por los elfos de Rivendel para ser entregada al heredero de Elendil e Isuldur, el dúnadan del norte Aragorn, quien reinó como Elessar Telcontar con la renombrada Andúril (Llama del Oeste) como su espada.

DE LA REALIDAD A LA FICCIÓN

La Tierra Media es el mundo surgido de la increíble imaginación del escritor británico J. R. R. Tolkien donde se desarrollan las aventuras de *El Hobbit* (1937), la trilogía de *El Señor de los Anillos* (1954-1955) y *El Silmarillion* (1977), tres obras canónicas de la literatura fantástica. Rivendel, el Valle de los Elfos, es una las pocas localizaciones que salen en los tres libros sobre la Tierra Media. Aunque las descripciones de Tolkien fueran muy vagas en estos libros, los artistas gráficos Alan Lee y John Howe crearon una ciudad magnífica para las versiones cinematográficas de la trilogía de *El Señor de los Anillos* (2001-2003) y la trilogía de *El Hobbit* (2012-2014) de Peter Jackson.

Sapiencial

En la cabeza de un dios intergaláctico

Podemos encontrar Sapiencial flotando enfrente de la Brecha, el extremo más extremo del espacio-tiempo, más allá del espacio profundo cartografiado. Sapiencial no es un satélite ni una plataforma artificial, es la cabeza de un gigante celestial cercenada cuyo interior se ha convertido en un hervidero de razas extraterrestre que han aportado sus evolucionadas tecnologías para convertir el interior de este dios intergaláctico gigantesco en la estación-refugio de mucha gente. Para el intelecto medio es casi imposible analizar qué clase de ser pudo cortarle la cabeza a la raza más poderosa del universo, pero eso no suele ser un problema para la gente que vive en su interior. La cabeza, aunque inerte, continúa teniendo la energía suficiente para contener una atmósfera propia y una barrera de protección energética frente a cualquier ataque externo, cosa que la convierte en el santuario perfecto para muchas razas. Como estación intergaláctica, Sapiencial está abierta a todas las formas inteligentes del universo mientras tengan intenciones honestas, aunque muchas razas lo utilizan para comerciar con otras especies más adelantadas tecnológicamente. El estraperlo está a la orden del día en los pasillos de Sapiencial, cosa que intentan impedir a toda costa las fuerzas de seguridad de la estación, comandada por el perro telepático y telequinético Cosmo, un

canino soviético perdido en la carrera espacial rusa alrededor de 1960. Sapiencial es famoso en todo el universo por tratarse del puesto de control de los Guardianes de la Galaxia.

Aunque Sapiencial comenzó siendo algunos pasillos pocos profundos, un mercado, la plataforma de exploración y poco más, muchas razas han encontrado dentro del cráneo del celestial materiales y minerales muy preciados, convirtiendo la estación en un laberinto de túneles, excavaciones mineras, zonas de ocio, cuadrantes especiales para ricos con hoteles y habitaciones excelsas, y zonas de mineros donde las sucias chabolas se amontonan sin orden en grandes pasillos de metal. Antes de iniciar un paseo por Sapiencial, recomendamos seguir las instrucciones al pie de la letra de las fuerzas de seguridad y hacernos con un pasaporte-pulsera que nos permitirá la teleportación instantánea entre cuadrantes. Ten en cuenta que la cantidad de razas que podrás encontrar en Sapiencial supera la imaginación humana y la etiqueta es oro puro en esta estación espacial. Ten cuidado con según qué gestos o expresiones que podrían resultar insultantes para algunas de estas especies. Recomendamos llevar conectada siempre la guía de etiqueta intergaláctica portátil, sobre todo si estás bebiendo en el famoso Bar Starlin, donde podrás disfrutar de todas las comidas y los cócteles del universo, como la bebida Titán Loco, servida en una copa del infinito.

QUÉ VISITAR EN SAPIENCIAL

PLATAFORMA DE OBSERVACIÓN

En el interior de la cabeza gigante de este celestial muerto hay muchas maravillas para ver y hacer (sobre todo si tienes créditos en tu tarjeta), pero pocos espectáculos son tan impresionantes como las vistas desde la Plataforma de Observación, en la parte superior de Sapiencial. Desde allí se puede admirar la brecha, el desgarro espacio-temporal cercano a Sapiencial. La tecnología de varios razas galácticas ha transformado la sala en un observatorio tan avanzado que podemos ver las estrellas de galaxias situadas a billones de años luz de distancia, y siempre hay astrónomos de varias razas que estarán encantados en darte alguna clase supercomplicada sobre física astronómica.

MERCADO CENTRAL

El espacio más grande de todo Sapiencial ocupa todo un cuadrante de la cabeza de este celestial. Imagina el zoco más grande de la Tierra repleto de maravillas de todo el mundo y multiplícalo por mil. El Mercado de Sapiencial está lleno de razas y productos de todo el universo, del pasado y del futuro (aunque la venta de tecnología del futuro esté prohibida por las fuerzas de seguridad de Cosmo). Recomendamos planear la ruta y las compras con cuidado, o puedes acabar sin créditos con tan solo haber pisado tres tiendas. Recuerda que algunas razas son telepáticas, así que es mejor negociar con un buen anulador mental.

DE LA FICCIÓN A LA REALIDAD

Sapiencial hizo su primera aparición en el número 8 del cuarto volumen de la serie *Nova* de Marvel, publicado en 2008. Creada por los celebres guionistas británicos Dan Abnett (1965) y Andy Lanning, y el dibujante brasileño Wellinton Alves, Sapiencial se convertiría pronto en la sede de los Guardianes de la Galaxia tras los hechos acontecidos en Annihilation (2005-2007). El director James Gunn centró parte de la primera película de *Guardianes de la Galaxia* (2014) en Sapiencial, como estación minera y sede de Taneleer Tivan, conocido como el Coleccionista.

Tarantia

En el reino de Aquilonia

Tarantia es la capital de Aquilonia, uno de los reinos más ricos y expansionistas del continente Thurio en la Era Hiboria. Este país occidental está bordeado por Zingara al suroeste, Picto al oeste, Cimmeria al norte, Nemedia al este, y Ofir y Argos al sur. Aquilonia mantiene contactos comerciales con otros pueblos marítimos de Thurio gracias a que los ríos navegables Khorotas y Shirki, este último es un afluente del río de Trueno que atraviesa Zingara. Tarantia está situada en la zona central de Aquilonia, regado por el río Khorotas y cerca de las Montañas Poitainias. Tras el final de la Edad Thuria y el hundimiento de Atlantis y Lemuria bajo el océano, Aquilonia surgió como uno de los más poderosos reinos hiborianos, con una historia muy dinámica y un afán colonizador y civilizador uniendo muchos clanes diversos. Aunque en la actualidad las diversas razas de Aquilonia estén muy mezcladas la provincia de Gunderland del norte está dominada por los antiguos aquilonios, rubios y de ojos azules. Más al norte, entre Cimmeria y Aquilonia, existen las tribus bossonianas, una raza diferente a los gunderlandianos, siempre en continúa guerra con los pictos.

Actualmente, Tarantia ha crecido gracias a la influencia comercial y civilizada de los poitainanos del sur, siempre en negocios constantes con el reino Zingaro, y los attaluenses del sureste. Las conquistas aquilonias también han provocado el enriquecimiento de la capital, que en un par de siglos ha visto como toda una gran ciudad crecía en el lado oeste del río Khorotas, mucho más brillante y monumental que la llamada Vieja Tarantia, un montículo sobre el río donde encontramos el Palacio Real, el Templo de Mitra, el antiguo Mercado, viejos palacios de la nobleza aquilonia y algunas de las tabernas más famosas de todo este país hiboriano. Si llegas a Tarantia por el río lo primero que verás será las dos grandes torres faro que siempre están iluminadas y que indican el camino de noche a la ciudad, una a cada lado del río. Sobre los siempre bulliciosos muelles del Khorotas, en la parte más occidental de Tarantia, se alza toda una nueva y agitada ciudad donde destaca el Gran Mercado donde se pueden encontrar productos zíngaros o nemedianos traídos en grandes cargamentos desde más allá de las fronteras de Aquilonia. Desde que Conan impuso su reinado, se han erigido templos dedicados a diversos dioses en esta zona nueva de la ciudad, como el cimmerio Crom, la fertilidad de Ishtar o el dios de la guerra Bori, aunque el Rey ha prohibido el culto al dios serpiente oscuro Set de Estigia en todo el reino.

QUÉ VISITAR EN TARANTIA

TEMPLO DE MITRA

Aunque los sacerdotes de Mitra valoran la sencillez estética, el Templo de este dios hiboriano adorado en masa en Tarantia es una de las joyas arquitectónicas de la capital de Aquilonia. Situado cerca del puerto fluvial en una gran plaza bajo la sombra del Palacio Real, el edificio blanco del templo es una gran construcción redonda adornada con varias torres níveas de cúpulas doradas anexadas al edificio central. Podemos apreciar el símbolo del fénix de Mitra tanto en los frisos encima de la sencilla puerta de entrada como en las paredes del interior del templo en grandes frescos pintados con pintura de oro. En el centro de la gran sala circular del templo encontramos la figura de Mitra, representada como un hombre barbudo apolíneo sentado en un trono. En una de las capillas interiores del templo todavía podemos hallar la estatua del rey Numedides, adorada por los contrarios al rey Conan.

PALACIO REAL

El palacio de Tarantia está construido sobre un elevado promontorio al otro lado de río Khorotas, en la zona amurallada del Viejo Tarantia, y se puede acceder a él por un puente elevado que llega desde el centro de la ciudad nueva. Gran mole monolítica de mármol blanco, se eleva rico y ornamentado sobre el río. Se considera una de las maravillas de Aquilonia, aunque durante la época del Rey Conan la decoración interior es parca y escasa, al gusto de un monarca de ascendencia bárbara y cimmeria. Recomendamos una visita a sus famosas catacumbas, que se pierden en la profundidades del interior del castillo.

DE LA FICCIÓN A LA REALIDAD

Aquilonia, Tarantia y toda la geografía de la Edad Hiboria fueron creadas por el escritor norteamericano Robert E. Howard (1906-1936) para su saga sobre el guerrero cimerio Conan para la revista Weird Tales. *El fénix de la espada* (1932) fue el primer relato publicado de Conan, y ya transcurría con el bárbaro como rey de Aquilonia. Pero la geografía de este rico país del continente Thurio se desarrollaría en el ensayo *La Edad Hiboria*, publicado el mismo año. Otros autores han escrito sobre Conan, Aquilonia y Tarantia, pero el libro más significativo es *Conan el Libertador* (1979) de L. Sprague de Camp (1907-2000) y Lin Carter (1930-1988).

Waterdeep

El esplendor de los Reinos Olvidados

La ciudad-estado de Waterdeep es una de las poblaciones más grandes de las Tierras Medias del oeste del sub-continente de Faerûn en el planeta Abeir-Toril. Este continente fantástico repleto de guerreros y criaturas fantásticas está dividida en varias zonas y reinos, como las Regiones del Norte, las Naciones del Sur, las cavernas infinitas de Underdark o las Tierras Medias, regadas por el Mar de las Espadas. En la Costa de las Espadas, enfrente de las Islas de Whalebones y Ruathyn, cercana a las ciudades de Neverwinter y Daggeford, y rodeada por un extenso valle cercado por las Montañas de las Espadas y las Montañas Estrella encontramos la gran ciudad portuaria de Waterdeep, donde se agolpan más de trescientas mil almas. Los caminos que llevan a la ciudad están bien pavimentados y patrullados, cosa que la convierte en un centro comercial importante, recibiendo minerales ricos del norte y de los reinos mercantiles de Amn y Calimshan. Riquezas que llegan por carretera o por los cien barcos que cada día cruzan su gran

puerto interior resguardado por la gran muralla que conectan la bahía con las islas Stormhaven y Deepwater, donde encontramos los tres fuertes que protegen la ciudad de los ataques piratas: Smuggler's Bane, Outer e Inner. Este puerto de aguas profundas fue quien dio nombre a la ciudad y, como muchos grandes puertos de otros mundos, la actividad comercial ha hecho crecer la ciudad para albergar en sus atestadas calles a casi todas la razas de Faerûn y a todas las creencias posibles. En las Tierras Medias hay un dicho: si existe un nuevo dios seguro que en Waterdeep ya han levantado un templete para adorarlo.

Aguas Profundas se divide en barrios y ha crecido en un rectángulo aprisionado por el mar y el Monte Waterdeep al oeste, y el puerto y el gigante cementerio-parque de la Ciudad de los Muertos, al sur y al este. En el centro de la ciudad, bajo el monte, encontramos gran parte del gobierno de la ciudad, como el Castillo, el Palacio de Piergeiron o las torres de la Montaña y el Báculo Negro. El Barrio del Castillo es rectangular, lleno de viviendas burguesas, tiendas y tabernas, atravesado por la Calle de la Seda, la Calle de la Plata, el Camino del Guerrero, la Calle de la Espada, la Calle de las Campanas y la Calle Mayor, que desembocan en la Calle del Bazar, donde encontramos el gigantesco Mercado de Waterdeep. En días de mercado, estas calles se llenan de carretas que traen el material desde los muelles del sur, repleto de astilleros, almacenes y casas de marineros poco lujosas. Detrás del Mercado encontramos el Barrio de Mountainside, situado al norte de la ladera del Monte Waterdeep (coronado por el cuartel de la guardia aérea de grifos de Peaktop Aarie), donde los comerciantes burgueses enriquecidos con el comercio se han construido coquetas villas buscando en las alturas aires más limpios. Pero si quieres visitar las mejores casas de Waterdeep te recomendamos una visita al Distrito Norte, donde los edificios no se amontonan uno encima de otro y podemos encontrar grandes y verdes jardines bellamente floridos. La mayoría son privados, pero cerca de la Puerta Norte está el Jardín de los Héroes, donde podrás darle un respiro a tus cansados pies.

QUÉ VISITAR EN WATERDEEP

LA CIUDAD DE LOS MUERTOS

El gran cementerio de Waterdeep y pulmón verde de la ciudad. La Ciudad de los Muertos está rodeada de altos muros cuyas puertas están abiertas durante el día, permitiendo la visita a seres queridos difuntos o, simplemente, para disfrutar de un paseo tranquilo entre árboles. De noche, sus puertas permanecen cerradas. Cuentan los lugareños que la guardia no está para vigilar que nadie entre cuando el sol se pone, sino para que nadie salga de sus oscuros muros. En la Ciudad de los Muertos encontraremos grandes santuarios de la altas familias de Waterdeep parecidos a pequeños templos, criptas infinitas y tumbas sencillas.

TORRE DEL BÁCULO NEGRO

Vista desde fuera, la Torre del Báculo Negro parece una simple estructura de unos tres pisos de altura de suave piedra negra, sin ventanas ni puertas. Pero en su interior existen una docena de niveles más, a los que solo se puede llegar utilizando la magia con contraseñas arcanas. Si no has sido curtido en esta disciplina, busca algún alumno que te haga un tour por unas cuantas monedas, y podrás disfrutar de puertas flotantes que llevan a salones repletos de objetos mágicos y arcos de formas imposibles que almacenan estanterías con pociones para casi todo. Las piedras de la torre son mágicas y se reconstruyen solas en un día si han sido atacadas.

DE LA FICCIÓN A LA REALIDAD

Waterdeep y Faerûn formaba parte de *Reinos Olvidados*, uno de los escenarios de campaña del juego de rol Dungeons & Dragons, desarrollado por el diseñador canadiense Ed Greenwood (1959) como campaña privada desde 1975. A partir de 1985 comenzó a publicarse por capítulos en la revista *Dragon*, alcanzando el éxito inmediato. Actualmente, los Reinos Olvidados son un mundo fantástico altamente desarrollado y coherente con muchas ciudades, personajes y tramas que sigue creciendo en forma de campañas o en la literatura, como la saga de seis libros *Ed Greenwood presents Waterdeep*, escritos por varios autores y publicados entre 2008 y 2010.

ÍNDICE POR CIUDADES Y BIBLIOGRAFÍA

Adua
La voz de las espadas, *Antes de que los cuelguen* y *El último argumento de los reyes* / Joe Ambercrombie (Alianza Editorial)

Aldea Oculta de la Hoja
Naruto / Masashi Kishimoto (Planeta DeAgostini)

Alifbay
Harun y el mar de las historias / Salman Rushdie (Random House)

Altárea
The Legend of Zelda: Skyward Sword / Hidemaro Fujibayashi (Nintendo)

Amarganz
La historia interminable / Michael Ende (Alfaguara)

Amaurota
Utopía / Tomas Moro (Ariel)

Ámbar y Rabma
Los nueve príncipes de Ámbar, *Las armas de Avalón*, *El signo del unicornio*, *La mano de Oberón*, *Las cortes del caos* / Roger Zelazny (La Factoría de Ideas)

Ankh-Morpork
El color de la magia, *La luz fantástica*, *Ritos Iguales*, *Mort*, *Rechicero*, *¡Cuardias! ¿Guardias?*, *Imágenes en acción*, *El segador*, *Hombres de armas*, *Tiempos interesantes*, *Mascarada*, *Pies de barro*, *Papá Puerco*, *¡Voto a bríos!*, *El país del fin del mundo*, *El quinto elefante*, *La verdad*, *Ladrón del tiempo*, *Ronda de noche*, *Cartas en el asunto*, *¡Zas!*, *Dinero a mansalva*, *El Atlético Invisible*, *Snuff* y *A todo vapor* / Terry Pratchett (Plaza & Janes / DeBolsillo)

Anvard
El caballo y su muchacho y *El príncipe Caspian* / CS Lewis (Planeta)

Arbolon
La espada de Shannara, *Las piedras élficas de Shannara* y *El cantar de Shannara* / Terry Brooks (Oz Editorial)

Ard
Ardistan und Dschinnistan / Karl May

Arkham
Herbert West-Reanimatod, *El innombrable*, *La llave de plata*, *El color que cayo del cielo*, *El horror de Dunwich*, *La sombra sobre Innsmouth*, *Los sueños de la Casa de la Bruja*, *A través de las puertas de la llave de plata*, *La cosa en el umbral* y *En la noche de los tiempos* / H. P, Lovecraft (Valdemar)

Asgardia
Gylfaginning, *Skáldskaparmál* y *Heimskringla* de Anónimo
Journey into mistery y *El poderoso Thor* / Stan Lee, Jack Kirby y Varios Autores (Panini Cómics)

Astro City
Astro City / Kurt Busiek, Brent Anderson y Alex Ross (ECC Ediciones)

Atlántida
Diálogos / Platón (Espasa)
20.000 Leguas de Viaje Submarino / Jules Verne (Nórdica)
La Atlántida / Pierre Benoit (Debate)
El abismo de Maracot / Sir Arthur Conan Doyle (Valdemar)

Atlantis
Los Cuatro Fantásticos / Stan Lee y Jack Kirby (Panini Cómics)

Attilan
Los Cuatro Fantásticos / *Stan Lee* y *Jack Kirby* (Panini Cómics)

Bagghar
El cangrejo de las pinzas de oro y *El secreto del unicornio* / Hergé (Juventud)

Basin City
Sin City / Frank Miller (Norma Editorial)

Beaulieu
Walled Towns / Ralph Adams Cram

Bekla
Shardik y *Maia* / Richard Adams

Birnin Zana
Los Vengadores / Stan Lee y Jack Kirby (Panini Cómics)
Pantera Negra / Jack Kirby (Panini Cómics)

Blackland
La impresionante aventura de la Misión Barsac / Jules Verne (Círculo de Lectores)

Bowerstone
Fable / Peter Molyneux (Lionheard Studios / Microsoft Studios)

Braavos
Juego de tronos, *Choque de reyes*, *Tormenta de espadas*, *Festín de cuervos* y *Danza de dragones* / George R. R. Martin (Gigamesh)

Caer Dathyl
El libro de los tres, *El caldero negro*, *El Castillo de Llyr*, *Taran el Errante* y *El gran rey* / Lloyd Alexander (Alfaguara)

Cair Paravel
El león, la bruja y el ropero, *El Príncipe Caspian*, *La travesía del viajero del alba*, *La silla de plata*, *El caballo y su niño*, *El sobrino del mago* y *La última batalla* / CS Lewis (Planeta)

Camelot
Lancelot, el caballero de la carreta / Chretien de Troyes (Altea)
La muerte de Arturo/ Thomas Malory (Siruela)
Las nieblas de Avalón / Marion Zimmer Bradley (Salamandra)

Caspak
El país del tiempo olvidado, *La gente del tiempo perdido* y *El abismo sin tiempo* / Edgar Rice Burroughs

Castle Rock
La zona muerta, *Cujo*, *Las cuatro estaciones*, *Skeleton Crew*, *La mitad oscura*, *Las cuatro después de la medianoche*, *La tienda de los deseos malignos* y *El bazar de los sueños malos*/ Stephen King (Plaza & Janes / DeBolsillo)

Castra Sanguinarius y Castrum Mare
Tarzán y el Imperio Perdido/ Edgar Rice Burroughs (Edhasa)

Central City
Especial Flash Comics (1940-2015) 75 años / Flash de Gardner F. Fox, Carmine Infantino y Varios Autores (ECC Ediciones)

Cíbola
El quinto real / Scott O'Dell (SM Editorial)

Cicely
Doctor en Alaska / TV serie creada por Joshua Brand y John Falsey (Universal Iberia)

Ciudad de Bronce
Las mil y una noches / Anónimo (Edhasa)

Ciudad de los Césares
An Account of the First Settlement, Laws, Form of Government, and Police, of the Cessares, A People of South America / James Burgh
La Ciudad de los Césares / Manuel Rojas (Zig-Zag)

Ciudad Esmeralda
El mago de Oz y *La Ciudad Esmeralda de Oz* / L. Frank Baum (Planeta)
Wicked, Memorias de una bruja mala e *Hijo de Bruja* / Gregory Maguire (Planeta)

Ciudad Gorila
The Flash / Johm Broome y Carmine Infantino

Chandilar
La Patrulla X / Chris Claremont, Dave Cockrum y Jim Lee (Panini Cómics)

Desembarco del Rey
Juego de tronos, Choque de reyes, Tormenta de espadas, Festín de cuervos y *Danza de dragones* / George R. R. Martin (Gigamesh)

Doomstadt
Los Cuatro Fantásticos / Stan Lee y Jack Kirby (Panini Cómics)

Elantris
Elantris / Brandon Sanderson (Ediciones B)

Ember
La ciudad de la oscuridad / Jeanne DuPrau (Roca Editorial)

Gilead
La torre oscura: El pistolero / Stephen King (Plaza & Janes)

Gotham City
Detective Comics y *Batman* / Bob Kane, Bill Finger y Varios Autores (ECC Ediciones)

Hammer Bay
La Patrulla X / Chris Claremont y Rick Leonardi (Panini Cómics)
New X-Men / Grant Morrison y Frank Quitely (Panini Cómics)

Hogsmeade
Harry Potter y la piedra filosofal, Harry Potter y la cámara secreta, Harry Potter y el prisionero de Azkaban, Harry Potter y el caliz de fuego, Harry Potter y la Orden del Fénix, Harry Potter y el misterio del príncipe y *Harry Potter y las reliquias de la muerte* / J.K. Rowling (Salamandra)

iDEATH
En azúcar de sandia / Richard Brautigan (Blackie Books)

Inganok
La búsqueda en sueños de la ignota Kadath y otras aventuras oníricas de Randolph Carter / H. P, Lovecraft (Valdemar)

Innsmouth
La sombra sobre Innsmouth / H. P. Lovecraft y Alberto Vázquez (Astiberri)

K'un-Lun
Marvel Premiere / Roy Thomas y Gil Kane
El Inmortal Puño de Hierro / Ed Brubaker y David Ajá (Panini Cómics)

Kalapa
El camino de Shambhala / Jeremy Hayward (Gaia)
Mi extraño viaje al mundo de Shambala / Mario Mendoza (Arango Editores)
Shambhalla, la resplandeciente / Nikolái Roerich (Nous)

Kítezh
El lunes empieza el sábado / Boris y Arkadi Strugatski (Nevsky)

Klow
El cetro de Ottakar, Objetivo: La Luna y *El asunto Tornasol* / Hergé (Juventud)

Kree-Lar
Ms. Marvel / Chris Claremont y Jim Mooney
Capitán Marvel: Llegada / Roy Thomas y Arnold Drake (Panini Cómics)
Vida y muerte del Capitán Marvel / Jim Starlin y Steve Englehart (Panini Cómics)

Lancre
Ritos iguales, Brujerías, Brujas de viaje, Lores y damas, Mascarada, Carpe Jugulum, Los pequeños hombres libres y *Un sombrero de cielo* / Terry Pratchett (Plaza & Janes / DeBolsillo)

Lankhmar
Primer libro de Lankhmar de Fafhrd y el Ratonero Gris / Fritz Lieber (Gigamesh)

Laputa
Los viajes de Gulliver / Jonathan Swift (Penguin Clásicos)

Liberia
Los náufragos del Jonathan / Jules Verne (Bruguera)

Las Dópicos
La oreja rota y *Tintín y los pícaros* / Hergé (Juventud)

Luthadel
Mistborn: El imperio final, Mistborn II: El pozo de la ascensión y Mistborn III: El héroe de las eras / Brandon Sanderson (Nova)

Macondo
Cien años de Soledad / Gabriel García Márquez (Random House)

Madripur
Lobezno: Vida y muerte en Madripoor / Chris Claremont y John Buscema (Panini Cómics)

Mega-City One
Juez Dredd. Los archivos completos / John Wagner, Carlos Ezquerra y Varios Autores (Kraken)

Metrópolis
Action Comics (1938-2013): 75 años de Superman / Jerry Siegel, Joe Shuster y Varios Autores (ECC Ediciones)

Mildendo
Los viajes de Gulliver / Jonathan Swift (Penguin Clásicos)

Minas Tirith
El Señor de los anillos: La comunidad del anillo, El Señor de los anillos: Las dos torres, El Señor de los anillos: El retorno del rey y El Silmarillion / J.R.R. Tolkien (Minotauro)

Munchkin Village
El mago de Oz / L. Frank Baum (Planeta)
Wicked, Memorias de una bruja mala e *Hijo de Bruja* / Gregory Maguire (Planeta)

North Village
Un hechizo para camaleón / Piers Anthony (Ultramar)

Nueva Crobuzón
La Estación de la Calle Perdido, La cicatriz y *El consejo de hierro* / China Mieville (Ediciones B y Solaris)

Olimpo
Historia / Heródoto (Alianza)
El ladrón del rayo, El mar de los monstruos, La maldición del titán, La batalla del laberinto y El último héroe del Olimpo / Rick Riordan (Salamandra)

Opar
El regreso de Tarzán y *Tarzán y las Joyas de Opar* / Edgar Rice Burroughs (Edhasa)
Hadon, el de la antigua Opar y *Huida de Opar*/ Philip José Farmer (Anaya)

Oxford
Luces del norte, La daga y *El catalejo lacado*/ Phillip Pullman (Zeta Bolsillo)

Paititi / El Dorado
Candido o el optimismo / Voltaire (Edhasa)
La leyenda de El Dorado y otros mitos del descubrimiento de América / Christian Kupchik (2008)

Perla
La otra parte / Alfred Kubin (Minotauro)

Pndapetzim
Baudolino / Umberto Eco (DeBolsillo)

Quahog
Padre de familia / TV serie creada por Seth MacFarlane (Fox España)

Quiquendone
Una fantasía del Doctor Ox / Jules Verne (Duen de Bux)

R'lyeh
Cuentos de los Mitos de Cthulhu 1 y 2 / H. P. Lovecraft y Varios Autores (Valdemar)

Racoon City
Resident Evil / saga de video-juegos de Shinji Mikami (Capcom)

Rivendel
El Señor de los anillos: La comunidad del anillo, *El Señor de los anillos: Las dos torres*, *El Señor de los anillos: El retorno del rey* y *El Silmarillion* / J.R.R. Tolkien (Minotauro)

Santa Mónica de los Venados
Los pasos perdidos / Alejo Carpentier (Alianza)

Sapiencial
Guardianes de la Galaxia: Legado / Dan Abnett, Andy Lanning, Paul Pelletier y Varios Autores (Panini Cómics)

Shangri-La
Horizontes perdidos / James Hilton (Plaza & Janes)

Silent Hill
Silent Hill / saga de video-juegos de Keiichiro Toyama (Konami)

Springfield
Los Simpson / TV serie creada por Matt Groening (Fox España)

Sunnydale
Buffy, Cazavampiros / TV serie creada por Joss Whedon (Fox España)

Tarantia
Conan el Cimmerio (cuatro volúmenes) / Robert E. Howard (Timun Mas)
Conan el libertador / Karl Wagner (MR)

Themyscira
Historia / Heródoto (Alianza)
All Star Comics (1941-2016): 75 años de Wonder Woman / William Moulton Marston, Harry G. Peter, George Pérez y Varios Autores (ECC Ediciones)

The City
Transmetropolitan / Warren Ellis y Darick Robertson (ECC Ediciones)

Troya
Ilíada / Homero (Alianza)
La antorcha / Marion Zimmer Bradley (Editorial Acervo)

Twin Peaks
Twin Peaks / TV serie creada por David Lynch y Mark Frost (Paramount Pictures)

Venusberg
Venusberg / Anthony Powell

Vetusta
La Regenta / Leopoldo Alas "Clarín" (Penguin Clásicos)

Villa Pingüino
Doctor Slump / Akira Toriyama (Planeta DeAgostini)

Vyones
Averoigne, los mundos perdidos / Clark Ashton Smith (Pulp Books)

Waterdeep
Dungeons & Dragons: Waterdeep / Richard Awlinson

Weatherfield
Coronation Street / TV serie creada por Tony Warren (ITV)

Zerzura
The Lost Oasis: The Desert War and the hunt for Zerzura / Saul Kelly
The Eye of Ra / Michael Asher

Amaur
Fons Anydri.